노리코,
연애하다

노리코,
연애하다

다나베 세이코 지음 · 김경인 옮김

북스토리

◆ contents ◆

뜨거운 것이 좋아 ✸

친구 미미가 '상대 남자'에게서 돈을 뜯어내야 한다며 그 교섭에 나도 같이 가달라고 해서 나가기로 했다.

"나, 마음이 약해서 상대가 꼬이면 그런가? 하고 넘어가 버리잖아."

미미는 그렇게 말했다.

미미는 '상대 남자'에게 쉽게 말해 버림받은 것 같았다.

결혼하자기에 '사이좋게' 지냈는데, 요즘 들어서는 결혼의 'ㄱ'자도 안 꺼내는 건 고사하고 전화해도 "받지도 않고, 회사 앞에서 기다리고 있으면 도망쳐버리고, 집으로 쳐들어가면 뒤돌아 내빼고"라며 투덜댄다.

"그래? 그럼 어쩔 수 없네. 이미 불꽃은 쏴버렸으니 볼 장 다 봤다, 그거잖아"라고 내가 위로하자, 미미는 순순히 "그래, 불꽃놀이는 이제 끝났어" 하며 인정했다.

그래 놓고도 금세, "그래도 정말 결혼할 생각이었단 말이야, 나. 게다가 그 자식한테 돈도 썼다고. 틈만 나면 우리 아파트에서 자고 갔는데. 그래 놓고 싫어졌다고 도망치는 건 너무하잖아. 그 자식 너무 뻔뻔한 거 아냐?"라며 부르르 떨었다. 미미는 약간 통통한 스타일에 살결이 흰 여자로, 그래도 다리는 늘씬하게 잘빠졌다. 게다가 약간 맹한 데가 있어서 나는 미미를 모른 척할 수가 없었다. 미미는 아무렇지 않은 것처럼 보이려고 안간힘을 쓰고 있었지만, 실은 그 녀석에게 버림받은 일로 상당한 충격을 받았는지 한 보름 정도 우울해 보였다.

가끔 내 작업실에 와서, "이건 치통 때문이야"라고 둘러댔지만, 얼굴이 붓고 언제 봐도 눈이 빨간 것이 아마도 울어서 부은 것인지도 모른다.

미미는 혼나지에 있는 생명보험회사에 다닌다.

나도 몇 년 전까지 거기에 있었다. 그때 회사에서 알게 된 사이다. 비교적 사이좋게 지냈기 때문에 내가 그만둔 뒤에도 줄곧 같이 놀기도 하고 상담도 해주고 술을 마시기도 하는 친구로 지내고 있다.

나는 지금은 여러 가지 일을 해서 먹고산다. 아동복, 그리고 주로 젊은 숙녀복, 속옷, 소품 디자이너이기도 하고⋯⋯. 일러스트 일도 있고, 직접 동물인형이나 사람인형을 만들기도 하고. 그중 몇 가지는 아동 용품 전문회사가 사서 대량생산하고 있다.

왜 보험회사를 그만뒀냐 하면, 거기는 월급은 제법 괜찮았지만 본사에서 오사카의 한 작은 마을 지점으로 가라는 발령이 떨어졌는데, 그곳은 순전히 여자들만 많은 곳이라 성가신 일투성이고 재미가 요만큼도 없기 때문이다.

본사도 물론 마찬가지지만 남자, 특히 젊은 독신 남자가 드물어서 여사원은 모두 사외개척을 일찍이 노리고들 있었다.

하지만 좀처럼 괜찮은 놈을 찾지도 못하고, 보수가 괜찮다는 이유로 그만두지 못하고 일하다 보면 저도 모르게 어느새 올드미스가 되어 있더라, 뭐 그런 식이었다.

미미도 벌써 스물일곱 살이다. 나보다 젊긴 하지만 결혼에 대한 동경을 버리지 못하고 있으니 스물한두 살 애들하고 하나도 다를 게 없었다.

그러니 미미 하나쯤 속이기는 식은 죽 먹기다.

나는 그때까지 미미에게 좋아 죽겠다는 자랑을 수도 없이 들어야 했다.

"기술자야. 항상 기름 냄새가 나, 히히히."

이렇게 말하는가 하면, "글쎄 뭐랄까, 기술자인 남자는 단순 명쾌해서 절대로 빙빙 돌려서는 말 안 해. 그런 딱 부러지는 면이 너무 좋아, 히히힛"라고도 했다. 그래서 나는 미미도 드디어 갈 때가 됐구나! 라고 생각하던 참이었다.

"부럽지, 노리코?"

이렇게 묻는 미미에게 그래그래, 라고 말해주었다. 나는 노인과 어린이에게 자리를 양보하는 타입이라 눈 치켜뜨고 미미하고 논쟁 따위 하지 않는다.

그 조금 불안정한 우정은 미미의 철없음과 맹할 정도로 착한 성격 때문에 유지되었다.

그래서 미미가 퉁퉁 부은 얼굴로 '상대 남자'를 혼쭐내러 가자는데 안 따라갈 수가 없었다.

어떻게 혼쭐을 낼 것인가에 대해, "임신했으니까 수술할 돈 내놔라, 이건 어때?"라고 내가 말했다.

"오, 그렇게 말하면 줄지도 모르겠다."

"그 자식, 짠돌이야?"

"응, 쪼금."

"그럼 역시 공갈 협박이 먹히겠네."

"돈 안 주면 낳겠다고?"

"내친김에 쌍둥이라고 해버려!"

"아버지 이름은 카이 타카유키라고 써서 파출소 앞에 버리겠다고 할 거야."

"카이 타카유키야, 이름이? 기술자치고는 이름이 꽤 멋스럽다. 이름이 다 아깝네."

"멋진 건 이름뿐이야."

우리는 그 뒤로도 이 궁리 저 궁리 생각을 짜냈다. 미미가 아직 그 카인가 뭔가에 미련이 남아 있다면 다른 방법을 생각해야 하지만, 미미는 반하기도 잘하지만 포기도 빨라서 빵 차버려도 좋단다. 끈기가 좀 없긴 하지만 내가 주워 가질 것도 아니고, 그 마음고생을 하고 이제 와 새삼 붙을 리도 없어서 위자료 약간 챙기고 헤어지는 것이 좋겠다는 결론에 도달했다. 위자료라고 해도 상대가 줄지 어떨지 의문이지만. 이쪽이 멋대로 그렇게 이름을 붙였을 뿐, 저쪽은 저쪽대로 이유가 있을지도 모를 일이다.

"마지막으로 사이좋게 한 게 언젠데?"

나는 연필을 만지작거리며 물었다.

"한 3주 전에."

"그럼 괜찮겠네. 1, 2년 전이라면 이 방법은 써먹지도 못할 테니까."

"얼마나 뜯어낼까?"

"상대가 어떻게 나오느냐에 달려 있지 않을까?"

우리는 맥주로 미리 축하하면서 건배했다.

카이 씨는 미미가 전화해도 나오지 않을 거라기에 내가 하기로 했다.

그런데 2, 3일 바빠서 까맣게 잊고 있었다. 마침 어린이용 겨울 코트의 디자인을 대여섯 장 그려야 할 때라 백화점에서도 독촉이 심했으니까.

결국 미미에게서 전화가 걸려왔다.

"타짱이 안 만나주니까 그 사람 친구인 고한테 전화해서 끌어내는 데 성공했어."

"타짱이라니 누구?"

"카이 타카유키 말이야."

"버림받은 지금도 그런 애칭이 나오다니 너도 참 대단한 여자다, 정말."

"버릇이 돼놔서 그래. 어쨌든 고라는 친구가 데려오기로 약속했어. 이번 주 일요일, 와줄 거지?"

"어딘데?"

"우메다에 있는 한큐호텔 로비."

그런 데서 중절비가 어떻고 쌍둥이가 어떻고 파출소에
버리니 마니 담판을 짓는다는 게 좀 이상했지만, 난 어쩔
수 없이 그날 그 자리에 나갔다. 평소에는 청바지에 티셔
츠나 스웨터, 겨울에는 거기에다 가죽의 반코트만 걸치고
화장도 안 한 얼굴에 단발머리로 돌아다니지만—이러고 다
니면 서른으로는 보이지 않거든—, 오늘은 만만하게 보이면
안 되기 때문에 무릎까지 오는 우아한 은회색 드레스에 금
색 팔찌, 역시 금색 라메 구두와 한 세트인 핸드백 차림으
로 인공눈썹에 가발까지 쓰고 나갔다.

약간 이른 시간에 도착했는데, 미미는 벌써부터 와서
기다리고 있었는지 바닥의 융단이 뒤집어지는 줄도 모르
고 나에게 달려왔다. 미미는 하얀색 면으로 된 반팔 옷을
입고 있었다.

"적은 와 있어?"

"아직인 거 같아."

미미는 나를 훑어보더니 "음, 포스가 느껴지는데! 내가
말문이 막히는 거 같으면 옆에서 도와줘야 해" 한다.

"가만있어도 위엄이 느껴지겠지? 정체불명의 여자! 같
지 않니?"

그때 내가 먼저 우리 쪽으로 걸어오는 두 남자를 발견했다. 한 사람은 키가 크고 완력이 있어 보이고 민첩한 걸음과 거친 골격을 가진 청년, 또 한 사람은 싱글벙글 웃는 인상이 보기 좋은 조금 통통하고 둥그스름한 체격의 청년이었다.

그 둥그스름한 체격의 청년이 미미에게 "어이"라며 아는 체했다. 미미는 두 사람에게 인사하고, 나를 소개했다.

"내 친구 타마키 노리코. 디자이너야."

그러더니 둥근 얼굴에 둥근 체격의 남자에게 윙크를 하고 나에게 그를 소개했다.

"타짱이야, 이쪽이."

순간 나는 기분이 묘해지고 말았다. 싱글벙글 웃고 있는 쪽이 같이 나온다던 친구라고 생각했던 것이다.

저렇게 인상이 좋을 리 없다고 생각했다.

"타짱, 이리 와 앉아."

자기 옆자리를 매혹적인 손길로 툭툭 치며 이렇게 말하는 미미를 보면, '지~ㄹ 힌다!'라는 생긱과 함께 징밀 돈을 뜯어낼 마음이 있기나 한 걸까 하는 의문이 들었다.

"정상회담이군."

나는 이렇게 말하며 미소를 지어 보였다. 내 맞은편에

우람한 체격의 눈매가 날카로운 청년이 앉았다. 그는 이 더위에 줄무늬 와이셔츠를 차려입고 파란색 넥타이에 하얀색 웃옷을 단정하게 입고 있었다. 뼈마디가 불거진 손가락으로 그는 값비싼 금색 라이터를 만지작거리면서 무뚝뚝하게 앉아 있었다. 아주 조금 잘생긴 훈남이다.

타짱이란 남자는 거북스러운지 목덜미를 문지르는가 하면 뺨을 긁적이고 있었다. 이쪽은 성질이 그리 나빠 보이지 않는 남자. 미미가 먼저 말을 꺼냈다.

"억지로 나오게 해서 미안해, 하지만 타짱이 날 피하기만 하니까 그렇지."

"피하기는 누가……."

"거짓말. 자기 내가 싫어진 거지? 다 알아."

"그런 거 아……."

"상관없어, 그런 건. 근데 큰일 났어, 나. 곤란한 일이 좀 생겼거든."

"요컨대 미미는 지금 혼자가 아니라 1.5명이라는 말씀이죠."

나는 가식적인 목소리로 얼른 덧붙였다.

"미미는 낳겠다는 거예요. 전 절대 안 된다고 말리고 있지만, 애는 무슨 일이 있어도 낳고 싶대요. 사랑의 추억으로 평생 간직하면서 훌륭하게 낳아 혼자 기르겠다고."

미미는 내가 이야기하는 동안 남의 일처럼 자기는 상관
없다는 얼굴로 아이스크림을 먹고 있었다.

두 남자는 동시에 섬뜩한 표정을 지었다. 그리고 동시
에 두 사람의 시선은 아이스크림 스푼을 빨아먹고 있는 미
미의 배로 슬로모션처럼 내려갔다. 미미는 안 그래도 좀
통통한 데다가 오늘은 주름이 많은 스커트를 입은 덕분에
왠지 배가 더 불룩해 보이는 것 같았다.

"설마 그럴 리가! 미미는 농담을 진담처럼 잘하니까."

타짱이 갈라진 목소리로 이렇게 말하자, 미미가 재빨리
받아쳤다.

"정말이야. 정말 낳을 거야. 어쩔 건데?"

"거짓말이지?"

타짱은 당황한 기색이 역력한 얼굴로 나와 미미의 얼굴
을 번갈아 보았다. 나는 차갑게 웃어 보이며 말했다.

"병원진단서가 필요하다면 받아올 수도 있어요."

"농담 그만해~. 미미, 너 그런 짓 안 할 거잖아?"

타짱이라는 카이 타카유키 씨의 허둥지둥함은 갈수록
더해갔다. 미미는 말없이 자신의 배를 내려다보며 예뻐 죽
겠다는 듯 어루만지고 있었다.

"제발, 거짓말이라고 말해!"

"미안하지만 엄연한 사실인걸. 그런 적 없다고는 말하지 말아줘."

"그거야 그렇지만."

"타짱은 야박했지만 이 아인 평생 나한테 잘해줄 거야."

"자, 잠깐만. 나는 너한테 그렇게 원한 살 일 한 적 없다고, 안 그래?"

"그럼 왜 요즘 나를 피하는 건데? 나야말로 타짱을 위해서 최선을 다했다고."

미미는 손수건을 눈가로 가져가며 말했다.

"그리고 우리 집에 왔을 때도, 난 안 먹어도 타짱한테는 비프스테이크를 항상 대접했고. 이래 봬도 돈도 마음도 다 썼다 뭐!"

"그래도 한 번은 고래고기였어."

"그건 꼬리 살이야, 회로 먹을 정도니까 최상급이었어!"

"그래도 냄새는 났어."

"그래서 양파 갈아 얹어서 냄새 제거시켰거든!"

"근데 제거 안 됐었어."

'요리시간 아니거든!'

"어쨌든……."

내가 끼어들었다.

"미미는 낳는다잖아요."

"낳으면 되잖아?"

그때까지 아무 말이 없던 청년이 갑자기 이렇게 말문을 열었다.

나도 미미도 멍한 얼굴로 그를 보았다. 그렇게 나오면 곤란하지! 그는 지극히 차분한 목소리로 덧붙였다.

"지금 유행이잖아요, 미혼모? 멋지다고 잘 먹힐 텐데!"

"하지만 정 못 키우겠으면 얘는 아기를 파출소에 버릴지도 모른다고요."

"잡히고 말걸. 그런 건 금방 알 수 있거든."

"아버지가 누구인지도 금방 알게 될걸요. 그래도 괜찮아요?"

"그거야 그때 가서 생각할 일이고."

"아니, 그건 안 돼!"

타짱은 금방이라도 울 것 같은 목소리로 외쳤다.

"있지, 자기 마음을 모르는 건 아니지만, 그래도 잘 생각해보는 게 좋지 않을까? ……미미, 저~ 이렇게 말하면 화낼지도 모르겠지만, 1.5명에서 다시 한 명이 될 생각은 없어?"

"싫어!"

"그럼 어떡하라고?"

"돈 줄 거야?"

미미의 말에 나는 나도 모르게 미미의 무릎 밑, 요컨대 제일 아픈 정강이를 걷어찼다.

머리가 단순하니까 말하는 것도 제멋대로고 앞뒤 가리고 말고도 없이 노골적이다.

"그거야……."

타짱은 갑자기 희색을 띠며 씩씩하게 말했다.

"그 돈은 주지, 줄게!"

"얼마 줄 건데?"

"얼마나 들라나?"

나와 이마를 맞대고 상의한 후, 미미가 말했다.

"10만은 들 거야."

"그렇게나?"

타짱은 움찔했다. '치사한 자식!'

"그 절반 정도 아닌가?"

타짱은 이렇게 말하며 같이 온 남자를 보았다. 남자는 고개를 끄덕였다.

"하지만 거기에 플러스알파랄까, 정신적 타격에 대한

수수료 같은 것도 받아야 한다고 미미가 그러네요."

"그거 넣는다고 해도 반 정도면 되지 않나?"

"말도 안 돼! 반 가지고는 병원비로도 부족하다고요!"

나는 가식적인 목소리도 잊고 이렇게 소리쳤다.

고라는 청년은 뚫어져라 나를 보았다.

"당신 할 때도 그렇게 들었나?"

"그래요!"

될 대로 되라는 생각에 나는 이렇게 대답했다.

"그럼 어쩔 수 없네. 대신 할부로 해주면 안 될까?"

타짱이 이렇게 물었고, 미미와 나는 동시에 외쳤다.

"할부로 하다간 애기 태어나겠다!"

"회사에서 가불받을 수도 있잖아요. 남자답게 전액 한 번에 내놔요!"

"알았어요. 주면 되잖아요, 주면……."

담판은 끝났다.

"나 받으러 갈 거야."

미미가 말했다. 타짱은 다시 한 번 화들짝 놀라며 "우리 회사로 오면 안 돼, 집에도 오면 안 되고. 고한테 맡겨둘 테니까 고한테 가서 받아"라고 한다.

타짱이 말하기 무섭게 고는 "그럼 타마키 씨한테 줄 테

니까 당신이 가지러 와요. 회사는……"이라면서 안주머니
에서 명함을 꺼내 내게 주었다. 그러고는 덧붙였다.

"당신 친구, 참 바보네요."

"바보 같은 여자가 더 사랑스럽죠."

"내일 밤에 와요, 혼자."

"왜 밤이에요?"

"밤이 훨씬 친해지기 쉬우니까."

명함대로라면 고의 이름은 '나카야 고'였다. 고의 회사
는 난바에 있었다.

약속시간에 전화를 걸어보았다.

"10만 엔은?"

나는 일언반구도 없이 차갑게 그것만 물었다.

"어디에서 받을 수 있죠?"

"사실은 여기 없다."

더러운 자식, 꽁무니를 빼겠다?

"카이한테는 받았다, 틀림없이. 근데 그것이 롯코산 꼭
대기에 있다 아이가. 거기까지 받으러 오면 안 되나?"

오사카 사투리는 원래 원만하고 매끄러워서 친숙함이 느껴지는 겸손한 말투로, 듣는 이의 귀를 부드럽게 애무하는 것 같아 거부할 수 없게 하는 매력이 있다.

그런데 이 남자의 오사카 사투리는 거만하고 뻔뻔해서 상대방의 반발을 사기에 딱 좋은, 화가 치미는 말투다. 나는 울컥하는 기분이 들어 따지듯 물었다.

"롯코산까지 받으러 갈 수 있다고 생각해요?"

"아니, 내 차로……."

"흥. 흔해빠진 수작이군. 잘난 척 그만하시고 그까짓 돈 순순히 건네주는 게 어떠실까? 차로 끌고 가서 어찌어찌 해보겠다는 수작, 나인 이상 상대를 잘못 골라노 한참 잘못 고르셨어."

고는 전화기 저편에서 귀청이 터져라 웃어젖혔다.

"당신, 지금까지 만난 남자들이 다 그랬나 보지? 무슨 고슴도치처럼 까칠하게 그러지 마요. 돈은 ……여기 있으니까네."

"처음부터 그렇게 말하면 될걸."

"한밤에 드라이브를 하고 싶었거든."

"그렇게 솔직하게 말하면 얘기는 달라지지만."

"갈 끼고, 안 갈 끼고? 산꼭대기에서 칭기즈칸 요리를

먹을래요, 아니면 내 별장에서 통조림에 맥주라도 한잔할
래요……?"

"지금, 뭐라고 했어요?"

나는 수화기를 귀에 바짝 대며 물었다.

"산꼭대기에서 칭기즈칸 요리를 먹을 거냐, 아니면……."

"아니, 그다음에 한 말."

"내 별장. 아니, 우리 아버지 별장."

"아, 그래요? 그렇다면 재수가 없진 않네."

이 말을 하는 동안 내 마음은 이미 한쪽으로 기울고 있
었다.

나는 이 남자의 오사카 사투리가 화가 날 정도로 거만하
긴 하지만 한편으로 그 쾌활한, 사람의 마음을 동하게 하
는 말투가 얼마나 기분 좋은지 인정하지 않을 수 없었다.
요컨대 대화 상대로서 충분히 활용할 수 있다는 판촉방법
이 오히려 재미있었다.

"그렇다면 가도 좋아요."

나는 스스럼없이 말했다.

내 작업실에서 그의 회사는 그리 멀지 않았다. 그는 차
로 '거의' 금방 왔다. 생전 처음 보는 진한 파란색 유선형
차였는데, 차에 대해서 잘 모르는 나는 그렇게밖에 표현할

말이 없다.

그는 오늘도 빈틈없는 복장을 하고 있었다. 그런 복장을 강요하는 회사인지도 모른다. 반면에 나는 전과 같은 가발을 쓰고 있긴 했지만 옷은 면으로 된 아주 편한 여름옷이었다.

나카야 고는 차문을 열어주기 위해 차 밖으로 일단 나왔지만, 내 복장을 보더니 "산 위는 추울 거요. 카디건 아니면 스웨터라도 가져오소"라고 충고했다. 그래서 나는 서둘러 엘리베이터를 타고 7층에 있는 내 작업실로 돌아가 카디건을 챙겨 다시 내려왔다. 고는 그사이 보도에서 담배를 피우며 기다리고 있었다.

"멋진 차네."

나는 차에 올라탄 뒤 말했다.

"이름이 뭐예요, 이 차?"

"차에 관심 있나?"

"없는데."

"그럼 말해봤자 모를 긴데."

그는 이렇게 말하며 웃었지만, 그래도 "재규어"라고 가르쳐주었다.

그렇게 해서 약간 친숙한 분위기가 되었다. 나는 이 남자를 이유 없이 싫었던 첫인상 때보다는 조금씩 좋게 보기 시작했다. 누가 됐든 무시하는 듯하던 그의 인상은 지금은 찾아볼 수 없고 쾌활하고 말하기 좋아하는 청년, 이라는 느낌뿐이었다. 게다가 나와 함께 있어서 느끼는 흥분 같은 것이 만면에 반짝반짝 드러나는 것 역시 기분 좋았다.

나는 차 안에서 카이 타카유키에 대해 물었다. 상당히 유리한 조건의 혼담이 있다는 이야기를 들었다. 상대는 타카유키가 다니는 회사 상무의 딸. 고와 타카유키는 대학 친구인데 회사는 다르다고 했다.

어쨌든 타카유키가 그 혼담으로 장래의 이익을 얼마나 도모할 수 있을 것인가에 대해서 고는 아는 바가 없다고 했다. 하지만 상식적으로 볼 때 윗사람이 돌봐주면 뭐가 달라도 다르지 않겠냐는 것이었다.

"흐음, 그래서 미미가 버림을 받은 거군."

"아니, 버렸다는 말은 어째 어감이 쪼까 안 좋네. 잠시 그쪽과의 게임을 중단해부리고 다른 시합을 시작했다 정도……랄까?"

"말 한번 그럴듯하게 하는군요. 하지만 만약 타짱이 그 아가씨랑 결혼했을 때, 그쪽이 어떻게 나오느냐에 따라 미미의 태도도 달라질걸요. 10만 엔으로는 턱도 없을지 모르죠."

"협박하는 기가? 그러다 부모님이 아시면?"

"무슨 상관이에요. 여자의 일생이 물거품이 돼버렸는데! 결혼식에 깽판을 놓으러 가지 않을까? 웨딩케이크 아래서 갑자기 미미가 벌떡 일어서서 나란히 선 신랑 신부를 비롯해 내빈들을 향해 다다다다……총을 난사하거나."

"잠깐만, 그거 어디서 본 것 같은디?"

고는 고개를 갸우뚱하다 말고 갑자기 "뜨거운 것이 좋아!"라고 외쳤다. 그 외침이 기억해냈다는 기쁨을 너무나 솔직히 드러내고 있어 귀여웠기 때문에 나도 모르게 웃고 말았다. 그는 그 기세를 몰아 쏟아냈다.

"토니 커티스랑 잭 레먼."

"그리고 마릴린 먼로도."

"생일케이크가 놓인 테이블 아래에서 튀어나와 라이벌 여자를 쏴 죽이는 살인청부업자."

미미가 듣고 있다면 틀림없이 '이야기가 영 딴 데로 간다~!'라고 야유라도 했을 것이다.

"그게 아니면 신혼여행 방해작전이란 것도 있을 수 있겠죠."

"어떤 거?"

"신랑 신부가 신칸센에 올라탄 순간, 플랫폼에서 전단지를 창에 딱 붙이는 거야. 기차가 떠나기 직전에 붙이면 아무도 뗄 수 없겠죠?"

　　"그래서, 거기에 뭐라 적혀 있는데?"

　　"그거야 뭐……, 여자의 원망과 저주의 말들. 신랑 신부는 자리에 앉아 창밖에 붙여진 그걸 질리도록 보게 되겠죠. 신부가 어떤 기분일지 참 볼만하겠네!"

　　"하지만 오사카에서 타면 금방 교토에 도착할 텐데. 그럼 10분 정도의 수난으로 끝나고 말걸!"

　　"교토에서 붙이면 적어도 한 시간, 나고야까지 충분히 괴롭힐 수 있지."

　　"여러 번 해본 사람 같군."

　　"글쎄요~. 여자를 배신하면 그 정도 복수는 당해도 싸지 않나?"

　　이런 이야기를 주고받는 사이 자가용은 재빠르게 고속도로로 접어들었고, 창을 열고 향기로운 밤의 기운을 만끽하는 것은 상쾌한 일이었다. 바람이 불었지만 더웠다. 니시노미야에서 고속도로를 버리고 아시야에서부터 로유도로를 타자고 고는 말했다.

　　나는 아직 그에 대해 모르고 그도 아직 나를 잘 모른다.

하기야 나도 나를 이해할 수 없는 부분이 있긴 하지만. 그 덕분에 서로 주고받는 대화를 은근히 즐기면서 틈틈이 곁눈질로 상대를 훔쳐보며, '이게 맛이 있을까 없을까?'를 가늠하는 것도 나쁘진 않았다. 내가 보고 있으면 그도 그런 생각으로 관찰하고 있었는지 곁눈과 곁눈이 부딪치고, 그것을 감추기 위해 둘은 황급히 씨익 웃어 보였다. 그때의 그의 웃음에서 그가 나를 '맛있게 생긴 여자다!'라고 생각한다는 걸 알 수 있었다. 왜냐하면 그의 눈, 뚜렷한 모양의 검은 눈이 신호를 받아 정지한 순간, 반짝하고 빛을 발하며 나를 보았을 때 기분 좋고 건강한 욕정을 내비치고 있음을 읽을 수 있었기 때문이다. 하지만 그는 예의 바른 신사답게 그것을 입에 담지는 않았다. 그편이 나도 좋았다.

내 여자친구들 중에는 미소년이 좋다며 열여덟, 아홉 살짜리 소년을 이것저것 바꿔가며 애용하고 있는 애가 있지만, 그런 어린애는 나는 싫다. 그들은 예의도 매너도 없고 말하는 법도 모르며, 일류 호텔에 청바지와 티셔츠를 입고 샌들을 찍찍 끌고 들어갔다가 출입이 거부당하면 소리소리 지르며 난동을 피우는 촌스러운 야만인으로, 술을 마시면 토하기 일쑤고 여자와 자는 것도 서툴기 짝이 없어서 어찌해볼 도리가 없으니까.

　나카야 고는 스물일고여덟으로 보였다. 젊은 아가씨들은 '아저씨'라며 별로 재미없어하겠지만, 나한테는 딱 맞는 무게에 쓰기 편리한 느낌이었다.

　게다가 풍모도 좋았다. 호박색 피부, 아메리카 원주민처럼 거칠고 듬직한 골격, 널찍한 방패 같은 등과 목. 웃으면 무엇이든 씹어 삼킬 듯 강해 보이는 흰 이가 보였다. 턱이 탐욕스럽게 튀어나온 것도 오히려 좋게 보였다.

　이 남자가 무슨 생각으로 롯코산 골짜기까지 끌고 가는지, 만일 '그럴 생각'이 있다면 어떤 유혹을 해올 것인지 나는 생각만 해도 가슴이 두근거릴 정도로 황홀했다.

　또 이렇게 젊은이들 험담을 하는 것 같아 미안하지만, 젊은 애들은 유혹하는 기술도 모른다. '자자!' 한마디 하고 달려들기 일쑤다. 나는 언젠가 오사카의 텐노지 동물원에서 원숭이의 그것을 본 적이 있는데, 새끼원숭이를 안고 있는 여자 원숭이에게 남자 원숭이가—말이 이상하긴 하지만, 그 모습을 보고 있자니 수컷이라기보다는 인간의 남자에 가까웠다—'어이, 어이!'라고 말하는 것처럼 치근대고 있었다. '싫어요, 지금 아기한테 젖 먹이고 있잖아요!'라고 하는지 여자 원숭이가 받아주지 않자, 남자 원숭이는—그것도 인간하고 닮았는지 어쩐지—무슨 상관이냐는 듯이 계속 치근댔다. '못 말린다니까, 남자란 정말. 어쩌 기다릴 줄을 몰라!'라고 해대는지 여자 원숭이는 주위를 둘러보더니 씁쓸한 표정을 지었다. 같이 보고 있던 미미가 얼마나 웃어 대던지…….

"와 웃노?"

로유도로로 들어선 후 주행속도를 더하며 고가 물었다. 그는 운전을 제법 잘했는데, 솜씨는 안심할 만했다.

"무슨 생각을 하는데 그렇게 혼자 웃나 말이다, 응큼하게 시리?"

"맞아, 엉큼한 이야기가 떠올랐거든요."

"그런 얘기라면 대환영이지, 뭔데 그라노?"

"어린 남자는 원숭이보다 성질이 더 급하다, 뭐 그런 생각! 걔들보단 차라리 원숭이가 더 참을성이 있다고."

"원숭이가 뭘 우짰는데?"

고가 이렇게 묻기에 그 이야기를 들려주었다. 유혹당한 여자 원숭이가 어떻게 답했느냐 하면, 한 손으로 새끼원숭이를 안고 한쪽 다리를 살짝 들어 올렸다고 말하자 그는 박장대소했다.

"나중에 그 모습 좀 꼭 보여도고!"

그 뒤로 그가 텔레비전에서 보았다는 동물의 교미에 대해 이야기했다. 그다지 신사숙녀가 할 얘기는 아니었는데, 그런 우리가 젊은이들을 비웃을 자격이나 될는지 원.

나는 텔레비전에서 그런 걸 했는지도 몰랐다. 고는 물었다.

"심야프로는 안 보나?"

"안 봐요. 밤에는 빨리 자는 편이거든요. 아침 일찍 일어나 일을 하거나 빨래를 하거나 하니까."

"그때는 남편 빨래도 하나?"

"물론!"이라고 대답했다.

나는 혼자라고 인정하는 것은 왠지 남녀가 대등하게 만나지 못할 것 같고 공평하지 않아 보여 싫었다. 그러면서도 나는 예나 지금이나 혼자지만.

"말 교배하는 걸 도와주고 있었는데."

고가 말했다. 차는 이미 롯코산 뒤쪽으로 들어서고 있었다. 주말인데 더워서 그런지 오가는 자가용들이 많았다. 고베에 사는 사람들은 더운 날 밤이면 롯코산으로 바람을 쐬러 나온다. 자기 집 앞뜰 같은 산이었다.

"팔이 그만 암말의 거시기로 들어가 버렸다는 이야기, 모르나? 홋카이도의 오비히로에서 실제 있었던 일인데."

"싫다, 정말⋯⋯."

말은 이렇게 했지만 나는 듣고 싶었다. 이야기를 듣고 싶어서라기보다 그의 말투가 재미있었으니까.

"암말은 깜짝 놀라서 그랬는지 뭘 착각하고 그랬는지, 거기를 꼭꼭 조여오더라는 기다."

"말도 안 돼!"

"아니, 진짜라 안 하나. 아니라고 아무리 말해도 말이 알아들을 리 없고. 밀고 당겨도 팔은 도대체 빠질 기미가 안 보이는 기라! 그러기를 한 시간, 말은 마침내 실신하고⋯⋯."

"바보! 한 시간이나 밀고 당긴다는 게 가당키나 해요?"

"사랑이 싹튼 기지."

"아이, 싫엇!"

가로등이 켜져 있는 산길로 접어들었다. 롯코산은 산 전체가 드라이브 코스로 얽히고설켜서 여름철에는 롯코 긴자라고 해도 과언이 아닐 정도로 사람들로 붐볐다. 전 망대는 '백만 달러 야경'을 보려는 사람들로 장사진을 이 뤘다.

고는 차를 세우지도 않고 그 옆을 지나쳤다. 왼쪽 아래 무성한 나무숲 사이로 보석 같은 바다가 끝없이 펼쳐져 있었다. 아낌없이 주렁주렁 빛을 뿜어내고 있는 마을의 불빛들. 찬 밤기운 때문에 섬뜩할 정도로 반짝반짝 빛나는 불빛들의 바다는 아름답다기보다 왠지 쓸쓸해 보였다.

차는 주행도로를 벗어나 지금은 어둑한 산길을 달리고 있었다.

"남편이 있는데 이런 밤중에 나다녀도 괜찮나?"

청년이 물었다. 그가 슬슬 내 신변을 캐려 하고 있음을 알 수 있었다.

"출장 중이에요."

"아아!"

"나카야 씨는? 부인은요?"

"한 사람, 있지."

"역시 출장인가 보죠?"

그러자 고는 깜짝 놀랄 만큼 큰 소리로 웃었다. 그리고 말했다.

"지금 배가 불러서 친정에 가 있지."

나는 솔직히 실망스러웠다. 나는 그런 것에 연연하지 않는 타입이라고 생각했는데, 독신남에 대한 흥미와 유부남에 대한 흥미가 별개의 것이었으므로. 뭐야, 유부남이었어? 하는 실망 섞인 느낌을 부정할 수는 없었다.

그는 수은등이 켜진 나무로 된 문 앞에서 차를 세우더니, 차에서 내려 문을 열었다.

"차로 들어갈 수 있는 별장이 롯코산에는 드물지."

그는 혼잣말처럼 이렇게 중얼거렸다.

"왜요?"

별생각 없이 이렇게 묻는 나를 그는 적이 경멸 섞인 눈길로 바라보았다.

"오래됐다는 말입니다. 지금 롯코산은 회사 소유의 기숙사 같은 것들뿐이고 개인 소유의 별장은 거의 없어져 삐렸거든요. 옛날부터 있던 별장은 차 다닐 길을 미리 만들어놓고 세워졌다 아입니꺼."

"……"

"우리 할아버님이 만드셨거든예."

그는 부자의 있는 척을 약간 해 보이며 이렇게 말했다. 그렇다면 나카야 고는 내가 생각하는 것 이상으로 부자일지도 모른다. 하지만 그렇다고 뭐가 달라지나?

수은등은 자갈길 양옆으로 집에 이르기까지 쭉 세워져 있었다.

그리고 자갈길 양옆은 흐드러지게 피어 있는 수국, 수국이었다. 진한 하늘색을 띤 큼지막한 꽃 뭉치가 이슬을

머금고 탐스럽게 어둠 속에 떠 있었다.

"어머나, 예뻐라! 꿈 같은 풍경이야!"

내 말에 청년은 말없이 차를 세우더니, "여기서부터 좀 걸을까?"라고 거만하게 말하고는, 현관까지 난 약간의 오르막길을 앞장서 걸으면서 내뱉듯 이렇게 덧붙였다.

"여자들이란 참. 좀 다르게 말할 수 없나, 그래? 누구를 데려와도 똑같은 말만 지껄인다니께."

나카야 고는 하지만 가까이하기 어려운 남자였다. 그것은 부자도 보통 부자가 아니란 것을 차츰 알게 되었기 때문이다.

롯코산의 그 별장은 오래되고 독특한 집이었다. 양옥이라면 그나마 이해할 만했다. 고베나 고베 뒤쪽 산에는 서양관이니 이인관*이니 하는 집들이 많으니까.

하지만 그 집은 이를테면 '일본관'이라고 불러야 할 것만 같은 집이었다. 일본풍이면서 서양식 건물 같기도 한

● 異人館. 메이지 시대에 일본으로 들어온 서양인이 짓고 살던 집.

것이 입구는 서양식 도어인데 베란다는 툇마루처럼 밖으로 나 있고, 다다미방인데 그 위에 카펫이 깔려 있는가 하면, 일본식 방인데 도코노마*는 없고, 한눈에 봐도 고풍스러운 원탁과 등받이가 높은 의자가 놓여 있었다.

나카야 고는 그 집의 모든 등을 일일이 켜더니 창문을 열었다.

"새로 고쳐 지으면 좋겠지만, 그래도 이렇게 오래된 것이 더 값어치가 있거든. 이래 봬도 독특한 건축이라꼬 대학 교수들도 조사하러 온 적이 있다 아이가."

고는 또박또박 귀에 박히게 말했다. 그것은 콘크리트나 새 건축자재로 지금이라도 당장 최신식 별장을 지을 재력은 충분하지만, 일부러 오래된 그대로 놔두었다, 이것이 훨씬 부자다운 처사라고 주장하고 있는 것 같았다.

어지간히 나를 바보라고 생각하는 모양이군! 그래도 나는 고개를 끄덕이며 미소를 지을 뿐이었다. 내가 그가 생각하는 것보다 영리하다는 걸 굳이 알려줄 의리 따위는 없으니까. 그걸 아는 것은 남자의 책임이니까.

"꼭 막부 말기를 배경으로 한 영화 세트 같네요."

● 다다미방 윗목에 방바닥보다 좀 높게 만들어서 액자를 걸거나 장식품을 놔두는 곳.

내가 이렇게 말하자 그는 큰 소리로 웃었다. 그 배려도 거리낌도 없는 웃음소리는 그의 버릇 같았다. 이 방 안에서는 상투에 칼을 꽂은 사무라이가 테이블을 사이에 두고 해리스나 휴스켄을 상대하여 엉덩이에 종기 난 사람처럼 의자에 엉거주춤 앉아 있는 그런 장면이 떠올랐기 때문에 막부 말기라고 말했던 것인데, 그는 마치 영주가 미천한 백성을 칭찬이라도 하듯 거만하게 이렇게 말했다.

"대단해, 대단해! 당신은 센스가 있군."

나는 그의 뒤를 졸졸 따라다니며 집 안 여기저기를 구경했다.

"매일 밤 여기 오나요?"

"사흘에 한 번 정도."

"가족들은?"

"다들 여기는 사용 안 해. 아와지에 별장이 하나 더 있거든. 거긴 2, 3년 전에 지은 거라 새거고 해변이라서 수영도 할 수 있으니까, 여름이고 겨울이고 그쪽으로 가지. 거긴 겨울에도 따뜻하잖아. ……어머니도 여동생들도 거기로 가. ……아! 와이프도."

"아, 그러세요!"

"별장을 두 채나 가지고 있는 사람을 실제로 본 건 처음 아이가?"

유머치고는 아주 썰렁한 유머라고 생각했지만, 원체 부자와 유머란 게 양립하기 어려운 것이고 굳이 쌍심지 켜가며 화낼 일도 아니라서 웃어주고 말았다.

"별장을 두 채나 가진 사람이야 얼마든지 있겠지만, 당신처럼 젊고 남자다운 사람은 처음이네요."

그는 기회를 기다렸다는 듯이 내 말에 또 한 번 큰 소리로 웃었다.

그러는 동안 나도 조금은 기분이 나아졌다. 뿐만 아니라 고와 둘이서 부엌에 들어가 요리를 만드는 것은 즐겁기까지 했다. 고색창연한 부엌이었지만 냉장고와 가스레인지만은 번쩍번쩍 빛나는 새것으로 훌륭했다.

사흘에 한 번 온다는 건 거짓말이 아닌 듯, 구운 닭 다리며 미트파이며 캔에 든 밥이며 샐러드 등이 가득 들어 있어 재료는 넘쳐날 정도였다. 나는 초스피드로 저녁을 준비했다. 자취한 지 오래라 맛은 둘째 치더라도 스피드 하나는 알아줬다.

부엌 싱크대는 이루 말할 수 없이 어실러져 있었다. 그리고 지저분한 식기들이 잔뜩 쌓여 있었는데, 그것은 모두 2인분에 해당하는 것들이었다.

고와 그의 아내, 아니면 친구는 설거지와 뒷정리를 싫어하는 모양이었다.

고는 나를 도와서 거실로 음식을 나르면서 깜짝 놀라 말했다.

"언제 이렇게나 많이 장만한 기고?"

"어머, 다 남아 있던 것들이에요. 난 그냥 데우기만 했을 뿐인데."

나는 여러 가지 종류를 조금씩 예쁘게 담아 성대하게 만드는 데 천재다.

나와 고는 드디어 마주 보고 앉아 아주 자연스럽게 서로에게 씽긋 미소를 지어 보였다.

차갑게 보관한 화이트와인의 코르크 마개를 빼면서 고가 물었다.

"당신 남편한테도 틀림없이 이렇게 맛있는 음식을 만들어주겠지?"

"당신도 틀림없이 부인하고 이렇게 마주 앉아 식사를 할 테고?"

그러고는 더 이상 말할 시간도 아까울 지경이었다. 맹렬하게 배가 고팠으므로 먹기에 바빴다. 나도 잘 먹지만 무엇보다 고의 먹는 모습이 마음에 들었다. 그는 사자처럼 먹고 마셨다. 빈 맥주병이 쌓였다.

　일 때문에 간혹 내 작업실을 찾아오는 청년은 허리도 가늘지만 원체 뭘 먹지 않았다. 음식을 지저분하게 깔짝거리기 일쑤고 남으면 아무렇지 않게 쓰레기통에 휙 버린다. 그런 모습에 익숙해서인지 접시까지 핥을 정도인 그의 식욕은 기분까지 상쾌하게 했다. 그러는 틈틈이 퍼붓듯 마시고 얼굴은 붉어지고 땀 흘리고 큰 소리로 웃었다. 말하자면 바이킹의 그것처럼 호쾌하고 시끌벅적한 식사였다.

　나는…… 나도 물론 많이 먹었다. 나는 이제껏 한 번도 식사량을 줄이거나 한 적이 없었다. 미미는 우무나 곤약을 밥 대신 먹곤 하지만. 접시에 한가득 주먹밥을 만들어뒀기 때문에 나는 양손에 하나씩 들고 먹었다.

　"이렇게 안 하면 뺏기니까."

　그러자 고도 나처럼 두 개씩 들고 먹었다. 그래서 우리는 또 웃었다. 마지막 한 개 남은 주먹밥을 놓고, 고가 말했다.

　"누가 먹지?"

　"가위바위보로 정하죠?"

　"드세요, 소리가 그렇게 안 나오나?"

"옛날 책에 말이죠, 기근에 대한 이야기가 나와요. 기근일 때는 애정이 깊은 사람이 먼저 죽는다고 말이에요. 사랑하는 사람에게 먹을 걸 주고 자기는 안 먹으니까……. 엄마와 아이의 경우, 엄마가 먼저 죽는다는 거죠. 남편과 아내의 경우엔 아내가 먼저 죽고…….『호조키』*라는 책에 나와요."

"순 거짓말! 하지만 그런 말까지 듣고 이걸 먹을 수는 없지."

그렇게 해서 나는 마지막 한 개까지 먹어 치웠다.

"자~, 이제 배도 부르고, 자기 전에 한잔해볼까!"

고는 이렇게 중얼거리며 이번에는 위스키를 마시기 시작했다.

"그렇게 마시면 집에 못 가잖아요!"

"집에 갈라꼬?"

"밥만 먹고 가는 건 좀 그렇지만."

"난 가기 싫은데……."

"처음 와서 낯선 집에서 자는 건 싫어요."

"있잖아, 그……. 옛날 책에 이럴 때는 뭐라고 써 있을

• 方丈記, 가마쿠라 전기의 수필.

까? 식사 후 바로 돌아가는 건 실례라거나 건강에 안 좋다
거나, 뭐라꼬 안 써졌나? 어차피 남편도 출장 가고 없다
아이가?"

"하지만 당신…… 우쭐댈 텐데, 그 꼴을 보기 싫어서 갈
래요."

"침실, 안 볼래? 당신 마음에 들 긴데."

그는 열심히 설득했다. 나는 대답했다.

"아까 봤어요. 침대가 두 개. 하나는 안 썼던걸?"

"상쾌하고 편안한 침실이지……. 숙취에는 그만인 방이
라고. 아침이면 온갖 종류의 새들이 날아와. 멋진 아침 햇
살에 물든 구름도 보이고. 아침 산에는 아무도 없어. 골프
장에 안 가볼래? 아니면 목장까지 차로 달려가서 신선한
우유를 마실까?"

아침에 우유를 마시기 전에 먼저 밤이 무사히 끝날 것
같지 않았다.

"정말 아쉽군. 이렇게 단 둘이 있기도 힘들 텐데."

고는 이렇게 말하고 벌떡 일어서서 내 옆으로 와 앉았
다. 그리고 내 무릎 위를 툭툭 두드리며 말했다.

"나 있지, 어제 당신을 처음 본 순간, 가슴이 철렁했다
아이가."

"왜요?"

"왜였을까? 뭔가 찌릿 오는 게 있었거든……. 마음에 계속 걸리는데 뭔지 모르겠어. 오늘 밤, 당신이 순순히 안 따라오면 강제로라도 여기 끌고 오려고 했다니까."

"어머나!"

"당신은 그런 적 없나? 잠깐 봤을 뿐인데 자꾸 생각나서 미치겠는 적?"

그러고는 피할 새도 없이 나에게 키스를 했다. 그것은 불쾌하기는커녕 너무 기분이 좋은 나머지 그 순간 와르르 내 안의 뭔가가 무너지는 것 같았다. 적당한 취기와 포식 후의 나른함과 기분 좋게 싸늘한 습기와 밤바람의 냄새, 그리고 독특하기 그지없는 별장의 분위기.

그리고 뭔지 모르게 반발심이 일면서도 마음이 잘 맞는 남자와의 수다. 그가 지금 나의 손을 잡고 가지 말라고 애원하고 있다.

"이렇게 즐거운 추억을 만들기가 그리 흔한 일은 아니야. 틀림없이 오래도록 추억으로 남을걸! 난 바로 알아봤어, 그때 한큐호텔에서 처음 만났을 때."

지금까지 그가 이런 식으로 여자들을 데려와서 마음껏 즐겼으리란 것은 얼마든지 상상할 수 있었다. 하지만 나는 그의 유혹에 넘어가는 척해서라도 그를 데리고 놀고 싶어졌다. 그래서 두 손으로 얼굴을 감싸 쥐며 "시집 못 가면 어떡해, 싫엇!" 하고 말을 끝맺지도 못하고 나는 그만 웃고 말았다. 고는 물론 기쁨에 벅차서 웃었다.

"있지, 노리코. 그럼 우리 처녀놀이 하까?"

"미미한텐 비밀로 해줄래요?"

"물론이지. 아아, 좋아라! 일단 말해보고 볼 일이군, 이런 건!"

그는 두 손을 쓱쓱 비비며 기쁨에 들떠서 말했다.

"고집 부려서 미안~."

그가 이렇게 말하는 데 웃지 않고는 배길 수 없었다. 비교적 장사꾼이라는 인상을 주었다.

오사카에서 샐러리맨과 장사꾼은 별개의 인종으로 분류하고 있었다. 이것은 직업상의 구별이 아니라 성격상의 분류다. 그러므로 자영업을 하는 장사꾼이라도 진정한 장사꾼이 아닌 사람도 있다. 샐러리맨이라도 진정한 장사꾼이라 일컬어지는 사람도 있다. 즉 성격상의 샐러리맨이란 융통성 하나 없이 정사각형처럼 반듯반듯하고 합리성을 따지고 깐깐한 사람, 장사꾼이라 불리는 성격은 두루뭉술하고, 신축성이 있고, 이해력이 좋고, 장난기가 있고, 그러면서도 어느 틈엔가 자기주장을 관철하고 마는 노련한 전술의 인간관계를 특기로 하는 느낌이 드는 사람이다.

그러므로 그가 그런 단면을 얼핏 보여주었기 때문에 부잣집 도련님이든 아니든 역시 장사꾼이다 싶었던 것이다. 참고로 오사카에서는 장사꾼이라고 하면 어디까지나 칭찬하는 말이다.

나는 먼저 미미와의 약속을 해치우기로 했다. 고는 윗저고리를 거실 구석에서 가져와 낱장인 채로 들어 있던 지폐들을 꺼내 나에게 내밀었다. 나는 돈을 세어 핸드백에 넣었다.

그리고 둘이서 초고속으로 뒷정리를 하고 문단속을 했다. 그럴 때 우리의 움직임은 그야말로 빛의 속도! 고는 잊지 않고 한마디 한다.

"손발이 착착 잘 맞는데이!"

내가 거실에서 가발을 벗고 침실로 들어서자 고는 깜짝 놀란 얼굴로 나를 보았다.

"그게 훨씬 좋은데! 젊어 보이고 귀여워."

이 남자, 아부도 그만인걸! 그런데 내 옷, 앞에서 단추를 여미도록 되어 있는 옷을 벗기려고 단추를 끄를 때 그의 손가락이 흥분에 부르르 떨고 있는 것이 보였다. 사실은 확 잡아 뜯어버리고 싶은 심정이었는지도 모른다.

"엄마한테 혼날 거야~."

나는 짐짓 두 손등을 눈에 대고 우는 시늉을 했다.

"우린 결혼할 거니까 괜찮아, 응!"

그의 가벼운 듯하면서도 묵직한 목소리가 대사와 어쩜 그리 잘 어울리는지!

"정말? 정말 나랑 결혼해줄 거야?"

"할게."

"그래도, 무서워서 싫어…….."

나는 터질 것 같은 웃음을 참느라 이를 앙다물었다.

"아프게 안 할게, 응? 안심하고 릴렉~스해라. 나만 믿어잉."

그의 마지막 대사에 더 이상 참지 못한 우리는 배꼽을 잡고 웃었고, 눈에 눈물을 글썽인 채 키스했다. 그리고 타는 것처럼 뜨거운 그의 손이 나의 한쪽 젖가슴을 들어 올렸지만, 내가 어찌나 심하게 웃었던지 그도 웃음을 멈출 수가 없었다. 하지만 웃음 덕분에 나는 그의 어깨를 느낄 수 있었다. 강철처럼 단단한 이깨였다.

"보기보다 근육질 아이가?"

이 말에서 고가 자기 몸에 상당한 자부심을 가지고 있

다는 걸 알 수 있었다. 그때부터는 정말 즐거웠다. 서로 잘 모르는 남녀가 잘 때는 웃는 것이 제일 좋다. 하지만 웃음에 너무 심취한 나머지 내가 어리광 섞인 목소리로, "싫어, 싫어……. 아프니까 싫어"라며 몸을 빼자, 몸이 달은 그가 "그만 좀 해!"라고 버럭 화를 내고 말았다.

고도 나와 함께 있어 즐거웠으리라 생각한다. 그렇게 생각한 것은 그것이 끝난 뒤 대개의 남자는 여자의 눈을 피하며 서둘러 옷을 입거나 텔레비전을 켜는데, 고는 알몸인 채로 겨드랑이 밑에 내 머리를 끌어안고 가만히 누워 있었기 때문이다. 그리고 천천히 담배를 피워 물었다.

"어이, 내일 밤에도 여기 오까?"

"글쎄……. 와도 좋아요."

"남편은 출장에서 언제 오는데?"

고는 줄곧 내 남편이라는 사람의 존재를 잊지 않았던 모양이다.

"하루, 아니면 이틀?"

"흐~음."

그는 벌떡 일어서더니 별을 봐봐, 하고 소리친다. 창문으로 산꼭대기에 걸린 별들이 보였다. 추웠으므로 고의 스웨터를 입었다. 창밖에 소나무 숲이 있는데, 거기 비석이 두 개 서 있었다. 뭘까 궁금한 생각에 수은등 불빛에 들여다보니, 하나에는 '××궁 비전하가 손수 심으신 소나무' 또하나에는 '××궁 ××자 공주께서 손수 심으신 소나무'라고 적혀 있었다. 비석은 아직 새것이었다.

"아버지가 좋아하시거든, 이런 거. ××궁 비전하는 내 할머니의 친가 쪽 출신이시지."

"감히 근접할 수 없겠군요."

"매년 여름이면 한 대엿새 정도 여기에 오시거든."

"손수 심으신 소나무라는 발상이 역시 다르네요, 윗분들과 아랫것들 차인가!"

"그런 식으로 말하지 마라. 내가 세운 것도 아닌데."

고는 변명처럼 이렇게 말했다.

"그럼 나는 손수 데려온 여자, 뭐 그런 건가?"

"그렇게 놀리지 마라니까!"

그런 식으로 장난치고 노는 것이 즐거웠다.

그는 내가 팔을 뻗어 안아도 한 아름에 안을 수 없을 정도로 크고 두툼한 가슴팍을 가졌다. 그는 나의 목을 한 손으로 잡아보더니 말했다.

"한 손에 다 들어오네! 한 손으로도 죽일 수 있겠는걸. 좋은데……. 이렇게 가는 뼈에 살이 토실토실 붙어 있는 몸이 난 좋더라."

전화기가 울렸다. 나는 튀어 오를 정도로 놀랐다. 가슴
이 두근거렸다.

"여기, 전화도 있어요?"

"있지. ……이 시간에 누구지. 시끄럽네, 정말."

고의 손목시계를 머리맡에서 찾아보니 11시였다. 하계
(下界)에서는 겨우 밤의 문턱일 시간이다.

고는 벌거벗은 몸으로 옆방으로 전화를 받으러 갔지만
금방 돌아왔다.

"노리코 당신 전화야, 미미."

"나 여기 있다고 했어요?"

"거짓말은 질색이거든."

전화를 받자 미미는 다짜고짜 울먹이며 말했다.

"노리코, 돈은 받았어?"

"응, 받았어."

"내내 기다렸잖아. 나 속이 너무 안 좋단 말이야, 어젯
밤부터. 아무래도 입덧 같아. 병원에 같이 가달래려고 내
내 기다렸는데……."

*

나는 서둘러 작업실로 돌아왔다.

벌써 1시가 다 되어갔지만 미미는 관리인에게 부탁해 문을 열어 달랬는지 집 안에서 기다리고 있었다.

냉장고를 멋대로 열어봤는지 완두콩 통조림을 먹으면서 텔레비전을 보고 있었다. 나는 속이 부글거릴 정도로 화가 치밀었다. 고가 여기까지 태워다주기는 했지만, 솔직히 말해 고와 하룻밤 내내 같이 있어도 좋겠다는 생각을 하고 있던 참이었다. 그런데 그것을 방해받은 것에 대한 분통함과 더불어 미미한테 고와 함께 있었다는 걸 들켜버렸다는 수치심.

미미는 대체 나를 어떻게 생각할까 하는 꼴사나움에, 한술 더 떠서 이상한 소리를 하는 미미에 대한 왠지 모를 불길한 예감이 스쳤다.

하지만 미미는 내가 고와 무엇을 했는가 하는 것은 염두에도 없는 듯, "노리코, 일이 이상하게 꼬이고 말았어. 어떡하지, 응?" 하며 다짜고짜 샤워하고 있는 나에게 큰 소리로 말했다.

"오늘 아무것도 못 먹었어. 다 토해버렸다니까⋯⋯. 먹

50

는 족족! 널 얼마나 찾아다녔다고!"

"미미 너, 고의 별장 전화번호 어떻게 알았어?"

"그거 모르는 사람이 어딨니? 여자만 봤다 하면 다 데려가는 덴데. 손수 심으신 소나무라나 뭐라나. 오사카 여자라면 다 알고 있을걸?"

나는 흠뻑 젖은 채 욕실에서 튀어나왔다.

"정말이야, 그거? 미미, 너도 갔단 말이야?"

"난 타짱하고 갔지. 고는 무슨 모델인가 하는 여자애랑 같이 있었고. 넷이 거기서 잔 적 있어."

고는 그 모델녀와도 '처녀놀이'를 했을까?

화가 머리끝까지 치밀어 오른 나는 '나쁜 자식, 빌어먹을 ××'라고 속으로 욕을 퍼부을 뿐이었다. 나는 목욕 타월을 두른 채 파자마를 입었다.

"고가 어쩌고저쩌고. 그런 놈 일은 난 몰라. 문제는 나라고. 이제 어쩌면 좋으니?"

나는 말없이 작업대 앞에 앉았다. 그러자 겨우 미미의 말이 귀에 들어왔다.

"근데 그런 건 진찰을 받아보기 전엔 모르잖아, 진짜 임신인지 아닌지."

"그렇긴 한데……. 왠지 맞을 것 같아."

"경험 있어?"

"없지만. 내 직감이 잘 들어맞거든."

나는 마음을 가라앉히기 위해 서랍을 열어 인도의 향을 꺼내 피웠다.

"으악! 얼른 꺼. 그런 이상한 냄새 맡으면 속이 울렁거린단 말이야."

그래? 상쾌하고 달콤한 향인데 그러네. 미미는 화장실로 허겁지겁 달려갔다. 그제서야 나는 서둘러 향을 끄고 화장실로 미미를 쫓아 달려갔다. 그녀는 눈물을 글썽이며 괴로워하고 있었다. 조금 전에 먹은 완두콩을 고스란히 토해낸 뒤로는 아무것도 나오지 않자 그저 괴롭게 헛구역질만 할 뿐이었다.

나는 미미 대신 뒤처리를 한 뒤 물이 담긴 컵을 건네주고 입을 헹구게 했다. 이쯤 되자 나도 미미의 직감을 믿지 않으면 안 될 것 같은 예감이 들었다.

나는 화장실에서 돌아와 고에게서 받은 10만 엔을 적나라하게 펼쳐놓았다. 미미는 눈물을 닦으며 돌아왔다. 그것은 슬퍼서 나오는 눈물이 아닌 생리적인 눈물이었다.

"아아~, 힘들어."

그녀는 힘없이 중얼거렸다.

"바보……."

그런 미미를 욕해주려고 한 내 목소리에도 왠지 박력이
없었다.

"만일 진짜면 어떡할 거야?"

"낳을 거야."

"장난하니, 지금?"

"나, 아기 좋아해."

미미는 천진스러운 얼굴로 눈 밑을 긁적이며 말했다.

"부탁이니까 나 좀 혼란스럽게 하지 말아주라. 미미 너,
카이 씨한테 돈을 뜯어낸 건 아이를 낳지 않겠다는 약속
때문이잖아."

"근데 진짜 생기고 보니까 마음이 변했어."

"그럼 이 10만 엔은 어쩔 건데? 10만 엔도 받고 아이도
낳는 건 누가 봐도 사기라고!"

나는 사기꾼이 되는 건 싫었다. 남자 여자 사이에 전술
은 필요하지만 사기는 규칙 위반이다. 그것은 남자와 여자
의 즐거운 거래를 일탈한 범죄다. 내가 보기에 아기가 생
겼다고 속여서 10만 엔을 착취한 것은 그래도 마땅한 짓을
타카유키가 했기 때문에 미미에게 정당한 권리가 있지만,
그래놓고 약속을 깨는 것은 공정한 처사가 아니다.

"10만 엔 돌려주고, 아기 낳을 거야."

미미는 아무렇지 않게 말했다.

"아아, 너 정말 바보 아니니!"

나는 소리쳤다. 아기란 게 서양골동품가게에서 도자기나 램프를 사서 장식해두는 것이 결코 아니라고 가르쳐주고 싶었다. 마음에 든다고 해서 장식장에 세워두기만 하면 되는 게 아니라고. 손길도 필요하고 돈도 필요하다. 그럴 거라고 생각한다. 아직 낳아본 적은 없지만.

여자들 중에는 아기를 도자기나 인형이나 드라이플라워 꽃다발처럼 생각하는 애들이 간혹 있다.

"그래도 낳고 싶단 말이야."

미미는 이렇게 말하면서 줄곧 자기 배를 내려다보고 있었다. 나도 따라 그녀의 배를 보면서 물었다.

"그렇게 카이 타카유키가 좋니?"

"왜?"

"그 사람을 좋아하니까 낳겠다는 거잖아?"

"타짱하곤 상관없어."

"뭐어?"

"나 그 사람 그렇게 좋아했던 것도 아니야, 생각해보니까. 난 그냥…… 타짱! 이라고 부르고 싶었을 뿐이야. 그래서 '타'자로 시작되는 이름을 가진 남자를 좋아했던 거지."

미미는 가끔 이해하기 힘든 이상한 소리를 하는 여자다. 미미의 말을 듣고 있자니 안 그래도 복잡한 머리가 더 혼란스럽다.

"그렇다면 '타'자 이름을 가진 남자라면 누구라도 상관없었다는 얘기?"

"뭐 그렇다고 할 수 있지."

미미는 새침하게 말했다.

하루를 그냥 보내고 난 뒤 나는 카이 타카유키에게 전화를 걸었다. 마침 점심시간이라서 그를 포섭할 수 있었다. 나는 먼저 10만 엔을 잘 받았다고 말한 뒤, "오늘 밤 제 작업실로 와줄 수 있어요?"라고 서슴없이 물었다.

"무슨 일로?"

대신 그의 목소리에는 경계심이 가득했다.

"별일은 아니고, 그냥 잠깐이면 돼요."

그러자 그는 마지못한 듯 알았다고 했다.

미미가 먼저 와 있었기 때문에 타카유키가 왔을 때, 나와 미미가 같이 있는 걸 보고 많이 놀란 모양이었다.

"이럴 줄 알았다니까!"

"그러지 말고 앉아요, 카이 씨. 맥주? 아니면 위스키?"

내가 물었다.

"이런 상황에 술 마시고 싶겠어요, 용건이 뭔데?"

타카유키는 더워선지 웃옷을 벗어 들고 있었는데, 땀이 많은지 에어컨이 틀어진 방에서도 땀을 흘리고 있었다.

"있지 타짱, 나 생각해봤는데."

미미는 애교 섞인 목소리로 타카유키에게 다가섰고, 타카유키는 낭패감과 불안감이 역력한 얼굴로 바짝 긴장한 채 서 있었다.

"미미가 생각했다면 필시 정상적인 일은 아니겠군. 대체 뭔데?"

"나…… 역시 낳을까 봐."

"말도 안 돼! 제발 그러지 마~!"

타카유키는 곧 울 것처럼 외쳤다.

"치사하게 그럴 거야? 그러게 돈 줬잖아!"

"그래서 10만 엔 돌려주려고."

미미는 왔던 그대로의 지폐를 타카유키에게 내밀었다. 타카유키는 그것을 다시 미미에게 되밀었다. 옆에서 보고 있는 나에게 그것은 돈다발이 아니라 뭐랄까 아기가 든 알 같은 것이 미미한테 갔다가 타카유키한테 갔다가 하는 것처럼 보였다.

"이봐요, 어쩌다 이 지경이 된 거요?"

카이 타카유키는 나에게 도움을 청하듯 물었다. 난파한 배 위에서 구조를 요청하는 사람의 눈빛이었다. 나는 무겁게 말했다.

"그때하고 지금하고, 사정이 달라졌어요."

"어떻게 달라져요?"

그건 설명할 수 없다. 옆에서 미미가 단호하게 말했다.

"어쨌든 낳을 거야!"

"나는…… 나는 결혼할 수 없어."

타카유키가 애교 넘치는 검은 눈에 지금은 애원의 빛을 담아 말했다.

"어머, 누가 결혼해달라고 했어? 낳겠다는 것뿐이야."

"안 돼, 내 입장도 생각해줘야지!"

"그러니까 돌려준다잖아. 약속을 어겼으니까 돈 돌려주겠다고."

미미가 이렇게 말하자, 타카유키는 체면이고 뭐고 상관없다는 듯 두 손을 모아 미미에게 빌었다.

"제발 부탁이니까 받아줘, 이 10만 엔!"

"어머머, 이러지 마, 타짱……. 타짱을 곤란하게 할 생각은 요만큼도 없어."

미미는 타카유키의 어깨를 집적거리며 말했다. 그 모습이 역시 몸을 섞은 사람들의 그것처럼 보였다. 저렇게 해서 둘만의 공간에서는 틀림없이……. 나는 둘이 너무 잘 맞아 그렇고 그렇게 사이좋은 관계가 되었을 것이란 상상을 했다.

"미미, 10만 엔이 적으면 5만 엔 더 줄게."

타카유키는 한 손을 활짝 펼쳐 보였다.

"15만 엔 줄게. 제발!"

"싫어~."

"그럼 20만 엔! 부탁이야, 20만 엔 받아주라!"

"싫어. 아기가 갖고 싶어졌단 말이야."

"나 좀 그만 괴롭히고 제발……. 그렇다면 21만……, 22만……, 22만 5천!"

점점 단위가 작아지고 있었다.

"그냥 30만 엔 불러보죠?"

내가 이렇게 끼어들자, 타카유키는 울먹이는 목소리로, "30만 엔. 30만 엔 줄게"라고 잠꼬대처럼 중얼거렸다.

"30만 엔 줄 테니까 아기 갖고 싶다느니 하는 소리 하지 마. 요즘 같은 세상에 아기 낳아서 어떡하려고, 응! 생각해봐, 공해로 가득한 이 세상에 말이야. PCB도 잔뜩 있고,

광화학 스모그도 가득하고, 수은중독이네 납중독이네 핵
실험이네로 오염될 대로 오염된 세상에 무슨 죄를 지으려
고 아이를 낳아!"

그는 두 손으로 머리를 쥐어뜯더니, 무슨 생각이 났는
지 갑자기 정색을 하고 물었다.

"근데 그거 진짜야?"

"정말이야. 병원 가서 확인했다니까. 축하해요, 라고 의
사선생님이 싱글벙글 웃으면서 낳으실 거죠? 라고 묻길
래, 네~ 낳을 거예요~라고 나도 싱글벙글 웃으면서 대답
했지."

"그놈의 의사를 콱 죽여버릴까 보다!"

"의사선생님하고 약속했는데, 이제 와서 못 낳겠어요~
할 수는 없잖아."

"나랑 한 약속은 어쩌고!?"

타카유키는 다시 10만 엔을 들이밀었다.

"이 세 배를 준다잖아, 제발! 30만 엔으로 부족해? 하지
만 나 지금 그 이상의 돈은 없어. 제발, 미미……."

"그렇게 큰 소리로 말하지 마요."

내가 주의를 주었다. 이 맨션은 옆집에는 안 들리는데
이상하게 아래층에는 잘 들리기 때문이다.

"이쯤에서 교섭은 일시 중단하기로 하고, 지금은 이 돈 가지고 가요, 네?"

나는 타카유키 편이었다. 나라면 30만 엔 받고 안 낳는 쪽을 택할 것이다. 하지만 미미는 어린애처럼 고집스러운 데가 있어서, 한번 말을 꺼내면 죽어도 안 듣는 이상한 고집이 있었다.

좀 더 시간을 들여 설득하면 미미도 언제 그랬냐 싶게 마음을 바꿔먹을지도 모른다. 입덧이 심해지면 또 생각을 바꿔먹을 수도 있는 일이다. 미미에게 그런 면이 있다는 걸 나는 잘 알고 있었다.

"나도 KO펀치 한 방 먹은 기분이라고. 설마 이런 일이 지금에 와서 벌어지리라고는 생각도 못 했어. 하지만 이 돈은 놓고 갈게."

"복잡해지는 거 싫으니까 가지고 가!"

미미가 소리쳤다.

"복잡하게 만든 게 누군데?"

타카유키도 지지 않고 소리쳤다.

나는 타카유키를 배웅하기 위해 엘리베이터까지 함께 갔다.

"너무해요, 노리코 씨도."

그는 나에게까지 화를 냈다. 하지만 나는 나도 타카유키의 의견에 찬성한다고 말하고 싶지는 않았다.

"다시 연락할게요."

타카유키는 엘리베이터에 올라탄 후 말했다.

"고한테는 말하지 말아요, 창피하니까."

2, 3일 지나서 미미에게 전화를 걸었다.

"아직 입덧이 심해……. 오늘도 회사 못 갔어."

미미는 기운이 없었다.

"나중에 들를게."

"어디 가?"

"응, 친구가 쇼에 출연해서 그거 보러 가. 하와이안 말이야."

"아아, 가고 싶다. 나도 좋아하는데……. 하지만 움직이는 것도 힘들어."

"지금 뭐해? 누워 있어?"

"누워 있긴 한데 자위행위는 안 해. 그냥 늘어져 있을 뿐이야. 힘들어."

미미는 천진난만하게 말하지만 나는 그런 천진난만은 절대 사절이다. 그것은 민폐인지도 모르고 아이를 낳겠다고 고집 피우는 독단과 얼간이처럼 덜커덕 임신부터 해버리는 대책 없이 머리 나쁜 천진난만과 동격이다.

어른은 천진난만만으로는 살아갈 수 없는 존재다. 특히 여자는.

나는 일이 남아 있긴 했지만 그만두고 집을 나섰다.

하얀 레이스가 달린 긴 팔에 약간 기장이 긴 옷을 입고 검은 에나멜 구두를 신었다. 그 친구는 오사카 북쪽에 위치한 새로 생긴 호텔에 출연하고 있을 것이다.

호텔 13층 레스토랑에서 등불의 바다가 내려다보였다. 인공의 야자 숲이 한쪽 구석에 만들어져 있었는데, 깊이가 느껴지는 아름다운 생음악의 하와이안기타 소리가 금방 귀에 들어왔다.

나는 보이의 안내를 받아 밴드 바로 앞자리에 앉았다.

하계의 등불을 효과적으로 보이게 하기 위해선지 조명은 어둡고 테이블 위에는 촛불이 켜져 있었다. 하지만 인공 야자 숲에는 달빛처럼 파란 조명이 내리비치고 있어 마치 하와이 해변에 있는 것 같았다.

알로하셔츠를 맞춰 입은 밴드의 멤버들 중에 친구 미우라 고로가 있었다. 그는 나를 알아보고 진지한 얼굴로 고개를 끄덕였다.

나는 그의 오른쪽에서 베이스기타를 치고 있는 타케고

시 씨도, 왼쪽의 스틸기타를 치고 있는 나미다 씨도 알고 있었다.

세 사람 모두 직업은 따로 있다.

여름철 밤에만 아르바이트를 하는 성실하기 짝이 없는 직장인들이다.

하지만 나는 그 어떤 밴드보다 실력 있는 밴드라고 믿고 있다. 특히 고로의 하와이안기타는.

나는 팔꿈치를 세워 손등으로 턱을 받치고 앉아 가만히 고로를 바라보았다. 그는 열정적으로 기타를 치면서 가끔 천장을 올려다보았다. 그것은 악기 소리에 화답이라도 하는 듯한 파도 소리와 야자 잎이 부딪히며 내는 바람 소리에 귀를 기울이고 있는 것처럼 보이기도 했다.

나는 그에게서 눈을 뗄 수 없었다.

그는 낮에는 지극히 정상적인 샐러리맨이므로 머리를 단정하게 자르고 있었다. 쓸쓸해 보이면서도 성실한 얼굴로, 옛날 은행원이었던 느낌은 색 바래지 않고 여전히 남아 있었다. 그는 하와이안 음악에 너무 심취한 나머지 해고되어 지금은 새로 생긴 상사에 다니고 있는 남자다.

고백하자면 나는 미우라 고로를 좋아한다. 그러면서도 고로 앞에 서면 도저히 고백할 수가 없다.

고 앞에서는 그렇게 잘 돌아가는 혀도 고로 앞에 서면 순간 얼어버리고 만다.

고로는 분명 나보다 한두 살 연상일 터였다. 그리고 사람에 따라서는 그 나이면 아이가 둘 정도 있어도 이상할 것 없을 텐데, 고로는 아직 독신일 뿐 아니라 분위기로 보나 얼굴로 보나 이제 갓 대학을 졸업한 풋내기 같았다.

그것은 세속의 때가 묻지 않은, 얼핏 바보스러우면서 우수에 젖은 듯하고 왠지 몽롱해 보이는 고로의 성격 때문일 것이다.

그게 아니면 그 좋은 나이에 언제까지고 하와이안에 넋을 빼고 여름만 되면 밤이면 밤마다 아르바이트를 전전할 수는 없다.

실제로 아르바이트하는 업소에서는 하와이안에 대한 그들의 순수한 열정을 악용해서 몇 시간의 공연을 참새 눈물만큼의 돈으로 날로 먹고 있으니 말이다.

돈을 바라고 할 수 있는 일이 결코 아니다.

좋아하니까 하는 거지.

그래서 나는 고로와 함께 밴드를 하는 베이스기타의 타케고시 씨도 스틸기타의 주자인 나미다 씨도 고로 못지않게 좋아한다.

돈보다 좋아하는 것이 있는 사람이야말로 현대 최고의 낭만주의자니까.

타케고시 씨는 버젓한 회사의 사장님이자 쉰네다섯 살의 신사, 나미다 씨도 신사이바시의 유서 깊은 요리점의 후계자이자 서른대여섯의 헌걸찬 사나이. 모두 사리 분별 확실한 지극히 모범적인 시민이다.

그런 그들이 좋아하는 일을 위해 한여름 밤이 되면 각자의 악기를 끌어안고 호텔이나 레스토랑을 돌며 참새 눈물만 한 돈을 받고 기꺼이 연주하며 무아지경에 빠져드는 것이다.

음색이 아름다운 건 '좋아 죽겠는' 사람들이 연주하고 있기 때문이다.

나는 그렇게 믿는다.

그리고 또 항상 생각하는 것이지만 하와이안 음악이라는 '토속 음악'에는 야성 중에서도 가장 좋은 것들이 응축되어 있는 것 같다. 보통 토속 음악 중에는 정벌이니 습격이니 기습이니 하는 노래가 많은데, 이것은 마음을 흥겹게 하는 무장해제의 노래다.

포식한 인간이 부르는 노래다.

술에 취해 순식간에 안락한 잠에 빠져드는 사람이 부르는 노래다.

그 음색과 선율에는 사람의 마음을 자유롭게 녹아들게 하는, 저항하기 힘든 힘이 있다.

이것은 눈을 감고 음미하며 듣는 음악이 아니다.

눈을 뜨고 있지만 아무것도 보지 않을 때, 뭔가 다른 생각에 들뜬 마음으로 들을 때 최고의 감동으로 다가오는 아름다운 음악이다.

내 오빠와 고로의 형은 학창시절부터 절친한 친구로, 고로도 자기 형과 함께 우리 집에 곧잘 놀러 오곤 했었다. 대학 졸업 후 다른 도시에 있는 은행으로 취직이 되면서 얼마간 만나지 않았다. 오랜만에 재회했을 때는 은행에서 잘려 다른 회사로 옮긴 후였다.

"아직 혼자야?"

내 물음에 고로는 싱글싱글 웃으면서 '아니'라고 대답했다. 나는 순간 내 얼굴색과 목소리가 바뀌는 걸 느끼면서 물었다.

"아, 그래? 미인이야?"

"미인이지, 미인. 천하일품. 일본에서는 다섯 손가락 안에 뽑힐걸!"

"그~래? 선녀는 아닐 테고……. 어디서 그런 미인을 얻었대?"

"얻은 게 아니라, 샀다."

"샀어?"

"응, 35만 엔이나 주고. 진~짜 비싼 여자 친구!"

고로는 그렇게 하와이안기타에 대해 기쁨에 들뜬 목소리로 말해주었다. 고로는 여유가 있고 마음씨 좋고 상냥하기는 우주 최고에다, 죽었다 깨어나도 남의 험담이나 중상모략은 물론이고 비열한 아첨이나 협박 따위는 절대 안 하는 청렴결백한 성품은 옛날 그대로였다. 만일 선녀가 여자 아닌 남자여서 '선남'이라는 게 있다면, 고로 같은 사람을 두고 하는 말일 것이다.

그런데 무슨 이유에선지 나는 옛날부터 선남인 고로를 정말 좋아했다.

나카야 고는 '자꾸 생각나서 미치겠는' 인연이 있다고 했지만, 나에게는 그야말로 미우라 고로가 그런 사람이다. 옛날부터 농담을 주고받는 사이이긴 했지만 막상 절호의 기회다 싶은 순간이 오면 나의 혀는 이상하게도 바이스에 꼭 물려버린 것처럼 끄떡도 하지 않는 것이다.

그래서 결국 나는 고로의 몸을 보면서 이런저런 야한 상 상들만 하고 있을 뿐이다.

물론 옛날에도 그랬던 건 아니다. 스물한두 살의 순진 한 아가씨였을 때는 막연히 고로를 좋아하기만 했었다.

그럼에도 불구하고 나와 고로 사이에는 아무 인연도 없 이 몇 년간 끊기고 말았다.

'오랜만에 재회했다'고 아까 간단히 말했는데, 그것은 내가 스물일고여덟 되던 해의 일이었다.

요컨대 그때의 나는 후딱후딱 닥치는 대로 남자를 경험 한 상태였고, 그럼에도 불구하고 고로를 좋아하는 마음은 옛날과 눈곱만큼도 달라지지 않았기 때문에, 그런 만큼 전 보다 더 즉물적이고 구체적으로 고로에게 집착하게 되었 다는 말씀.

경험이 없는 여자는 상상의 나래를 펴기 어렵기 때문에 어렴풋하면서 아리송한 연정을 어떻게 설명할 길이 없는 법이다.

하지만 경험이 있는 여자는 손바닥을 가리키듯 자기가 뭘 어떻게 하고 싶은지 알고 있다.

나는 고로의 성품과 마음만이 아니라 육체도 좋아한다

는 걸 알았다.

좋은 비누 냄새가 날 것 같은, 단단해 보이면서 매끈한 몸매. 나카야 고의 도발적이면서 조각처럼 훌륭한 나체—그마저도 부자의 교만과 에고이즘을 상징하고 있다. 돈 들이고 자만심 들이고 시간 들여서 만든 육체미—와 달라서, 고로의 그것은 솔직하고 어딘지 쓸쓸한 육체다.

그런 무심한 육체가 나는 좋다.

툭 치면 울리는 번쩍이는 칼날처럼 여자가 만지면 도발적으로 일어서는, 잘 단련된 무기와 같은 고의 육체는 '저리 가라!'다.

나는 그렇게 생각한다.

손톱을 물어뜯으며 고로를 보고 있는 내 눈 속에는 틀림없이 야비하고 굶주린 정욕이 날뛰고 있을 것이다.

목덜미 하며 어깨 하며 가슴팍 하며, 그 외 다른 곳도 지긋이 바라본다. 그리고 그런 나의 애절한 욕정을 고로는 꿈에도 눈치채지 못하고 있으리란 사실, 그것이 나를 더 갈증 나게 한다.

그럴 때 사람은 말이 없어진다.

진정한 갈망은 사람에게서 말을 빼앗아버린다.

그런 이유로 내가 맥주를 앞에 두고 앉아 있는 자리로

고로가 왔을 때도 말하는 건 주로 고로의 몫이었다.

그는 웃자라버린 아이처럼 건들건들 무료해 죽겠다는 듯 손발을 움직인다.

말끔하고 상냥해 보이는 얼굴에 근심 걱정 없는 표정. 잡아먹고 싶어 미치겠다!

"밥 묵었나?"

그가 물었다.

"아, 아니."

"그럼 좀 있다 같이 묵자. 9시 반에는 끝날 기다."

"응."

"밖은 춥드나? 멀리 가면 좋을 텐데."

"춥진 않지만, 가까운 데도 좋지 뭘."

나미다 씨와 타케고시 씨가 와서 다 같이 맥주를 한 잔 마셨다.

그리고 9시 반, 그는 알로하셔츠를 벗어던지고 지극히도 평범한 샐러리맨 복장을 하고 서류가방까지 들고 나타났다.

"기다리게 해서 미안."

그렇게 우리는 거리가 좀 되지만 북쪽에 새로 생긴 상점가까지 천천히 걸어갔다. 가는 내내 고로는 이상한 이야기만 한다.

얼마 전에 교토의 한 레스토랑에 연주하러 갔는데, 그
것까진 좋았다. 근데 무대 바로 앞자리에서 타케고시 씨의
회사 남자 직원들이 먹고 마시고 있더라. 그런데 그중 누
구 한 사람 타케고시 씨가 자기 회사 사장인 줄 알아보지
못하더라는 이야기.

설마하니 폭신폭신한 융단이 깔린 사장실에서 가죽 의
자에 앉아 무섭게 노려보고 앉아 있는 권력자가 퍼런 알로
하셔츠에 목에는 플라스틱 꽃 목걸이를 걸고 베이스기타
를 퉁퉁 치고 있으리라고 누가 감히 상상이나 하겠는가!

"그기 다가 아니야. 그중에 한 사람이 아저씨 잘한다!
라면서 우릴 보고 박수를 치는 거야. 그래서 사장이 히죽
히죽 웃으면서 인사를 하니까, 우리보고 나중에 자기들 자
리로 와서 한잔하자는 거라!"

"어머."

"우리 셋 다 불려갔는데, 결국은 몰라보고 끝났다니까."

"그 사람들 많이 취했었어?"

"취했기도 하고 어둡기도 하고."

고로는 또 어느 날 우연히 들어간 양품점에서 와이셔츠
를 사고 있을 때 얘기를 했다.

"문득 이 가게가 중학교 때 친구 집이었다는 생각이 난 거야. 그러고 보니까 가게를 보고 있던 아저씨, 머리가 벗겨진 사람이었는데, 그 사람이 친구랑 많이 닮았더라고."

"아버지셨나 봐?"

"응, 나도 그렇게 생각하고 아드님 친굽니다 하고 인사를 했지. 그랬더니 그 사람, '야! 너 고로 맞지? 무슨 소리야, 나야 나, 자식!' 하는 거야. 내 친구였던 거지. 머리가 벗겨져서 몰라보겠더라고."

나는 배꼽을 잡고 웃었다. 이런 이야기를 하는 남자를 유혹할 분위기를 어떻게 만들어야 하나? 웃으면서도 내 머리는 바쁘게 움직이고 있었다. 나와 고처럼 각자 적당히 호기심 많고, 같은 정도로 별난 걸 좋아하고, 같은 비율로 호색한인 경우에는 말이 필요 없이 그저 탁구공처럼 툭툭 맞받아치다 보면 어느 틈엔가 분위기가 그쪽으로 흘러가게 돼 있지만, 고로는 죽었다 깨어나도 그럴 리 만무해 보였다.

만약 내가 고로의 정조를 노리고 있다고 말하면 아마도 고로는 기절초풍할지 모른다.

어디서부터 손을 써서 어떻게 설득할 것인가?

나는 고가 상대가 누가 됐든 롯코산 별장으로 끌어들이

는 것처럼, 어디론가 끌고 가서 앞뒤 안 가리고 잘 먹겠습니다~ 하는 건 싫다.

나의 바람은 고로가 나에게 반해서, 나를 유혹하고, 나를 탐해주는 것이다. 고가 강제로 나에게 했던 것처럼.

하지만 지금의 천진난만하고 무심한 고로를 보고 있으면, 그것은 이루지 못할 꿈처럼 절망적이다. 내가 고로 앞에서 그토록 말수가 적어지는 것은 절망감에 만신창이가 되기 때문이다.

이러다가 어느 순간 난데없이 나타난 어떤 여자가 그야말로 잘 먹겠습니다~ 하고 나보다 먼저 고로를 낚아채갈지 모른다고 생각하면, 억울함과 절망감과 슬픔으로 숨이 막히고 눈앞이 다 캄캄해진다.

고로의 상냥함과 친절을 나만 가지고 싶다. 몸도 마음도 내가 독점하고 싶다.

하지만 나는 그런 말은 차마 입 밖에도 꺼내지 못하고, 새로 생긴 상가의 아늑한 요리점에 마주 앉아 음식을 먹으며 기분 좋게 웃고 있었다.

내가 고로의 이야기를 재미있어하듯이 고로도 내 이야기를 관심 있게 들어주었다. 그는 언제든 내 이야기에 기꺼이 귀를 기울여주었다.

"제일 잘 팔리는 건 분홍색 변기 모양의 재떨이야, 내가 디자인한 것 중에서. 그다음엔 부채처럼 생긴 하얗고 큼지막한 웨하스 같은 과자. 팬티는 검은색 나일론으로 만든 건데 앞부분에 무화과 잎사귀를 응용했어. 그런 게 잘 팔린다니까. 지금 속옷에서 드레스까지, 손수건, 잠옷, 장갑, 슬리퍼, 우산, 핸드백, 거기다 수건이나 시트까지 다 같은 모양을 이용하고 있어, 나비나 제비꽃이나 딸기 같은……."

"그런 건 선물용인가?"

"아니, 올드미스용!"

나는 짐짓 차갑게 대답했다.

"이 세상에 돈 가진 사람은 올드미스들뿐이거든. 큰돈은 없지만 다들 그만그만한 목돈을 가지고 있고, 게다가 도박 같은 데 돈 안 버리잖아. 남을 위해선 쓰지 않지만 자기를 위해서는 아낌없이 쓰거든. 올드미스 산업은 바야흐로 돈 벌게 돼 있어. 왜냐? 올드미스의 인색함과 에고이즘을 공략하기 때문이지."

"흐음, 역시. 남자가 지갑 열게 하는 것보나는 간딘히다 이거지?"

"남자 중에 돈 가진 남자 있어?"

"없어"라며 고로는 웃음을 터트렸다.

"미세스도 안 되고 젊은 아가씨도 안 돼, 결혼자금을 마련해야 하니까. 물론 개중에는 돈 많고 시간 많은 마담이나 사모님들도 있지만, 그래도 수적으로 볼 때 올드미스가 제일 많아. 그런 그녀들의 심중을 꿰뚫는 거지. 화려하면서 세련되고 세상에 단 하나뿐인 옷이나 장신구 말이야."

"아아~, 그렇구나! 올드미스라⋯⋯."

고로는 내가 올드미스가 아닌 것처럼 말했다.

"노리코는 참 듬직해. 돈도 잘 벌겠지?"

"왜 정부라도 되고 싶어? 고로라면 괜찮지."

"조만간 부탁할게."

고로가 맥주를 따랐다. 악기를 다루는 사람답게 손가락이 아름답다.

고로는 술이 별로 세지 않아 하얀 얼굴이 금세 벌겋게 물들어 있었다. 오늘 밤은 취하게 하고 싶었다.

"고로, 여기 끝나고 우리 집에 가서 한잔 더 할까?"

"응, 그것도 좋지."

고로는 전에도 한두 번 내 작업실에 온 적이 있다. 하지만 물론 자고 간 일은 없다. 바이 바이 하고 휙 하니 가버린다. 바이 바이⋯⋯라고. 오늘 밤은 문을 잠그고 열쇠를 창밖으로 내던져버리든지 해야지.

나는 점점 외설스러운 생각에 빠져드는 나를 깨닫자 얼굴이 화끈거리고 말문이 막혀 울어버릴 것만 같았다. 왜 매번 고로와 이야기를 하다 보면 이렇게 되고 마는 걸까? 횡설수설 말이 아니다. 하지만 고로는 내가 술기운 때문에 열이 나서 그러는 줄 아는 모양이었다. 얼굴이 발갛게 달아오르는 것이 느껴졌다.

이곳은 일식이면서 양식이 가미된 요리점이라 맛있는 게살 크로켓에 된장국이 젓가락과 함께 나왔다. 나는 고로를 웃길 요량으로 미미 이야기를 했다.

"진짜 낳는다꼬? 혼자서?"

고로는 믿을 수 없다는 듯 물었다.

"몰라. 변덕이 심하니까, 걔가."

"만약 그라모 아가 불쌍하잖아. 미혼모가 멋지다꼬? 말도 안 되는 소리!"

"한번 고집 피우면 죽어도 안 들어, 바보같이."

"누구랑 잠깐만이라도 결혼해서 금방 헤어지면 될 낀데. 그게 남들 보기에도 나을 끼고."

"하지만 타카유키 씨는 그렇게 절대 안 해줄걸."

"어차피 헤어질 낀데 누구라도 상관없지 않겠나? 호적

만 잠깐 빌려주는 거니까."

"암튼 그렇다고요!"

"정 그러면 나라도 빌려주께, 호적만이라면."

"그리고 사흘 뒤에 헤어진다?"

나는 농담처럼 말하고 웃었다. 나는 거기서 제법 마셨
다. 고로 역시 많이 마셨다. 고로는 그만 가야겠다고 했다.

"안 갈 거야, 우리 집?"

"다음에."

고로는 어른스럽게 말했다.

그때는 아무 일 없었다. 고로는 계산하려는 나를 말리
더니 대신 돈을 냈다. 밖으로 나오니 밤거리는 더웠다. 아
마도 술 때문이었으리라. 그리고 나는 갑자기 슬퍼졌다.
나카야 고와 자고, 혼자 일하고, 올드미스의 주머니를 노
리고, 변기 모양 재떨이의 디자인을 생각하는 고독한 시
간, 나는 사실 줄곧 외로웠던 게 아닐까? 그래서 더더욱
마음 깊이 고로를 원하고 있는 것은 아닐까? 그래, 고로에
게 기대고 싶어하는 게 틀림없어. 사람들 생활에 없어서는
안 될 생활용품, 치약이나 화장지나 식탁용 소금이나 찻잎
처럼 고로는 나에게 없어서는 안 될 사람이었던 것이다.
나는 손등으로 눈을 가리고 울었다.

"어이, 와 그카노?"

고로는 당황하며 나를 흔들었다.

"우리 집에 같이 안 가면…… 더 크게 울어버릴 거야."

내가 훌쩍이면서 말했기 때문에 고로는 무슨 말인지 못 알아듣고 쩔쩔 맸지만, 결국에는

"어쩔 수 없군. 그라모 내가 데려다 주께"라며 택시를 물색하기 시작했다.

나는 고로가 도망가지 못하도록 눈물 젖은 얼굴을 들어 그의 팔을 꼭 움켜잡고 있었다.

내 작업실은 난잡하게 어질러져 있었지만 항상 이렇지는 않다. 한차례 일이 끝나면 말끔하게 정리정돈을 하니까. 하지만 지금은 그때가 되지 않았기 때문에 잡지며 신문이며 종이 나부랭이가 융단 위에 발 디딜 틈도 없이 어질러져 있었다. 드레스며 블라우스에 슬립 같은 옷가지들이 침대 위에 널브러져 있있다. 나는 황급히 그들 옷가지를 한 아름 긁어모아 안고 옷장에 쑤셔 넣었다.

그리고 나서 에어컨을 켰다.

"하하, 덥다. 그치?"

나는 이렇게 말하며 더우니까 같이 옷을 벗자고 제안하고 싶었지만, "그렇게 덥지도 않은데" 하고 고로는 새침하게 말하는 것이다. 얼간이 고로!!

그럼 이야기가 진전이 안 되잖아!

고로는 소파 위에 널브러진 책들을 정리해 책상에 옮겨두고 나서야 자리에 앉았다. 나는 부엌에서 얼음과 술을 가지고 와 미련스럽게 또 말했다.

"우리 가위바위보 하자!"

"와?"

"진 사람이 벗기."

고로는 껄껄껄 웃었다. 내 속셈을 드디어 알아챘는가 했더니 아니나 다를까 "나 상관하지 말고 벗으세요~" 이런다.

바보탱이, 웃을 일이 아니거든! 남자가 안 벗는데 나 혼자 벗고 뭘 어쩌란 말이냐고?

이런 고지식하고 앞뒤 꽉 막힌 남자를 요리하려면 다른 남자보다 열 배는 더 신경이 쓰인다.

"레코드나 뭐 없나?"

고로는 플레이어의 먼지를 훅훅 불면서 물었다.

"안됐지만 없네요! 영어회화하고 케네디 대통령 취임연설밖에 없어. 고베의 골동품 가게에서 팔더라고."

"흠, 그래? ……좀 더 음악적인 거면 좋을 낀데. 라디오는 있나?"

"좀 고장 나긴 했지만, 있어."

나로 말할 것 같으면 굳이 반주가 없어도 괜찮은데. 약간의 알코올이 들어간 고로와 마주 보고 있을 수만 있다면 그야말로 진수식 파티나 진배없어서, 나는 내심 불꽃놀이라도 하며 환호하고 싶을 만큼 두근두근했다.

그나저나 조금이라도 여자를 아는 남자 같으면 내 이상한 행동, 예컨대 안절부절못하고 바닥에 굴러다니는 하찮은 것에 발이 걸려 휘청거리고, 맨발로 우왕좌왕하면서 컵이니 코르크 마개 따개를 하나하나 가지러 가고, 장밋빛으로 물들인 얼굴을 번쩍번쩍 빛내며 키득키득 달뜬 목소리로 웃으면서 고로만 뚫어져라 보고 있는 그런 내 모습에서, 내가 얼마나 이 남자한테 굶주려 있는지 알고도 남을 텐데, 정작 당사자인 고로만은 털끝만큼도 눈치를 못 채고 있었다.

고로는 아무것도 모르는 천진한 얼굴로 라디오를 만지작거리며 자기가 좋아하는 음악이 나올 법한 채널을 찾으려고 안간힘을 쓰고 있었다. 그래, 여자랑 단 둘이 밀실에 있으면서 라디오 만지는 것 말고 그렇게 할 일이 없냐?

"얼음 다 녹겠다, 안 마실 거야, 고로?"

"마셔."

이 대화도 꼭 수험생 아들에게 야참 만들어주는 열공엄마와 그 아들의 대화가 아니고 무엇인가!

고로는 달그락달그락 얼음 부딪는 소리를 내며, "트럼프 없나?" 하고 묻는다.

나는 화가 치밀었다. 하지만 귀싸대기를 올려 엎어트릴 수도 없는 노릇이라 시큰둥하게 대답했다.

"있어."

그리곤 마지못해 서랍장을 열어 트럼프를 꺼내주었다.

"점쳐줄까? 성격 점이야."

"됐어!"

어차피 '음탕한 여자'라고 나올 텐데 뭘.

"나 혼자 이렇게 카드 점 같은 거 가끔 쳐보거든. 그러다 좋은 게 나오면 한 잔씩 하는 거야."

"왜?"

"그렇게 해서 술을 절제하려는 거지. 안 그러면 쉴 새 없이 마셔대니까."

고로의 부드러우면서 울림이 좋은 오사카 사투리를 듣고 있으면, 이 남자를 무너뜨리기란 불가능한 일이 아닐까 하는 절망감에 빠져든다.

왜냐하면 오사카 사투리는 보통 '산만해지기 쉬운' 말이기 때문이다. 싸늘한 친절 같은 느낌이 들어서, 만일 내가 헤실헤실 웃으면서 은근슬쩍 고로의 와이셔츠 단추를 풀려고 한다고 하자. 그럼 그는 부드러운 사투리로 '뭐하노, 지금……?'이라면서 턱을 당겨 나를 지긋이 바라볼 것만 같다. 그럼 아무리 철면피인 나도 손가락이 얼어버리고 말 것이다. 아니면 또 '타라탓타타, 타카탄탄……' 같은 시끄러운 노래를 부르며 고로의 허리띠를 풀려고 하면 그는 '어허, 그럼 몬써요!'라고 세 살 먹은 여자아이를 혼내듯 나를 꾸짖을 것이 뻔하다.

그러니 아무리 호색한인 나라도 손가락 하나 못 건드리고 부루퉁한 얼굴로 술만 마셔댈 수밖에. 갈수록 취기는 더해갔다. 고로도 아무렇지 않게 몇 번이고 술을 따랐다. 그러는 동안에도 우리의 이야기는 내내 끊이지 않았다. 그가 회사 창립기념일 행사인 아이스크림 먹기 대회에서 1등 한 이야기, 내가 일러스트가 있는 수필을 어느 잡지에 실었더니 나한테 이상한 러브레터가 온 이야기.

고로는 그 러브레터를 보여달라고 했다. 그래서 나는 침대에 배를 깔고 누워 머리맡 서랍에서 그 러브레터를 찾아 꺼냈다. 고로도 바짝 다가왔다.

"노리코 전상서, 무더운 여름……."

우리는 이 한 구절만 가지고도 눈물이 날 정도로 웃었다. 그 편지는 지금까지 내 인생에서 최고의 걸작이었다.

"그래서 이번 당신의 만화를 보고, 소생 건축가에 대해 특별한 인연이라 생각하고, 소생의 천직이 될 수 있도록 하자는 각오를 다지고자 이렇게 편지를 드리게 되었습니다. 이후에 변통*해주시기 바랍니다."

그리고 화살표를 그린 후, "소생의 사진, 참고해주십시오"라고 적혀 있었다. 화살표가 가리킨 곳에는 꼭 신분증명서나 면허증에서 뜯어낸 것 같은 우표 크기의 사진이 있었다.

생각보다 잘생기고 성실해 보이는 스물예닐곱의, 작업복 같은 옷을 입고 있는 청년이었다.

"건축가는 원래 이런 얼굴을 하고 있을까?"

내가 이렇게 묻자, 고로가 "변통(便通) 잘하게 생겼는

● 便通, 원래는 변이 나온다는 의미인데, 이 청년은 편지를 보내달라는 말로 잘못 쓴 것임.

83

데!"라고 대답해 우리는 다시 웃고 말았다. 결국 우리 둘
다 눈물을 글썽인 채 편지 쟁탈전을 벌여가며 큰 소리로
읽었다.

"이렇게 비웃고 장난치면 쓰나? 이 사람은 아주 진지하
게 쓴 긴데."

자기도 똑같이 웃고 떠들면서 고로는 짐짓 나를 꾸짖듯
말했다. 그렇게 말하면서도 고로 역시 웃음을 참지 못하고
있었다.

"야아, 인기 많네, 노리코!"

고로도 지금은 침대에 누워 있었다. 나란히 누워 있으
니 말하기 쉬웠다. 나는 말했다.

"나, 당신이 좋아."

"나도! 나도 지금 그 생각했는데."

이게 아닌데…….

어딘가 한 박자 어긋난 느낌. 그런 말을 듣고 제정신일
남자가 어딨을까? 하지만 고로는 싱글벙글 웃고 있다.

"우리, 밤새도록 마시자!"

"내일 회사는 우짜고?"

"쉬어버려!!"

"그러고 아르바이트를 본업으로 삼을까?"

말끝에 고로는 벌떡 일어서더니, "덥다 더워, 샤워라도 하고 와야지, 원"이라며 욕실로 들어갔다. 나는 뛸 듯이 기뻐서 개켜놓은 수건을 얼른 가져가 욕실 문에 걸쳐놓으며 외쳤다.

"나도 나중에 샤워할 거야!"

시끄러운 물소리와 함께 고로의 "알았어!"라고 대답하는 소리가 들려왔다. 내 친구 중에 사랑을 나누기 전에 목욕재계는 말할 것도 없고 지문소독기로 손가락을 소독까지 하는 남자가 있는데—그 버릇에 기겁해서 그 남자와 잔 적은 없다—, 그에 대한 반발심 때문은 아니지만 나는 자기 전에 꼭 몸을 씻는 사람들을 썩 좋아하지 않는다.

그것은 어디까지나 '부부의 습관'이지 '연인들'이 할 일은 절대 아니라고 생각하기 때문이다.

나는 욕실 문을 살짝 열어 안에 대고 물었다.

"등 밀어줄까?"

너무 기쁜 나머지 목소리까지 늘어졌다.

"아니, 됐어."

고로는 이쪽을 등지고 서서 머리에서부터 물을 끼얹고 있었다. 그는 고보다는 마른 체형이었다. 잠깐 훔쳐본 바로는 탱탱하고 고운 피부였다. 고는 얼굴은 안 그런데 몸에는 털이 많아 허리와 엉덩이에 검은 털들이 무성했다. 가슴과 배에는 소용돌이칠 정도로 털이 나 있었는데, 내가 그걸 만지면서 따뜻하겠다~! 했더니 고는―그것이 자랑이나 되는 양―큰 소리로 웃어젖혔다. 거만하고 자신만만해 보이는 여봐란 듯이 웃는 웃음.

하지만 고로의 몸은 오사카나 교토 부근의 남자들이 흔히 그렇듯 매끄러웠다. 그러면서 온몸이 햇볕에 그을린 갈색 피부인데 팬티라인 안으로만 천연 그대로의 천처럼 새하얗다. 해수욕장에라도 다녀온 걸까?

나는 ㄱ 매끄러운 피부를 이제 금방 만질 수 있다고 생각하니 너무 좋아서 침대 위를 방방 날뛰며 기다리고 있었다. 아래층에서 뭐라고 해온들 무슨 상관이랴! 폴짝폴짝 혼자 널뛰기를 하며 깔깔깔 웃고 있었다.

그런데 고로라는 이 남자, 더는 어찌해볼 도리가 없는 바보천치에 벽창호다! 바지와 셔츠까지 욕실 안에서 걸치고 나와, 내 침대맡 베개 위에서 손목시계를 집어 차고는 "전철이 끊기게 되겠다"라고 혼잣말을 하며 셔츠를 바지춤에 쑤셔 넣었다. '전철 끊기겠다' 하면 될 것을 '끊기게 되겠다'고 말하는 건, '불편하다'를 일부러 '편하지 않겠다'

고 말하는 것과 같은, 이를테면 오사카 사투리의 완곡하면서 애매한 특징이다.

나는 뾰로통한 얼굴로 고로를 노려보았다. 그는 아무렇지 않게 젖은 머리를 닦고 휘파람을 불며 셔츠의 단추를 채웠다.

"갈 거야? 같이 있어주면 안 돼?"

"또 오께."

"야식으로 샌드위치를 먹는다거나 새벽에 커피를 마신다거나, 할 일은 얼마든지 있는데."

"다음에 하게 남겨둬."

'빌어먹을!'

이건 마음속으로 생각만 할 뿐. 이 자식, 바보 아니야? 여자가 모처럼 이렇게까지 붙잡는데 모른 척 휙 하니 가겠다니!

어쩌면 위선자일지도 몰라. 하지만 그런 나쁜 남자는 절대 아닐 거라 믿는다. 내가 쩔쩔매는 꼴을 곁눈질하면서 속으로 비웃으며 모른 척 시치미를 떼는 그런 못된 놈은 아닐 터였다. 혹시 그걸 못하는 불능일지도 모른다. 하지만 나는 당연히 후자에 대해서는 고로를 의심하고 싶지 않았다.

나한테 매력, 여자로서의 매력이 없나?

하지만 나는 이 점에 대해서는 더더욱 그렇게 생각하고
싶지 않았다.

"그럼 안녕. 일찍 자고 일찍 일어나그라. 그게 만사에
좋다. 노리코, 넌 과음에 늦잠까지 자니까 안 된다카이."

물 한 바가지 확 끼얹어주랴? 초등학교 교장 선생님 같
은 소리 그만하셔!

"내 구두 어딨노?"

맨발로 가면 되겠네. 누가 말해준대?

"어이, 와 화를 내고 그카노?"

시끄러워!

그래도 어쩔 수 없이 세탁기 뒤에 숨겨두었던 구두를 기
져다준다.

"어째 그게 그런 데 들어가 있지?"

네가 말없이 가버릴까 봐 그랬다! 그런 것도 모르냐, 바
보탱아?

"잘 있어."

"갈 거면 얼른 가버려!"

"이상하네……, 와 자꾸 화를 내고 그러지?"

"간다니까 그러지."

나는 울상을 지으며 말했다.

"그렇게 말하면 갈 수가 없잖아. 이 고독한 술주정뱅이. 아아아, 전철 끊기면 택시 타야 되는데. 그럼 또 4천 엔이 날아간다 아이가."

고로는 그러면서 손목시계를 보더니 당황해서 말했다.

"아, 지금 가면 안 늦겠다. 그럼 진짜 안녕!"

그렇게 고로는 힘겹게 문을 열고—열쇠를 잠근 데다 체인까지 걸어놓았으니까—나가버렸다.

내가 남자라면 때려눕히고 싶다. 하지만 내가 남자면 고로한테 반할 일도 없겠지.

술에 잔뜩 취한 건 사실이었다. 이제 와서 일할 마음도 안 생기고, 어쨌든 샤워를 하고 알몸에 파자마—순면의 빨간 줄무늬가 있는, 미미가 여자 죄수의 유니폼 같다고 한 것. 이 것은 백화점 특별매장에서 산 것으로, 화려한 속옷이나 잠옷을 디자인하는 사람이지만 정작 나는 그런 걸 잘 안 입는다—를 입고 미미에게 전화를 걸었다. 수다라도 떨어 발산시키지 않으면 잠도 못 잘 게 분명했다.

처음에는 오래도록 안 받았다. 벌써 잠들었나? 전화를 막 끊으려고 한 순간 받았다. 잠잔 사람의 목소리가 아니었다.

"여보세요~!"

미미는 들뜬 목소리로 전화를 받았다. 초롱초롱한 목소리다. '초롱초롱한 눈'이라는 말이 있는데, 목소리에도 초롱초롱한 목소리가 있다.

"어, 안 잤어?"

"노리코니? 누워 있긴 하지만 잔 건 아니야."

"미미, 내 말 좀 들어봐. 나의 바보탱이가 있지."

나는 미미에게 고로에 대해 말은 했지만 만나게 한 적은 없다. 우리 둘 사이에 불리는 고로의 암호는 '바보탱이'였다.

"집까지 끌어들이긴 했는데, 그냥 가버렸어."

"사이좋게 안 하고?"

"'그렇게 말하면 갈 수가 없잖아' 하길래 안 갈 줄 알았더니, '아, 지금 가면 안 늦겠다!' 하고 가버렸어. 매달리는 날 버려두고."

"아하하하!"

"웃을 일 아니거든! 정말 성질 나 죽겠다고!"

"그건 너한테 마음이 없다는 증거 아닐까?"

"남의 일이라고 막 말해라……."

"그게 아니면 어떻게 그럴 수 있니? 사귄 지 몇 년째야?"

"소꿉친구니까 오래된 친구지. 누가 소개해줬다거나 영

화관에서 우연히 옆에 앉았다거나 하는 사이가 아니란 말이지."

"그런 거면 역시 희망적이지 않아. 남녀란 말이지, 만난 그날 밤에 안 자면 안 된단 말씀이야, 그게. 10년 사귀어 봤자 희망 제로."

미미는 또 한차례 웃더니 수화기 너머로 뭐라고 웅성웅성거렸다. 귀를 바짝 대고 들으니 누군가에게 설명을 하고 있는 모양이었다.

"……노리코가 지금 남자한테 차여서 혼자 자야 한다고 막 화내고 있어."

좋아 죽겠다는 듯 웃고 있었다. 누구야, 거기 있는 놈은?

"미미, 지금 누구랑 같이 있니?"

"네~, 맞혀봐."

"알게 뭐야."

"타짱."

나는 할 말이 없었다. 다만 한 가지, 그렇게 지저분한 짓을 하면 이 일본의 장래가 어찌 되겠느냐는 강경파 변호사와 같은 분노뿐이었다.

"뭐하는 거야, 카이 타카유키 씨는 거기서?"

"내 위에 있는데?"

미미는 또 깔깔깔 웃었다. 그 목소리와는 별개로 남자의 목소리도 섞여왔다.

"이러나저러나 똑같다고 일찌감치 포기하래!"

또다시 둘의 웃음소리가 들려오자 나는 화가 나서 소리쳤다.

"정말 추잡해서 원……. 혀 깨물고 코 깨물고 죽어버려라, 요것들아!"

"끌어들인 바보탱이한테 차여서 혼자 자는 것보단 낫지 뭘 그러니!"

미미는 여전히 들뜬 목소리로 말했다. 그리고는 뭐가 뭔지 모를 둘의 목소리가 번갈아가며 앞다투듯 들려왔고, 그것은 아마도 통화를 계속하려는 미미와 그것을 말리려는 남자—타짱—와의 사이에서 오가는 음탕한 싸움인 듯했다.

나는 전화를 끊고 차갑게 가버린 고로에 대한 원망을 곱씹었다. 그러면서도 사랑하는 쪽이 약자라고, 약자인 나는 고로를 진정으로 원망할 수는 없었다.

이브의 모든 것 ✳

나는 작업실에서 그림을 그리고 있었다. 정기적이진 않지만 가끔 작은 화랑에서 조그만 개인전을 열어주는데, 제법 인기가 좋다. 어쩌면 내 그림을 좋아하는 사람이 있을지도 모른다.

하지만 내 그림은 모두 제멋대로다. 누구한테 배운 것이 아니기 때문에 유성물감 쓰는 방법도 제멋대로다. 진한 분홍색을 좋아한다.

지금 그리고 있는 그림은 여자가 두 다리를 앙버티고 서서 상체를 구부려 가랑이 사이로 세상을 보고 있는 모습. 아마노하시다테°에서 곧잘 취하는 포즈다. 가랑이 사이로 세상 보기라는 뜻의 '마타메가네(股眼鏡)'라는 말이 어감은 좀 나쁘지만 화로 위로 가랑이를 벌리고 서서 불을 쬔다는 '마타히바치(股火鉢)'라는 말과는 전혀 차원이 다르다. 좀 더 철학적이다. 모든 사물이 거꾸로 보이는 것만큼 사람을 깜짝 놀라게 하고 신선한 것은 없다.

여자는 하얀색 팬티를 입고 분홍색 하이힐을 신고 손목시계를 차고 있다. 머리는 두 갈래로 땋아내렸지만 어린이는 아니다. 거꾸로 된 다른 차원의 세계를 자기 가랑이 사이로 바라보는데, 거기에 흠뻑 빠져서 재미있어하고 있다.

나는 이것 말고도 여자가 목욕하는 모습, 변기에 앉아 있는 모습, 알몸으로 토스트를 먹고 있는 모습 등을 그려놓고 있었다. 앞으로 두세 장은 더 그려야 한다. 바쁘다. 그리고 그보다 더 급한 일이 친구 시집의 표지그림이다.

전화가 울렸다. 나는 물감이 묻은 손가락을 가운 자락에 쓱쓱 닦고 전화기를 들었다.

"안녕하시오~! 잠깐 실례하겠소."

누군가 했더니 고였다.

"누구 있나, 거기?"

● 일본 3경 중 하나로, 교토의 미야즈만(宮津)과 아소해(阿蘇海)를 남북으로 가로지르는 모래톱.

"아니오."

"뭐하고 있노?"

"목소리 들으면 몰라요? 일하는 중."

"일 같은 거야 언제든 할 수 있지만, 내가 여자한테 전화를 거는 건 평생에 몇 번 있을까 말까 한 일이지."

고는 나에게 전화를 건 것이 큰 은혜라도 베푼 것처럼 말했다.

"바다에 좀 데려가 줄까 하고. 아와지섬 쪽인데, 안 갈래?"

"거기에도 손수 심으신 소나무가 있나 보죠?"

"보기보다 끈질긴 여자군."

고는 내 귀엔 이미 익숙해져 버린 폭소를 터트렸다.

"그런 거 없다. 간다 안 간다, 어느 쪽이고? 빨리 말하소, 바쁘니까."

"누가 간대요?"

너 아니라도 갈 사람 많다는 투의 말을 듣고 넙죽넙죽 저요! 저요! 하는 여자가 정말 있을까? 미미 같은 여자라면 또 몰라도.

나는 고에게 정말 화가 나 있었다. 부인이 있으면서 이 여자 저 여자 끌어들여—미미가 말한 대로라면 오사카 여자

전부를—번갈아가며 별장 구경을 시켜주고 감언이설로 꼬드겨서 잠까지 자는, 섹스를 무슨 스포츠라도 되는 것처럼 즐길 수 있다는 게 믿기지 않았다.

다른 여자랑은 달라, 함부로 깔보지 마! 그런 마음이 솔직히 있었다.

그리고 롯코산 산장, 그의 신비로운 산장에서 가졌던 그와의 일들이 나에게는 좋은 추억이고 즐거웠던 만큼 그에게 배신당한 느낌이 컸던 것이다.

하지만 나카야 고는 롯코산에서 그렇게 기분 좋게 지냈던 내가 왜 오늘은 뾰로통해 있는지 모르겠는 모양이었다.

"가끔은 몸도 쉬게 해줘야 하거든. 그렇게 안달 나서 돈 벌 것 없잖아, 어차피 여자가 하는 일이란 게 벌어봐야 뻔한 긴데."

무슨 말을 해도 사람 화나게 만드는 인간이다. 부자—선조 대대로 내려오는 부자라면 좀 더 의젓하고 대범하지 않겠어? 근데 가만 보면 고는 같은 부자라도 벼락부자 같은 냄새가 난단 말이야—라는 사람들은 왠지 기분 나쁘고 짜증 나는 구석이 있다.

"안 돼요. 오늘 저녁에는 남편하고 외식하러 나갈 거거든요."

나는 차가운 목소리로 거짓말을 했다.

"그렇군."

고는 잠시 말이 없었는데, 그것은 수화기를 오른쪽 귀에서 왼쪽 귀로 바꿔 든 때문이었는지, "그렇다면 어쩔 수 없지만, 미미 말로는 당신한텐 남편이 없다고 하던데?"라고 받아쳤다.

미미, 이 떠벌이 같으니!

"아니, 있어요! 호적상 올라 있진 않지만 한 사람, 있거든요. 속임수 절대 아니야. 이건 진짜예요."

고는 속임수라는 말을 어떻게 잘못 들었는지 엉뚱한 말로 반문했다.

"세균? 세균은 나도 없어. 완전무결, 무균상태랍니다!"

"어쨌든 오늘은 다른 여자 찾아보세요."

나는 그렇게만 말하고 전화를 끊었다. 그리고 다시 일을 시작해 정오 조금 지나서 간신히 끝냈다. 스튜통조림을 데워 빵과 함께 늦은 점심을 먹고, 맥주 작은 병 하나를 마셨다. 전화는 토요일이라선지 오후에는 나라에 계시는 어머니 전화 한 통뿐이었다. 어머니는 나라에 살고 있는 오빠 부부와 함께 계신다.

"어떻게 지내고 있어? 딸내미 얼굴 좀 보자."

"바빠요."

"밥은 잘 챙겨먹고 있는 거야?"

먹어요. 남자하고 잠도 자고.

"자기 전에 문단속 잘허고. 여자 혼자 사는 만큼 항상 조심해야 해, 도둑이 들지 않게."

어머니는 무심히 하는 말이겠지만 나는 웃지 않을 수 없었다.

그런 다음, 다음 일을 위해 스케치를 하면서 간혹 텔레비전을 보고 있었다. 그러면서 결혼이란 어떤 것일까 생각했다. 나 아닌 또 다른 한 사람이 죽 내 공간에 함께 있다는 것……. 기쁠 것 같으면서 귀찮은 느낌, 뭐 그런 게 아닐까 하는 생각을 했다. 상대 남자는 내 방 냄새, 예를 들면 테레빈유나 매니큐어의 시너나 인도의 향냄새 등을 싫어할지도 모르지만, 내 입장에서는 방 한쪽 벽에 고로의 재킷이 내 원피스와 나란히 걸려 있다거나—상상 속 결혼에서는 항상 고로가 남편이다—그림을 그리고 있는 내 옆에서 고로가 술을 마시며 트럼프 점을 친다거나 샤워를 한다거나 하면 얼마나 멋질까 생각하곤 했다.

그러다 황홀해져서 내가 상상해놓고도 두근두근 가슴이 떨리는 걸 보면 스스로도 어찌할 바를 모를 때가 있다.

고로가 내 손을 잡는다, 라고 상상해보는 거야. 난 요래
조래 달콤한 말로 꾀어서 한시라도 빨리 고로와 침대에 들
려고 한다. 이미 부부가 되었으니 그리 서두를 것도 없건
만, 나는 왠지 고로의 마음이 바뀌면 어쩌나 조바심이 나
서 허둥지둥 문을 잠그고 바닥에 굴러다니는 쓰레기를 발
끝으로 툭툭 밀쳐두기 바쁘다.

고로가 묻는다.

"목욕했나?"

"응, 했어!"

"문은 잠갔나?"

"응, 잠갔어!

"방은 치웠나?"

"응, 치웠어!"

주거니 받거니 한 뒤, "좋아, 이리 온나!"라고 말해주면
얼마나 좋을까……! 나도 모르게 흥분해서 스케치북을 내
던지며 혼자 깔깔깔 웃고 있었다. 바로 그때 전화벨이 울
렸다.

"어이, 바쁜 거 아니었나?"

지칠 줄 모르는 나카야 고였다.

그때 나는 문득 이 남자는 거절당하면 오히려 집착하고

떼쓰기 잘하는 철부지 도련님이지 않을까 하는 생각이 들었다.

"흠흠, 저기……."

뜻밖에도 고는 헛기침을 하더니 "지금 출발하면 예약해 둔 페리를 탈 수 있을 낀데. 오늘 중으로 도착하면 내일은 하루 종일 바다에서 수영도 할 수 있고, 바다도 딱 좋을 때인데" 하고 말했다.

"싫어!"

"여자들 그날이가?"

"바보!"

내가 전화를 끊을 것 같았는지 고는 서둘러 말을 덧붙였다.

"아와지는 여기서 금방이야, 정말……. 오늘은 아무도 없다카이. 퍼뜩 데리러 갈 테니까 밑에서 기다리고 있어라, 어잉?"

"다른 여자들은 다 집에 없었나 보죠?"

"없었어."

고가 지나치게 솔직한 말투로 대답하더니 말을 이었다.

"좋잖아, 가끔 바다에 가는 것도."

"나, 수영 못하는데."

"뭣이?"

"수영 잘 못한다고요."

"튜브 빌려줄게. 고무보트도 있고."

난 생각 좀 해보겠다고 말하고 전화를 끊었다. 사실 아무래도 좋았지만, 2분도 안 돼서 노크 소리가 들렸다. 아마도 맨션 앞―공중전화―에서 건 게 분명했다.

"꾸물댈 시간 없다. 지금부터 아카시까지 가야 한대이. 빨리빨리!"

고는 오늘도 기분탱천, 이미 내가 갈 거라고 확신한 모양인지 재촉했다.

"빨리 준비 안 할 기가?"

나는 아래서 기다리라며 고를 문밖으로 밀어냈다. 호기심 왕성하고 기회주의적인 장사꾼 남자에게 내 생활 구석구석을 관찰당하기는 죽기보다 싫었다. ……고로라면 얼마든지 내 방에 들여도 괜찮지만. 왜냐하면 고로는 아무것도 안 볼 뿐 아니라 본다고 해도 이상한 생각이나 야한 상상 같은 걸 하지 않는 남자기 때문이다. 하지만 고라면 침대 이불을 들춰보고 부엌 쓰레기통 뚜껑을 열어보면서 누구랑 자고 무엇을 먹었는지까지 탐색할 남자처럼 보였다. 자고로 이 남자는 생명력이 넘치다 못해 호기심마저 남아

돌 정도로 많아진 모양이었다.

결국 가는 쪽으로 결정이 되어 나는 급하게 비키니와 스케치북과 화장품을 가방에 챙겨 밖으로 나갔다. 고는 관리실 아저씨와 차 옆에 서서 득의만만한 표정으로 뭔가를 설명하고 있었다. 오늘 밤 자가용은 창피스러울 정도로 쇼킹한 핑크색, 그야말로 복숭아빛 나는 색으로 도색된 것이었다.

고는 더할 수 없이 만족스러운 표정으로 내 가방을 받아 뒷좌석에 던져놓고, 나를 조수석에 앉히고는 자기 웃옷도 벗어 뒷좌석으로 휙 던졌다.

"차 색깔이 바뀌었네요?"

"바보, 모양도 다르거든!"

고는 뭐가 재밌는지 웃으며 말했다.

"아아, 노리코가 너무 좋다, 바보 같으니까! 이건 말이지, 전에 타고 온 재규어하고 다른 거거든. 알파로메오. 혀 깨물지 않게 조심하래이!"

너무나도 쾌적한 출발이었다. 나는 어느새 고와 함께 있을 때의 페이스에 말려버리고 만다. 고가 운전하면서 말했다.

"지금, 내가 뭐하고 싶은지 맞춰봐라."

"오줌?"

"오~, 노노. 노리코를 넘어뜨린 다음에 내 것으로 만드
는 거."

그런 말도 안 되는 농담을 해서 그랬는지 어쨌는지, 고
속도로로 진입하기 직전의 샛길에서 오른쪽으로 핸들을
틀던 차가 갑자기 길가에 나뒹굴던 큼지막한 돌에 세게 부
딪히고 말았다.

"씨팔!"

고가 소리쳤다.

고는 갓길에 차를 세우고 튕기듯 밖으로 나갔다. 나도
따라 내렸다. 나가 보니 왼쪽 앞 범퍼가 움푹 패여 있었다.
나는 이상한 기분이 들었다. 돌에 살짝 스쳤을 뿐인데 저
렇게 움푹 찌그러져 버리다니, 반짝반짝 광이 나는 고급
차가 사실은 장난감처럼 약해빠졌구나!

"저기 이거요……."

나는 움푹 팬 부분을 살피면서 고를 위로하기 위해 말을
건넸다.

"안쪽에서 망치로 두드리면 다시 펴지지 않을까요?"

내가 봐도 그럴듯한 말 같았다.

"쳇!"

고가 비웃었다.

"그런 다음에 다림질이라도 하까?"

"여기 벗겨진 데는 칼라매직으로 색칠하면 어떨까?"

"시끄럽다!"

고는 저기압. 혀를 차는가 싶더니 발차기라도 할 기세
로 차를 노려보았다. 얼굴은 갈수록 험악해졌다. 그리고
돌을 길 한쪽으로 치웠다. 안아 들어야 할 정도로 큰 돌이
었다. 나도 도우려고 하자 버럭 소리를 질렀다.

"비키라카이!"

"이거 고치려면 돈 많이 들어요?"

"5, 60엔 정도겠지."

"아, 그래요? 그럼 괜찮네 뭐."

"당신 진짜 바보 아이가? 5, 6만 엔은 거뜬히 들거든!"

"왜 근데 말끝마다 화를 내고 그래요? 정말 싫어."

고의 기분이 조금은 나아진 것 같았다. 정말 변덕쟁이
에 제멋대로인 사람이다. 무슨 일만 있으면 남한테 화풀이
다. 그때부터는 말도 별로 안 하고 고속도로에 진입해 아
카시까지 달린 후 거기에서 페리를 탔다.

아직 날이 어두워지기 전이라 바다 위는 노란 황혼빛
으로 넘쳐나고 있었다. 멀어지는 고베의 거리들도 오늘은

또렷이 보였다. 아카시에서 아와지섬에 있는 이와야까지 30분밖에 걸리지 않았다.

근데도 고는 입만 열면, "아아, 기분 나빠, 기분 나빠!"를 연발하면서 차 옆에 찰싹 붙어 서서 차를 구경하러 모여든 남자들과 수다를 떨었지만, 나는 하나도 재미없었다.

고의 말에 따르면, 차에 기스가 났다는 것은 남자에게는 '처녀가 강간당한 것 같은 기분'이라나 뭐라나. 흥, 알게 뭐람! 자기가 운전을 멍청하게 해서 그런 거잖아. 고는 시도 때도 없이 "에이 씨, 아직 두 번밖에 안 탔는데"라고 신음하듯 말했다. 이와야에 도착해 아와지섬에 상륙했다. 도중에 포장된 도로를 버리고 내륙부로 접어들었다. 그때부터 하리마여울까지 섬을 횡단하는 동안 줄곧 밭들 사이로 난 울퉁불퉁한 길이었다. 유유자적한 시골이다.

저녁노을의 희미한 빛 덕분에 아직 어둠이 닥치기 전에 한쪽으로 바다가 보이는 큰길로 나올 수 있었다. 어항(漁港)을 가로질러 고지대로 차를 몰았다.

별장지대인지 소나무 숲 사이사이로 잘 지어진 집들이 얼핏얼핏 보이기 시작했다.

그중 한 집 앞에 고는 차를 세웠다. 차에서 내려 문을 열고 다시 차에 타 문 안으로 차를 넣고, 다시 차에서 내려

문을 닫는 일을 몸에 익은 듯 가볍게 해치우고, 삼각 지붕을 가진 별장으로 나를 안내했다.

껍질을 깎아내지 않은 목재로 지은 밝고 넓은 건물이었다. 신기하다는 듯 집 안을 보고 있는 나를 고가 재촉했다.

"일단 어두워지기 전에 수영 한번 하고 오자. 기분이 안좋아서 바다에 풍덩 몸이라도 담가야겠어."

"방, 어딨어요? 수영복으로 갈아입게."

"여기서 갈아입어라."

"그럼 돌아서 있어요."

"당신 보고 있을 시간 없거든."

고는 고개 몇 번 돌린 사이에 벌써 수영복 차림으로 바뀌어 있었다. 그런 차림에 맨발로 집 안을 정신없이 왔다 갔다 하는가 싶더니 어느새 큼지막한 갈색 튜브를 가지고 나타났다.

바다는 별장 뒷산을 내려간 곳에 맞닿아 있는 얕고 너른 바다였다.

고는 팔을 휙휙 돌려 준비운동을 하더니, "금방 올게"라며 바다로 걸어 들어갔다.

파도가 높아 보였다. 해변에 빨간 플라스틱 양동이나 콜라병이 굴러다니는 걸로 봐서 낮에는 해수욕객이 많았던 모양이다. 꽤 먼 곳에 두세 사람 젊은 남녀의 모습이 보였다.

바다는 아름다웠다. 서해안의 하리마여울은 아직 오염되지 않은 모양이었다.

나는 사실 해수욕객이 떠나버린 석양의 바다를 훨씬 좋아한다. 왜냐하면 수영을 못하면 창피하니까 이런 시간대가 나한테는 그만이다. 커다란 튜브에 매달려 얕은 곳에서 첨벙첨벙 물놀이나 하는 것은 솔직히 말해 멋진 모습은 아니다.

나는 드디어 튜브를 허리에 끼고 바다로 들어갔다. 그런데 얼마 가지도 않아서 거세고 높은 파도에 부딪혀 튜브가 훌러덩 몸에서 빠지고 말았다. 그 위로 다시 덮쳐오는 파도.

나는 짜디짠 바닷물을 제법 마셨다. 위기감은 없었지만 허방을 짚은 듯한, 이럴 리 없는데…… 하는 막막한 기분으로 '어푸, 푸프부부부……' 몸부림만 칠 뿐이었다. 사람은 물에 빠져 죽을 때 설마…… 하는 생각을 하면서 물에

빠져 죽는 건지 모른다. 나 역시 그랬으니까, 바로 눈앞이
육진데…….

누군가가 나를 붙잡아―아마도 브래지어 끈 부분을―자
신의 옆구리 쪽으로 안아 올렸다. 그 순간 다시 한 번 콧구
멍으로 바닷물이 들어오는가 싶더니 얼굴이 수면 위로 불
쑥 튕겨져 나왔다.

나는 상체를 내맡긴 채 발이 모래밭에 닿있고 그렇게 뭍
으로 건져 올려졌다. 꼭 거북이 새끼처럼.

나를 구해준 사람이 고라고만 생각했는데 전혀 모르는
남자였다. 녹초가 된 나는 바닷물을 토해내고 모래밭에 두
팔을 짚고 엎드려 있었다.

남자는 다시 바닷가로 가서 떠밀려온 튜브를 다시 휩쓸
려가지 않도록 가져다주었다.

"괜찮아요, 괜찮아."

이렇게 말한 건 내가 아니라 남자였다. 넋이 빠진 듯 멍
한 표정을 짓고 있는 나를 안심시키기 위해서인 듯했다.

"저기는 좀 깊어요. 그래서 초등학생한테는 이쪽이 금
지구역이다 아입니까."

"정말 고마워요."

"그만하는 게 좋을 거요, 오늘은 파도가 높아서…….."

그때 고가 돌아왔다. 고를 보자 나는 갑자기 긴장이 풀리면서 다리의 힘이 빠지고 말았다.

"왜 그래?"

"빠져 죽을 뻔했어."

"이런 멍청이!"

고는 남자를 보더니 웃음을 터트렸다.

"옆집의 미즈노 씨."

고가 소개했다. 고의 별장 바로 옆 별장의 주인이란다. 나는 고와 미즈노 씨 사이에 끼어서 두 사람에게 매달리다시피 하여 돌아왔다. 양옆의 두 남자가 얼마나 빨리 걷던지 고가 빌려준 샌들이 벗겨지고 말았다. 샌들은 그대로 내리막길로 굴러떨어졌고, "벗겨졌어~!"라고 내가 외치자 고는 내 머리를 가볍게 쥐어박더니 샌들을 주우러 갔다.

　남자와 고는 서로 알고 있는 사이인 듯 고가 물었다.

"자녀분들도 같이 오셨습니까?"

"아니, 오늘은 학원에서 무슨 시험이 있다고 돌아갔습니다. 집사람도 물론, 같이 갔고요."

　그는 '물론'이라는 말에 힘을 주어 말했다. 지긋한 나이의 남자다운 말투다.

"버림받으신 거군요."

"매번 있는 일이죠."

이렇게 주고받으며 고와 남자는 웃었다. 두 별장으로
갈라지는 길에 수은등이 세워져 있고, 거기서 우리는 헤어
졌다.

"놀러 오세요."

남자는 이렇게 말하고 혼자 터벅터벅 별장 쪽으로 걸어
갔다.

남자의 별장은 나무가 우거져 있어 지붕의 일부가 조금
보일 뿐이었다.

고는 내가 멍하게 있으니까 그런 일을 당한 게 아니냐고
불만스럽게 말했다. 나는 고가 나를 돌봐주지 않으니까 그
렇다고 반박했다. 하지만 그것은 즐거운 말다툼이었다.

"하마터면 고인이 될 뻔했군, 그래."

고는 차 때문에 기분 상했던 일은 이제 까맣게 잊은 것
같았다. 고와 함께 샤워를 했다. 완전한 알몸이 되어 씻었
다. 나는 따뜻한 물에 몸을 담그고 싶었지만, "여자가 없
을 때 틀어본 적 없어"라고 고가 말하는 바람에 포기할 수
밖에 없었다.

가스보일런지 전기보일런지는 모르지만 어쨌든 고는 그
것을 트는 것이 귀찮은 모양이었다. '여자'란 바로 그의 어

110

머니이거나 여동생이거나 또는 자기 부인처럼 이 집을 이용하는 집안 여자를 의미하는 것 같았다.

내가 창문을 열어젖히자 붉게 물든 하늘이 보였다.

"참, 참! 일몰을 보러 가야지. 깜빡 잊고 있었다카이!"

고는 내 맨 엉덩이를 툭툭 치면서 재촉했다. 고와 나는 서둘러 옷을 입고 뒷산 길로 뛰쳐나왔다. 낮은 소나무들이 ―아마도 바람이 세니까 땅을 기듯 낮게 뿌리를 내린 모양이다 ―빼곡하게 늘어서 있고 풀숲 역시 우거져 있었다. 어느 순간 불쑥 곶 끄트머리로 나왔다. 보이는 것이라곤 망망한 군청색 바다, 시야를 거스르는 것 하나 없는 하리마여울로 믿을 수 없을 정도로 커다란 저녁 해가 녹아내리고 있었다. 상상도 못 했다. 황홀한 풍경.

"너무 멋져!"

내가 자기 목을 끌어안고 폴짝폴짝 뛰자, 고는 뿌듯해하는 표정으로 가볍게 키스했다.

돌아오는 길은 일찍이 땅거미가 져서 사방이 어둡고, 바람의 신음이 귓가로 파고들었다. 곶 뒤쪽으로는 캠프장이 있다고 했는데, 바람을 타고 왔는지 사람들의 말소리도 들렸다.

우리는 서로의 허리를 꼭 끌어안은 채 돌아왔다.

나는 이런 남자를 어쩔 수 없는 남자라고 생각한다.

나랑 결혼해줄 리 만무하고, 그가 나를 자기가 데리고 노는 뭇 여자들 중 하나라고 생각하고 있다는 것도 알고 있다. 그래서 나도 진심으로 그를 대하지 않는다. 그러면서도 그와 함께 있으면 언제나 마음이 그렇게 잘 맞을 수가 없다.

부자라고 뽐내면서 사람을 무시하고, 기분 나쁜 점이 한두 가지가 아닌 남자인 주제에 마음이 맞는 점이 딱 하나 있다. 그것을 고도 느끼고 있는 모양이었다.

부엌도 껍질을 그대로 둔 목재로 만들었는데 사용하기 편리해 보였다. 산에 있던 별장보다는 작지만 무엇보다 새로 지은 건물이라서 사용하기 편하고 게다가 청결했다.

나는 거기 있는 통조림과 냉장고에 있던 베이컨 등으로 또 요리를 만들어 내갔다. 그때 고는 내 스케치북을 펼쳐 보고 있었다.

그러더니 내 초상화를 그렸다. 부채 같이 동그란 얼굴에 점이 세 개, 눈과 코. 수박을 잘라놓은 것 같은 초승달 모양 입. 입가로 만화의 그것처럼 말풍선을 그리더니 '빨리 자고 싶어라~'라고 써넣었다. 나는 흥! 하고 코웃음을 치다 말고 크게 웃음을 터트리고 말았다. 고와 있으면 고로 때처럼 초조하고 안절부절못해 하는 마음은 없다. 즐거워서 시간 가는 줄 모른다.

나이프와 포크가 없어서 둘 다 젓가락으로 먹고 있는데, 또 전화다.

"미미한테 온 거면 안 받을 거야."

나는 뾰로통해서 이렇게 말했다.

고는 냅킨을 테이블에 던져놓고 창가의 전화기를 집어 들었다. 이 별장의 내부는 어디든 나무껍질을 그대로 살려 둔 것이 특징으로, 테이블도 의자도 그에 맞췄는지 통나무를 그대로 잘라서 만든 것이었다. 고가 전화를 받고 있는 창가에는 벽에 딱 붙게 놓인 붙박이식 소파가 있고, 그 위에 있는 긴 쿠션도 바닥에 깔린 융단처럼 바다와 같은 진한 감색이었다.

"음, 그래……? 아니 그게……."

고는 들릴락 말락 통화를 하다 말고 수화기를 손으로 막더니 나를 향해 물었다.

"저기 노리코, 여자 한 명 더 와도 괜찮을까……. 무지 재미있는 앤데."

"난 가도 돼요, 뭣하면."

"그렇게 무서운 얼굴 하지 말고. 셋이 놀면 좋잖아."

"오라고 해요, 오라고 하면 되잖아!"

나는 벌떡 일어서서 소리쳤다.

"오사카 여자 다 부르면 되겠네! 여기서 다 같이 모여서 사은회가 됐든 파티가 됐든 열어, 이 사기꾼아!"

"그만 떽떽거려, 시끄러워 죽겠네."

고는 전화에 대고 장황하게 뭔가를 설명하고 있었다. 전화를 하고 있는 여자에게 내 날카로운 쇳소리가 들렸는지 모른다.

나는 베란다로 나가 이미 어두워진 바다와 곶 쪽으로 우거진 숲을 바라보았다. 진한 바다 냄새가 났다. 진한 어둠 속에 혼자 서 있자니 바다 위에 홀로 떠 있는 것 같은 외로움이 밀려왔다. 이렇게 살면서 젊은 날을 하루하루 보내버리고 있구나……. 별을 바라보며 이런 생각을 했다.

여자를 이런 향수에 젖게 하는 남자는 자격 미달이다.

여자와 남자의 데이트란, 특히 여자는 침대에 들기까지의 두근거림이 큰 기쁨이고 행복인 것을.

나는 80퍼센트는 혼자 돌아갈 결심을 하고 실내로 돌아왔다.

지금은 바다도 통나무집 같은 이 멋들어진 별장도 내 흥미를 사지 못했다.

고가 전화를 끊고 나를 향해 돌아서며 달래듯 말했다.

"거절했다. 이젠 아무도 안 올 기다."

"……."

"밥부터 얼른 묵자. 아니면 먼저 자까?"

"다 싫어, 갈 거예요."

"그런 식으로 말하지 마라, 참말로. 화낼 거 없잖아, 그까짓 거 가지고. 어쨌든 아무도 안 불렀다 아이가."

"……."

"그렇게 화만 내면 내 무슨 말을 할 수 있겠노? 화 풀어라, 제발."

"……."

"사과의 뜻으로 내 몸을 바치겠습니다. 부디 가지고 놀아주이소."

이렇게 말해도 내가 웃지 않자 고는 당황하며 제안을 하나 했다.

"그럼 우리, 미즈노 씨 집에 놀러 갈까?"

"응!"

그렇게 내 기분은 풀리고 말았다.

손전등을 들고 우리는 밖으로 나갔다. 풀에 뒤덮인 돌계단이 있는가 하면 낭떠러지도 군데군데 있어 길이 위험

했기 때문에 나는 고의 팔에 매달리다시피 하며 걸었다.
고는 조금 마시다 만 조니워커 블랙 한 병을 들고 있었다.
마개를 따지 않은 새것도 있었지만 고의 말에 따르면 마시
다 만 것이 맛있단다. 그런 센스 하나는 좋다.

미즈노 씨 별장은 평지보다 한 단 높았는데, 대지가 약
간 경사져서 그렇게 지은 모양이었다. 실례합니다! 둘이
한목소리로 인기척을 하자 창에 불이 켜졌다.

아까 만났던 남자가 현관으로 나왔다.

"어서 오세요……."

"주무신 거 아니었어요?"

"아니, 책 좀 보고 있었는데. 안 그래도 지루하던 참입
니다."

"저희도요. 그래서 이렇게 실례를 무릅쓰고 왔습니다."

"이상하네~. 젊은 사람 둘이 있는데 왜 지루할까?"

남자는 웃으면서 우리를 집 안으로 안내했다.

방이 따로 없고 원룸으로 된 집이었다. 아이들 냄새가
물씬 풍겼다. 잠자리채나 아이들 그림책이 바닥에 떨어져
있기도 하고, 두꺼운 주간민화가 한쪽에 수북이 쌓여 있기
도 하고.

나는 낮에 만났던 남자를 지금에야 처음으로 정면에서

116

보았다.

성실하고 평범해 보이는 얼굴에 다부진 체격의 남자, 세련되거나 남의 이목을 끌 만한 점은 없었다. 하지만 차분한 것이 부산해 보이지 않고, 그것은 그의 연륜에서 오는 것인지는 모르지만, 이상하게 압도당할 것 같은 일종의 그만의 분위기가 느껴졌다. 남자란 대개 가족의 냄새가 나는 곳에 있으면, 그 냄새에 전염되어 단순한 '가족의 일원'이 될 뿐 한 '남자'가 되는 일은 별로 없는데…….

이 남자는 어지간히 '남자'라는 느낌이 났다.

그야 물론 내 직감일 뿐이지만.

그런 의미에서 나는 이 '미즈노'라는 마흔여섯 혹은 일곱쯤 되어 보이는 남자에게 호감이 갔다.

"아까는 너무 고마웠어요."

이런 이야기에서부터 시작해 근방의 바다 이야기, 물고기 이야기, 축제 이야기 등을 나눴다. 겨울이 되면 숭어가 이 근방에서 잘 잡히기 때문에 그 숭어 떼를 발견하기 위한 전망대가 바로 앞에 있었다는 둥, 문어가 얼마나 맛있는지 아느냐는 둥, 꽃돔—벚꽃이 필 무렵에 잡히니까—이 얼마나 멋진지 모른다는 둥.

"이곳 출신이세요?"

내가 물었다.

"아니요. 전 하리마고 아내는 스모토 출신이에요. 그냥 취미로 사진을 좀 찍는데, 아와지에는 사진 때문에 자주 온다 아입니까. 비경이라 할 만한 곳이 많거든요. 축제도 시골 정취가 있어서 볼만하지요."

남자의 말투는 부드럽고 넘치지도 부족하지도 않게 듣기 좋은 오사카 사투리였다.

"분라쿠* 인형 중에 아와지 특유의 것이 있는데……."

남자는 언젠가 나에게 마을에서 하는 인형극을 보여주겠노라 약속했다. 힐끔 고를 보니 그는 턱이 빠질 정도로 늘어지게 하품을 하고 있었다.

술 한 병을 다 비운 것을 신호로 우리는 돌아가기로 했다. 남자는 친절하게 물었다.

"손전등 빌려 드릴까요?"

"아니오, 가져왔습니다."

집과 집 사이를 손전등을 켜고 오가야 한다는 것이 마치 로빈슨 크루소가 된 것 같아 신기하고도 재밌었다.

"방랑객한테는 딱 좋은 오누막이죠."

● 文樂. 일본 전통인형극의 통칭.

남자는 웃으며 우리를 배웅해주었다.

고의 별장으로 돌아와 다시 샤워를 했다. 방충망만 쳐
놓으면 추울 정도의 바람.

"미즈노 씨는 무슨 일 해요?"

"잘은 모르고. 여자들 장신군가 뭔가를 취급한다지, 아
마? 이름은 들어본 적 없는 회사야."

"흐음."

"영 볼품이 없다카이, 저 집은."

고는 무시하는 말밖에 할 줄 모른다.

"그래도 집주인은, 제법 괜찮던데?"

"그래? 절대 안 그럴걸! 노리코는 처음 보는 남자면 누
가 됐든 호기심 만만이라니까. 성질나게."

"질투해요?"

"그래, 질투한다. 와?"

쌀쌀한 바닷바람 속에서 차가운 시트 위로 몸을 누이
고, 매끈한 피부를 남자의 손길에 내맡기고 있자니 황홀한
기분이 들었다. 그러면서 나는 또 고가 싫지 않다는 걸 느
낀다. 고는 역시 립서비스가 뛰어난 남자다.

"아무래도 나, 노리코한테 푹 빠진 것 같다. 너무 순진
하거든."

"겨우 두 번짼데?"

"몇 년은 만난 것 같다 아이가. 갈수록 빠져나올 수 없이 깊이 빠져든다니까."

"그러다 숨 막혀 죽어요."

"정말이야."

이런 걸 '사랑의 대화'라고 하는 걸까? 그런 연극도 나와 고라면 호흡이 너무 잘 맞는다. 그렇게 조금씩 좋아진다.

다른 그의 결점 따윈 어느새 잊어버리고 만다.

"아, 시간이 너무 아까워, 서둘러!!"

고는 이런 말들로 나를 웃긴다. 정말 못 말릴 남자다.

"한 번씩 다르게 하는 거야."

"그렇게 보채지 마……."

"할 때마다 처음 하는 것 같단 말이다~."

고는 꿈속에 나타나는 악마처럼 몸을 묘하게 비틀면서 기도라도 하듯 내 젖가슴 사이로 얼굴을 묻고 있었다. 땀을 흘리고 있었지만, 아름다운 땀이었다.

오늘 밤 고는 이상한 소리만 했다.

"노리코는 어쩌면, 머지않아 나 같은 기한테 질려버리겠지?"

여느 때와는 다른 고의 모습이다. 그런 고의 모습에 나는 당황스럽다.

"왜 이렇게 갈수록, 좋아지는 걸까?"

고는 신음하듯 이렇게 말했다. 나는 그가 갈수록 귀여워졌다. 죽여도 죽지 않을 것 같은, 떡갈나무처럼 거대한 남자가 귀엽다니, 처음 느껴보는 기분.

아침에 눈을 떴을 때 고는 없었다.

바닷바람은 열어젖힌 창으로 물처럼 시원하게 밀려와 레이스 달린 커튼을 팔락였다.

"고! 고! 나카야 씨~!"

나는 그의 이름을 부르며 집 안을 서성거렸다.

2층엔 처음으로 올라가 보았다. 거기엔 침실이 두 개 있고, 창은 단단히 잠겨 있었는데 열어보니―당연한 일이지만―경치가 너무 좋았다. 바다가 한눈에 내다보였다.

멀리 에이항구도 보였다.

작고 소박한 옷장이 있고, 서랍을 열어보니 잘 개켜진 시트와 베개 커버가 가지런히 들어 있었다.

여자용 목욕 가운, 비치샌들, 게다가 두꺼운 타월용 천으로 된 망토 등이 의자 위에 아무렇게나 걸쳐져 있었다.

그리고 쓰레기통에는 빈 선크림 튜브가 버려져 있었다.

은방울꽃 그림이 그려진 오데코롱 큰 병. 향기 좋은 베이비파우더는 경대에. 바닥에 떨어진 핑크색 손수건.

그것들은 제집을 이용한 사람들의 유품처럼 아주 거만하게 어질러져 있었다.

그야말로 고의 아내나 고의 어머니 아니면 그의 여동생……, 육친의 여자들이 쓰고 버린 것들 같았다.

심심풀이로 전화해서 데려온 여자들이 쓴 물건들은 아니었다. 나 역시 포함해서.

그것들은 나에게 '넌 누구냐? 여긴 너 같은 게 올 데가 아니야!'라고 말하는 것만 같지 뭐니!

난 내 생각에 스스로 상처받았다.

어젯밤엔 고와 너무너무 사이좋게 한 몸이 된 것 같아, 정말이지 누구 몸이 누구 건지 모를 정도로 하나로 녹아내린 것처럼 고가 좋았는데, 하룻밤 지나고 나면,—나는 이 '하룻밤 지나고 나면'이라는 말이 참 좋다. 가랑이 사이로 세상 보기와는 다른 의미에서 단번에 세계관이 뒤바뀌는 것 같거든— 냉정한 지성을 되찾게 되니 신기하다.

나는 밖으로 나가보았다.

대문 앞 어디에도 칙칙할 정도로 진한 핑크색 차는 보이지 않았다. 그 말인즉 고는 혼자 차를 타고 가버린 것이다.

내가 생각해낸 것이라고는 고작, 차를 수리하러 갔나? 정도였다. 엄청 신경 쓰여 했으니까.

하지만…… 만일 그렇다면, 그렇다고 말이라도 하고 갔을 텐데. 그리고 이 이른 아침부터 시골 카센터를 두드려 깨울 정도로 급한 일도 아니잖아? 그렇다면 무슨 급한 일이 생겨서 돌아간 걸까?

그렇지 않다는 증거로 소지품이 그대로 있다. 수영을 하러 간 것도 아니다. 그와 나의 수영복은 어젯밤 내가 빨아서 마당에 널어놓은 그대로였다.

나는 세수를 하고 간단하게 화장을 하고 머리를 빗고, 면으로 된 원피스 한 장만 걸쳐 입고 밖으로 나갔다. 옆집 별장에 간 게 아닐까 해서다. 차를 타고 갈 필요는 없지만.

벌써 여덟 시였기 때문에 밖은 벌써부터 이글이글 무더운 햇살이 내리비치고 있었다.

미즈노 씨는 부엌에 있었다.

생선을 요리하고 있었다. 칼 다루는 솜씨가 날렵했다.

"아침 일찍 마을에 가서 생선을 사왔어요. 이게 여기 오는 재미거든요. ……낮에 먹을라꼬."

"도미예요……, 그거? 잘하시네요!"

"허허. 같이 드실래예?"

"같이 온 사람이 없는데, 혹시 아세요? 전, 그 사람하고 같이 먹으면 좋겠는데."

"그 사람은……."

그는 웃지도 않고 여전히 생선을 요리하면서 대답했다.

"아침 일찍 차를 타고 나간 것 같던데요. 다섯 시쯤, 차 소리가 들리던데, 몰랐어요?"

나는 몰랐다. 새벽녘 나의 잠은 깊다. 누가 업어 가도 모른다.

"그렇다면 업고 나올 걸 그랬네예."

남자는 이렇게 말하면서 접시 위에 잘 떠진 회를 가지런히 놓았다.

투명한, 연분홍빛을 등에 머금은 예술품처럼 아름다운 도미의 몸이다.

"우와, 맛있겠다!"

"아침부터 먹는 것도 나쁘진 않죠. 이 생선은 히야자케* 에 잘 어울리지. 한잔할래예?"

● 차게 해서 마시는 일본 정종

하지만 나는 망설이고 있었다. 고는 어디 간 걸까?

남자는—아니, 미즈노 씨, 이라고 해야겠지만 나는 아직 이 남자를 잘 모르니까 그렇게 쉽게 이름을 부를 순 없다—드디어 칼을 내려놓고 회 접시를 랩으로 조심스럽게 싸서 냉장고에 넣고, 회 뜨고 남은 뼈도 잘 싸서 냉장고 위칸에 넣어두었다.

그러고 나서야 나를 보았다. 그는 오늘은 연한 크림색의 속이 비치는 알로하셔츠에 바지를 입고, 그 끝을 걷어 올렸는데 맨발이었다.

잘생긴 눈은 크지는 않지만, 그 시선을 정면으로 받으면 이쪽의 속까지 훤히 내다보고 말 것만 같은, 말하자면 총구처럼 생긴 눈이었다. 만일 저 눈이 다다다다 탕! 하고 불을 뿜기라도 한다면, 나 같은 사람은 단 한 방에 이따~만 한 구멍이 뻥 뚫리고 말겠지. 그런 생각이 든 건 무슨 예감—나중에 안 거지만 이 남자, 그래서 이 방면에서는 유명한 플레이보이라고 했다. 그야 물론 그때는 그런 거 몰랐지—때문이었을까?

하지만 겉보기에는 그 시선 말고는 이렇다 할 특징도 없는 남자로 보였다. 다만 어쩌다 한 번 웃으면, ……예컨대 내가 다음 말을 찾지 못하고 씨익 미소로 얼버무리고 있으

125

면, 그도 보기 좋게 씨익 웃었다. 그럴 때면 입 모양이 형용할 수 없이 아름다웠다. 마치 소년 같은 웃는 얼굴에 새하얗고 가지런한 치아가 눈부셨다.

키는 고보다 좀 작은 편이었지만 어깨너비는 고와 비슷한 것이 단단해 보였다. 나는 고와 이 남자가 맨주먹으로 싸우면 누가 이길까? 멍하니 그런 생각을 하고 있었다. 왜냐하면 남자는 약간 안짱다리여서 두 다리에서 허리 사이에 묵직할 정도로 대담한 힘이 느껴졌기 때문이다. 어쩌면 의외로 끈기가 있어서 이 남자가 이길지도 모르지. 나이는 좀 먹었지만.

"내 얼굴에 뭐 묻었능교?"

남자는 나를 위해 커피를 내리면서 물었다. 차분하게 가라앉은 목소리.

"아니에요. 그 알로하셔츠 참 시원해 보이네요."

"이거? 시원해요. 바나나 섬유."

"어머, 그렇구나!"

"필리핀에서 산 건데 감촉도 좋고."

"그래요?"

난 손을 내밀어 만져보았다. 거칠거칠한, 그러면서도 바람은 잘 통할 것 같았다. 나는 이상하게도─고의 일은 까맣게 잇고—이런 시원스러운 셔츠를 고로한테 입히면 얼마나 좋을까를 생각했다. 이거야 완전히 한 남자의 아내같은 느낌.

남자는 맨살에 그것을 입고 있었다. 남자의 맨살도 나이에 비해서는 탄력 있고 단단해 보였다. 어쩌면 내가 생각하는 것보다 젊을지 모른다.

나는 남자와 마주 앉아 커피를 마셨다. 맞은편에 유화가 걸려 있었는데, 그것은 바다를 그린 것이었다. 곶 너머로 해가 지고 있었다. 어제저녁에 보았던 곳이 틀림없었다. 잘 그린 건 아니지만 순수한 느낌이 있었다. 색이 밝고 소박해서.

"귀여운 그림이네요."

내가 이렇게 말하자 남자는 담배를 피우면서 말했다.

"딸이 그린 거라예. ……그림 좋아하세요?"

난 뭐라고 대답해야 좋을지 몰랐다. 화가라고 할 수도 없고, 그림을 싫어한다고도 할 수 없고……. 남자는 자리에서 일어났다.

"자 그럼, 우리 수영하러 안 갈래요? 그런 다음 다시 여기로 와서 도미에 맥주나 히야자케 한잔하고……."

"아주 멋진 계획이긴 하지만……."

나는 아쉬웠다.

"파트너를 찾으러 가야겠어요. 그런 다음에."

"그러다 보면 돌아올 깁니다, 수영하고 있다 보면."

나는 그도 그렇겠다 싶어 얼른 돌아가 수영복으로 갈아입었다. 그리고 잊지 않고 튜브를 챙겨갔다. 바람이 빠져있었기 때문에 모래밭에서 남자가 넣어주었다. 나는 폐활량이 부족한 건 아니지만 귀찮은 건 하기 싫었다. 그리고 남자가 있는 힘껏 숨을 불어넣으며 안간힘을 다하는, 그런 모습이 좋다.

게다가 이 튜브는 너무 컸다. 그래서 어제처럼 몸이 쑥 빠져나가고 만 것이다.

"난 그냥 여기 있을래요."

남자는 지긋이 예의 그 눈으로 나를 보았다.

"수영이라면 금방 배울 수 있는데……."

"힘들어서 싫어요."

"그럼, 수영은 안 해도 좋으니까 그냥 바다에만 나가봐요. 튜브는 내가 잡아줄게요."

"꼭이에요. 손 떼거나 하면 싫어."

모래밭에는 젊은 남녀가 제법 있었다. 하지만 초등학생이나 유치원생 같은 어린아이는 없는 것 같았다. 곧 끄트

128

머리와 숲으로 가로막힌 바닷가에는 이 근방에 대해 잘 아는 지역사람이나 별장에 온 사람들 정도인 모양이었다.

나는 남자를 따라 바다로 들어갔다.

남자의 걸음걸이는 확신에 차 있었다. 그것은 고의 민첩하고 힘 있는 움직임과도, 고로의 애잔한 행동거지와도 달랐다. 이렇게 하는 것이 제일이다, 다른 선택의 여지가 없다는 식의 움직임. 그것은 강한 매력이었다.

나는 그와 함께 물속으로 들어갔다. 튜브 안에 들어가 그것을 꼭 붙잡고 있으면, 남자는 헤엄치면서 그 튜브를 쑤욱쑤욱 앞으로 밀어주었다. 불안감은 전혀 없었다. 하늘에는 여름날의 구름이 떠 있고 반짝반짝 백열하는 햇빛이 넘치고 있었다. 바닷물은 부드럽고 깨끗했고, 살갗에 와 닿는 시원함이 좋았다. 이 근방에는 바다라면 흔히 볼 수 있는 보트나 모터보트는 없고, 꽤 먼 바다로 어선이 달려가는 모습이 작게 보일 뿐이었다. 남자는 쉬엄쉬엄 헤엄을 쳐가면서 튜브를 밀어주었다. 나는 마치 내가 헤엄을 치고 있는 것 같아 손을 뻗어 수영하는 포즈를 취해 보였다.

"옳지, 바로 그거예요!"

남자가 젖은 얼굴을 물 밖으로 내밀며 웃었다.

"그만 돌아갈래요."

나는 괜히 다급해져서 말했다.

"아직 멀었어요."

"싫어, 갈래요!"

"쪼매만 더."

남자는 이렇게 말하면서 점점 앞으로 나아갔다. 그리고…… 손을 놓았다. 나는 새파랗게 질려서 "꺄악~!" 비명을 지르며 죽을힘을 다해 튜브를 붙잡고 있었다.

파도가 높지 않았기 때문에 나는 완만한 물결에 몸을 맡기고 있었지만 공포심은 가시지 않았다. 머리를 들어 남자 쪽만 바라보고 있었다. 혹시라도 놓치면 어떡하나 무서워서. 남자는 지금은, 나라는 짐에서 해방되어 마음껏 수영을 즐기고 있었다. 논병아리처럼 물에 잠수를 했다가 다시 머리를 내밀었다가 하면서 물과 어울려 놀고 있었다.

그런 모습이 너무나 매혹적이고 아름다워 보였다. 텔레비전에 나오는 수영선수들은 피를 토할 것 같은 집념 덩어리의 얼굴이 고통스러워 보이는데, 남자는 물과 뒤얽히는 걸 온몸으로 즐기고 있는 것처럼 보였다.

"무서워요~!"

나는 울먹이며 소리쳤다. 남자는 곧장 내게로 다가와 손을 내밀어 튜브를 붙잡았다.

"무서워? 그럼 돌아가지."

남자는 신사였으므로 안심했다. 바다로 끌려가 무슨 일을 당할지도 모른다는 걱정이 아예 없었던 건 아니거든. 혼자 살다 보면 남자는 모두 늑대로 보인다. 남자도 혼자 사는 여자를 그렇게 생각할지도 모르지만.

남자에게 고맙다 말하고 별장으로 돌아갔다. 하지만 고는 아직 돌아오지 않았다. 벌써 10신데.

고요하기 이를 데 없는 시간, 뒤뜰에서 매미가 울고 있었다. 어쩔 수 없이 샤워를 하고 나는 다시 옆집으로 갔다. 이번에는 아예 열쇠를 잠갔는데, 이것은 옆집 남자의 충고였다. 열쇠가 있으면 잠가두는 것이 좋다, 흔한 일은 아니지만 캠프장에 온 젊은이들이 자칫 숨어드는 경우가 있으니까, 라고 남자가 말했기 때문이다.

'옆집에 있어요. N'이라고 적은 메모를 문 아래쪽에 끼워두었다. 만일 고가 변덕스러운 드라이브에서 돌아왔을 때 열쇠가 없어서 못 들어갈지도 모르니까. 하나 더 가지고 있을지도 모르지만.

남자는 기다리고 있었다. 남자는 다시 바나나 셔츠를 걸치고 있었다. 그 얇은, 천사의 날개옷 같은 셔츠의 옷자락에는 담채색으로 야자수가 그려져 있었다.

나는 배가 고팠기 때문에 그가 요리한 도미회가 너무너무 기대되었다.

그는 테이블 위에 냉장고에서 갓 꺼낸 맛있어 보이는 회 접시를 내려놓았다.

"사람은 무엇을 위해 살까예?"

남자의 질문에 나는 아무 대답도 하지 못했다.

"맛있는 걸 먹기 위해."

"하지만 수은이나 PCB가……."

"수영으로 땀 한번 흘리고 나면 빠져나가게 돼 있지예, 수은 같은 건."

가만히 앉아서 남자가 음식이 담긴 접시를 차리고 흩어진 식기를 가지런히 놓아주고…… 내 생애 처음 해보는 경험이었다. 그렇다고 말했더니, 남자가 말했다.

"난 학생 때부터 취사에 익숙해요."

"그래서 생선 요리도 그렇게 잘해요?"

"옛날에 생선가게를 했거든. 종전(終戰) 직후 학생 때 아르바이트로. 자반 생선을 교토의 기온이나 키야마치 쪽으로 팔러 다녔는데, 한마디로 암거래였는데 벌이가 괜찮았지. 날개 돋친 듯 팔렸으니까."

"그럼 돈 많이 모았겠네요?"

"모아뒀으면 좋았을 텐데, 대금을 받는 대신에 술을 받아 마신 통에 못 모았어요……. 결국 술만 늘었지."

우리는 건배했다. 남자가 끓인 탕도 너무 맛있었다. 그래도 고가 있었으면 더 즐거웠을 텐데.

"나카야 씨 아드님하고는 오래된 친굽니까? 그 사람 나카야철공의 자제분 맞죠?"

남자가 물었다.

"그렇게 오래된 건 아니에요."

"그냥 친구?"

"네, 그냥 친구. 부인은 어떤 분이세요?"

"몰라요. 일 년에 몇 번, 뵙는 게 다니까. 젊은 아가씨 손님은 끊이지 않고 오니까 즐겁긴 하지만. 따님 친구들인가? 따님도 몇 분인가 계시잖아요?"

몰라요, 라고 내가 대답할 차례였다. 그보다 육질이 바짝 오그라들어 꼬들꼬들해진 도미회가 너무 맛있었다. 먹으면서 나는 문득 생각이 나서, "전화 좀 빌릴 수 있을까요? 와 있을지 모르니까" 하고 고의 별장으로 전화를 걸었지만 받지 않았다.

받을 리가 없지. 만일 차를 타고 돌아왔다면 남자의 별장 아래로 난 도로를 지났을 테니까 차 소리가 들렸을 거 아니야.

남자는 그런 나를 물끄러미 바라보고 있었다. 나는 그가, 고에 대해 이런저런 것들을 나보다 많이 알고 있지 않을까 생각했다.

"고가 어디 갔는지, 알고 계시죠? 그런 거죠?"

남자는 차가운 히야자케를 와인글라스에 따라 마시다 말고 조용히 대답했다.

"그 사람은 오늘 아침, 에이항구 쪽에 있는 여관으로 차를 타고 가더군요. 내가 생선을 사러 아침 일찍 항구로 가는 길에 만났거든."

왜 여관으로 갔는지 모르겠다.

"아마도 여자가 기다리고 있었던 게죠, 거기서. ……가끔 그럴 때가 있어요. 잘은 모르지만 그 방면에 참 밝은 사람 같아요. 조만간 돌아올 겁니다. 어, 그만 마실라꼬요?"

"아니, 주세요."

나는 회를 한 점 먹고, 맥주를 한 모금 마셨다.

"그럴 때, 남겨진 여자는 어떻게 하던가요, 예를 들면?"

"막 화를 내면서 마을에서 콜택시를 불러 돌아가죠. 당신도 간다면 내가 태워다줄 수 있지만, 이 맛있는 걸 먹고, 마시고, 그리고 낮잠이라도 한숨 잔 다음에 안 갈라요?"

이견은 없었다. 다만 나는 고를 증오하고 또 증오했다. 어젯밤 그렇게 뜨겁게 불태웠으면서, 남자란 정말.

나는 남자를 대하기가 너무 부끄러웠다. 이 남자는 나를 양다리로 놀아나는 쉬운 여자라고 생각하고 있을 게 분명하다. 돈 많은 부잣집 도련님이 가볍게 데리고 노는 수많은 여자들 중 하나라고 생각하겠지? 라고, 남자의 생각을 추측했기 때문이었다.

한편 마음속으로 고가 무슨 갑작스러운 용무가 생겨서 나한테 연락할 틈도 없이 어딘가 간 거라고 생각하려고도 했다.

하지만 그 추측은 무력했다.

남자가 말한 것처럼, 마을의 어느 여관에 다른 여자를 기다리게 해놓고 새벽부터 일어나 양다리를 걸치러 간 것이―안타깝지만―훨씬 그다웠다.

게다가 어젯밤 전화도 그렇고, 낱말 맞히기 퍼즐처럼 앞뒤가 딱딱 들어맞는 것도 같았다.

어렵게 말하면 짚이는 데가 있다고나 할까? 뭐, 딱히

어렵지도 않지만.

다만 아무래도 이해가 안 가는 것은, 남자란 그토록 몸과 마음이 녹아내릴 정도로 뜨겁게 잠자리를 하고도 일어나기 무섭게 딴 여자를 찾아갈 정도로 용기가 만만한지, 새 여자에게 덤벼들기 위해 잠자리를 박차고 달려나갈 수 있는 것인지였다.

나라면, 그러니까 여자라면 아침에 눈을 떴을 때 옆에 있는 남자와 그날의 첫 미소를 나누는 것이 가장 멋진 일일 텐데.

내가 심란한 얼굴로 생각에 잠겨 있는 것을 남자는 알아채지 못했는지 여전히 다른 이야기에 열중하고 있었다.

"아와지라는 섬은 일본에서 가장 처음으로 생겨난 섬이에요, 알고 있어예?"

"들어본 적은 있는데, 잘은……."

"이자나기, 이자나미는 알아예?"

나는 보일 듯 말 듯 고개를 끄덕였다.

"개국신화에 나오는 신들이에요. 남신인 이자나기와 여신인 이자나미가 긴 창을 들고 다리 위에 서서 내려다본 하계는 몽롱하고 질척질척하더란 말이야. 그래서 창으로 휘저은 거예요."

"엉망진창으로 말이죠?"

남자는 너무 멋진 입 모양으로 웃어 보인 후 다시 말을 이었다.

"그 진창에서 창을 끌어올리는데 창끝에서 소금이 굳어 져 뚝 떨어졌는데, 그것이 섬이 되었더라······."

"그게 아와지섬인가요?"

"아니, 아직 아닙니다. 그건 오노코로(自凝)섬이라고, 자 연히 굳어져서 생긴 섬이란 뜻이에요. 그 섬에서 두 신이 결혼해서 낳은 섬이 아와지섬이랍니다. 섬의 이치노미야 라는 마을에는 그래서 이자나기 신궁이라는 오래된 신사 가 있는데, 가봤어예?"

"아니요."

그럴 시간이 어딨어요?

고와 둘이 있으면 하여간 잘 생각밖에 안 하는데.

"그 이자나기 이자나미의 결혼이 인류 최초의 결혼이라 는 설이 일본 신화라는 겁니다."

아, 나 알아! 그 얘길 들으니 알겠네.

진창이 어떻다느니 창으로 휘저었다느니 하니까 모를 수밖에. 이자나기는 몸 중간에 남아도는 곳이 있고 이자나 미는 몸 중간에 부족한 곳, 그러니까 약간 벌어진 곳이 있었다, 뭐 그렇게 시작되는 이야기잖아. 그래서 어떻게 할까 두 신이 상담을 했다는, 지극히 소박하고 천진무구한 소년소녀 같은 신들이다. 아담과 이브와는 다르게.

생각났다!

하지만 그런 말을 꺼냈다가 만일 남자가 '남아도는 곳이라니 어딘데요?' '부족해서 벌어진 곳이 어딘지 알아요?'라고 물어오면 곤란하므로 나는 입을 다물었다. 다행히 고와는 달리 남자는 그런 이야기를 할 성품은 아닌지 이자나기 신궁에 대한 이야기로 이어졌다.

"한번 가보면 좋을 깁니다. 내가 안내할게요. 거기 가면 죽으로 점을 치는 죽점이란 기 있는데, 그 해의 풍흉작을 점치는 행사예요……. 졸립니꺼?"

남자의 느긋한 말투가 기분 좋게 느껴진 건 내가 취해 있었기 때문인 모양이었다.

나는 눈이 풀리면서 나른해졌다. 남자는 상냥한 말투로 말했다.

"무리도 아니지. 수영하고 먹고 마시고 했으니까. 나도 낮에는 항상 마시고 자거든요. 자세요."

"네. 잘 먹었습니다."

내가 자리에서 일어서려고 하자, "거기서 그냥 자요, 그 소파는 침대가 되기도 하니까. 손님용이에요……. 난 2층에서 잘 테니까" 하고 소파의 등받이를 눕혀서 침대로 바꾸어주었다.

그것이 진짜 침대가 아니고 시트나 베개가 없다는 사실이 저항감 없이 나를 편안하게 했다.

"그럼 잠깐만."

쿠션을 베개 삼아 옆으로 눕자마자 뭔가에 빨려들 듯 잠들고 말았다. 바람 좋고, 게다가 바다내음까지 섞여 있어 시원했다. 천만금을 준대도 바꾸기 싫을 잠이었다.

눈을 떴을 때, 여기가 어딘지 잠깐 어리둥절했다. 하지만 금방 알았다. 2층에서는 아무 소리도 들리지 않아 나는 조심스럽게 집을 나왔다.

햇볕 따가운 한낮, 매미 울음소리가 시끄러웠다. 고의 차는 여전히 보이지 않았고, 별장으로 들어가 보니 그대로였다.

고는 아직 돌아오지 않았다. 시계를 보니 2시였다. 어쩌면 내가 옆집에 가 있는 동안 고에게서 전화가 왔을지도 모른다.

그게 뭐 어쨌다는 거야? 그런 남자 이제 꼴도 보기 싫어. 바보같이 눈물이―이건 어이없어 나는 눈물이다―났다.

세수를 하고 화장을 한 다음 옷을 갈아입고 내 물건을
챙겨 나왔다. '옆집에 있어요'라는 메모는 찢어버렸다.

열쇠를 맡기려고 옆집으로 갔다. 남자는 벌써 일어나
커피를 마시면서 바다를 보고 있었다. 한낮에는 이 집도
역시 더웠다.

"저기, 나카야 씨네 열쇠를 돌아오면 전해주시겠어요?"

나는 조금 전 일에 대해 감사를 표한 후 부탁했다.

"어쩌게요, 이제?"

"콜택시를 부를 수 있을까요?"

"운이 좋으면. 때에 따라서는 한 시간 정도 기다려야 하
지만, 오긴 와요. 그보다 내가 차들 왕래가 있는 데까지 데
려다 줄게요. ……거기서 택시를 타도 되고, 시간이 맞으
면 버스로 이와야까지 갈 수도 있어요. 에이에서 아카시까
지 가는 배도 있긴 한데, 결항이 잦아서……."

나는 남자의 호의를 받아들여 택시가 있는 마을까지 차
를 얻어 타기로 했다.

"쉬시는데 죄송해요. 제가 여러모로 폐를 끼치네요."

남자는 내 말에 커피 잔을 내려놓고 실찍 웃었다. 하지
만 그 이유를 말해주지는 않았다. 그래도 예의상 무의미하
게 웃는 웃음은 아니고 무슨 생각 끝에 웃는 웃음 같았다.

남자의 자가용은 하얀색 국산차로, 그렇게 크지 않았다. 뒷좌석에는—아니, 여기까지?—아이들 모자며 만화책들이 널브러져 있었다. 차에서까지 가정의 냄새가 났다. 하지만 그런 속에 있으면서도 여전히 남자에게선 남자 냄새가 풀풀 났다. 그 때문에 나는 이 남자와 함께 있는 것이 점점 좋아지고 있었다.

숲이 있는 고지대를 차로 내려갔다. 가끔 창문에까지 나뭇가지들이 스칠 정도로 나무들이 울창한 길이었다. 그곳을 빠져나가자 넓은 외길이 나왔다. 에이마을로 들어서자 진한 향냄새가 물씬 풍겨왔다.

"향이 많이 나는 곳이라……. 일본 제일의 향 생산지거든요, 이 마을이."

남자는 담배를 피우면서 그런 설명을 해주었다.

"이 섬에는 아주 로맨틱한 축제가 있어요. 20년에 한 번 찾아오는 축제. 아와지에 있는 마을들이 돌아가면서 하는 건데, 변재천을 기리는 축제예요. 아와지섬에 있는 모든 마을들이 하는 거라 좀처럼 순서가 안 와요. 그래서 20년에 한 번 하는 셈이죠. 평생에 세 번이나 네 번 볼 수 있는 축제. 그때는 노천에서 하는 인형극도 하는데, 그것이."

내가 핸들을 잡고 있는 남자의 손을 갑자기 잡았기 때문에, 남자는 순간 입을 다물고 속도를 늦췄다. 앞쪽에서 핑크색 자가용이 초스피드로 점점 가까이 달려오고 있었다. 속도위반 따위는 안중에도 없다는 듯이 무시무시한 속도로 우리를 지나쳐, 조금 전 우리가 달려온 쪽으로 사라져 갔다.

선글라스를 쓰고 있었지만 틀림없는 고였다. 옆에는 하얀 모자를 쓴 젊은 여자가 있었다. 순식간이라서 얼굴은 보지 못했다.

남자는 그대로 차를 달렸다.

"축제 때는 미코시*가 행차하는데, 어항(漁港)의 축제는 아름다워서 꼭 한 폭의 그림 같거든요. 마을의 젊은 남자가 위아래 하얀 옷을 입고 변재천을 배에 태워 짊어지고 바다로 나가요. 대어기를 잔뜩 내걸고 수십 척의 배들이⋯⋯."

나는 대꾸하기도 지치고 싫었지만, 마지못해 말했다.

"멋지겠네요."

하지만 마음속은 만신창이었다. 남자가 했던 말은 사실이었다. 고는 새벽 일찍 니를 두고 나가서 저 여자와 함께

● 신위를 모시는 가마=御輿

있었던 게 분명했다. 별장에 가서 나를 태우고 셋이 같이 돌아가려는 것일까?

아니, 어쩌면 저 여자는 고의 아내일지도 몰랐다. 그리고 나는 내가 이상해 죽을 지경이었다. 고가 그런 남자라는 건 너무나도 잘 알고 있는 사실이고, 그걸 알면서 만난 거잖아. 그런데 왜 이토록 상처를 받아야 하는 거지, 새삼스럽게?

남자는 에이마을 어귀의 한 농가 앞에서 차를 세우고, 볼일이 있으니 잠깐 기다리라고 말하고 차에서 내렸다. 나는 빨리 이 섬에서 벗어나고 싶었기 때문에 마음이 급했지만, 그렇다고 말할 수도 없었다. 택시가 한 대 왔지만 손님이 타고 있었다. 그러고 보니 여기서라면 택시를 탈 수도 있겠다.

마침내 남자가 나왔다. 그리고 내가 여기서 차를 잡아타겠다고 하자, 남자는 그럼 차를 불러달라고 한다며 다시 농가로 들어갔다. 참으로 여유로웠다. 그 주변에도 향냄새가 풍기고 있었다.

건너편에는 바다체험학교용 여관이라도 되는지 햇볕에 그을린 아이들—초등학교 5, 6학년 정도의—이 드나들고 있었다.

남자는 내 성을 불러—어제 고가 타마키라고 내 성만 소개했기 때문에—말했다.

"타마키 씨, 차는 30분 정도면 온답니다."

그때까지 이곳 농가에서 인형 가발을 구경하지 않겠냐는 거였다. 작년에 돌아가신 이곳 할아버지가 인형을 다루는 명인이었다고 했다. 물론 본업은 어엿한 농부였지만. 아와지의 인형극은 농민이나 어민들의 전용물로 아마추어 예술이다.

나는 차에서 내리려다 심장이 멎는 줄 알았다. 핑크색 자동차가 역시 초스피드로 도로를 달려오고 있는 게 아닌가! 고와 하얀 모자를 쓴 여자가 차를 돌려 온 것이다.

아마도 그들은 별장까지 갔다가 내가 없으니까 돌아간 거라고 생각하고, 그들도 페리가 있는 항구까지 가려는 게 분명했다. 나는 고와 마주치고 싶지 않았다. 남자가 다시 나를 재촉하러 나왔을 때 나는 부탁했다.

"몇 번이나 어려운 부탁을 드려 죄송한데요, 다시 별장으로 돌아가면 안 될까요? 지금 가면 선착장에서 마주치고 말 거예요. ……방금 전에 아까 그 차가 제가 갈 방향으로 달려갔거든요."

남자는 이미 아무것도 보이지 않는 도로를 한 번 쳐다보더니, "아까 그 소방차가?"라며 우스갯소리를 했다. 덕분에 남자가 내심 고의 자동차를 그렇게 생각하고 있다는 걸 알았다.

"그럼 어쩐다?"

혼잣말처럼 중얼거리더니 다시 아까처럼 나를 태우고 유턴해주었다. 고와 마주치지 않아도 된다는 생각에 행복했다.

"마지막 페리 시각에 맞춰 나오면 되겠네예."

"네. 여러 가지로 폐를 끼쳐 죄송해요."

남자는 살짝 웃었다. 이번에는 그 이유를 설명해주었다.

"당신은 좀 다르군."

"그래요?"

"저 되련님—약간의 야유가 섞인 애칭감이 있다—이 데리고 온 여자들 중에 가장 예의 바른 말을 쓰거든."

나는 칭찬을 들은 건지 욕을 먹은 건지 분간이 안 갔다. 그래서 말없이 가만히 있었다. 그래도 당연한 여심에서 전자라고 생각하고 싶었다.

"별 여자들이 다 왔지. 개중에는 우리 집 창문에 대고 '아~씨, 병따개 좀 빌려줘요'라고 한 여자가 있었다니까. 그건 숫제 그냥 주라는 거지, 돌려준 적이 없거든."

남자의 이야기는 나를 웃기지 못했다. 나는 그에게 그런 여자들과 다를 바 없는 취급을 당했고 또 무시당했다.

나는 그를 사랑하지는 않았지만 그래도 역시 마음의 상처는 컸다. 남자는 화제를 돌려 다시 축제에 대한 이야기를 했고, 그러다 별장에 도착했다.

"오늘은 자제분들 안 오세요?"

남자에게 칭찬을 받았다고 생각하니까, 나는 더 예의바른 말을 써야 한다는 의무감에 사로잡혔다. 거기서 '빌어먹을'이니 '이런 개 같은'과 같은 말도 알고 있다고는 도저히 말할 수 없었다.

"월요일 아침, 그러니까 내일 아침에 와요. 나는 내일 일이 있어서, 내일 아침 페리 선착장에서 만나 차를 넘겨주기로 되어 있죠."

"차를 운전할 수 있을 만큼 큰 자제분도 계세요?"

"아내가."

남자는 간단히 대답했다.

우리는 더웠기 때문에 시원한 맥주를 마셨다. 오늘도 파도가 높아서 수영은 더 이상 못 하겠다고 했다. 그리고 남자는 나를 지긋이 바라보았다.

"어제하고 완전히 다르군."

"어디가요?"

"기운이 없어."

남자는 내가 앉아 있는 소파 옆으로 와 앉더니, 천천히 내 허리로 팔을 둘러 슬쩍 나를 안았다.

그리고 나에게 키스했다. 고와도, 지금까지 만난 남자들 그 누구와도 다른, 실질적인 느낌의 키스. 말하자면 그것은 그야말로 백전 연마한 사무라이의 그것 같았다. 그것은 몇십 년 동안 여자와 함께 있는 것에 익숙해진 유부남의 깊은 맛 같은 것이었다.

"가엾게도. 그렇게 기죽을 것까진 없는데."

"기죽었단 소린 안 했거든요."

나는 남자의 가슴 안에서 야무지게 대꾸했다.

"아아, 그렇게 많은 여자들이 왔지만 당신처럼 청순가련한 여자는 처음이야."

남자는 이번에는 내 이마에 키스했다.

그리고, 그리고……

나는 어리둥절해지고 말았다. 그토록 상냥하고 예의 바르고 판단력 있고 말씨 가리는 신사인 이 남자가 그다음 보여준 행동은 완전히 보통 남자의 그것이었다. '보통 남자'보다 더 직설적이고 정확하고 자신감 넘치는 익숙한 동작이었다.

이런 육체적인 유혹도 있구나!

눈이 번쩍 뜨이는 깨달음이었다. 이것이 바로 어른의 유혹법이구나! 게다가 열어젖힌 창문으로 물처럼 흘러드는 무더운 햇살과 새파란 하늘과 진하고 끈적이는 나뭇잎들의 반짝임. 남자는 더 이상 필요 없는 말은 한마디도 하지 않고, 내 옷 단추를 마법처럼 하나하나 풀어나갔다. 그의 그런 동작들이, 솔직히 말해 너무 즐거웠다. 파란 하늘 하며 밝은 실내 하며 매미의 울음소리 하며, 마치 세상이 뒤집힌 듯한, ……그래, 가랑이 사이로 바라보는 세상처럼 신선한 경이로움으로 가득했다.

숙녀들의 합창 ✺

눈을 떴을 때, 나는 알몸에 판다 그림이 그려진 어린이 용 타월 담요를 걸치고 있었다.

나는 허겁지겁 옷을 입었다. 입고 있었던 옷은 칠이 되지 않은 마룻바닥에 아무렇게나 널브러져 있었으므로, 가방에서 새 속옷과 면으로 된 드레스를 꺼내 입었다.

그렇게 서둘러 옷을 입고 있는 사이 물소리가 들려 찾아보니, 그것은 한쪽 구석에 있는 욕실에서 나는 소리였다.

진짜 욕실, 타일이 깔리고 샤워기가 달리고 폴리에틸렌 욕조가 있는 그 흔한 것들과는 다른 나무로 된 욕실.

욕조 밖에서 그가 씻고 있는 모습이 무늬가 새겨진 반투

명 유리문을 통해 비쳤다. 수증기 결정이 유리에 맺혀 있어 잘 보이지 않았기 때문에, 나는 가운데 문을 한 2센티 정도 열고 작은 소리로 "저기……" 하고 불렀다. 어떻게 불러야 좋을지 망설여졌다. 불러서 뭘 어떻게 하자는 것도 아니지만. 아깐 죄송했어요, 하는 것도 이상하고 그만 가 보겠습니다, 라고 하기엔 무슨 알림이 같은 느낌도 들고, 어쨌든 정확히 말하면 '나 일어났어요!'라는 신호였다.

옛날의 높으신 양반 같으면 눈을 떴을 때 손바닥을 친다거나, 서양 귀부인이면 벨을 울려서 시종을 부르는 느낌. 물론 일어났으니까 뭘 어떻게 하라는 건 아니고, 아까 하던 것의 속편을 시작하자는 의사 표시는 적어도 아니었다.

그렇게 2센티 열린 틈으로 안을 훔쳐보던 나는 깜짝 놀랐다.

남자는 머리를 감고 있었다.

그는 지극히 평범한 샐러리맨 같은 짧은 머리를, ─ 하얀 것이 조금 섞여 있었다 ─ 곱슬기 하나 없는 생머리를 아무렇게나 거품을 내며 손가락으로 북북 긁어대고 있었다. 그러고 나더니 한 치의 망설임도 없이 물을 떠서는 머리 위에서 퍼부으며 헹궜다.

내가 왜 깜짝 놀랐는가 하면 '머리를 감는' 그야말로 일상적인 차원의 습관이, 조금 전 나와의 '아주 즐거운 행위'와 나란히 위치한다는 것, 거기에서 남자의 강인한 신경이랄까, 처세의 뻔뻔함 같은 것을 느꼈기 때문이다.

이 남자에게는 손톱을 깎는 것도 식후에 위장약을 먹는 것도 여자와 자는 것도 다 같은 수준의 일로, 굳이 말하자면 그런 일들보다는 냉장고에서 갓 꺼낸 도미회를 먹는 것, 시원한 히야자케를 와인글라스에 따라 마시는 것, 인형극의 인형을 감상하는 것. 그런 것들이 훨씬 더 인생에서 중요한 일로 군림하고 있는 것 같았다.

그 때문에 나는 2센티 문틈 사이로 '인생'을 보고 만 것 같아 아연해지고 말았다.

나라고 남자—라기보다는 남자애—하고 욕실에 같이 안 들어가 본 것은 아니다. 미우라 고로가 샤워하는 것을—뒷모습뿐이었지만—훔쳐보기도 했고, 나카야 고와 씻겨주기 놀이를 하며 물장난을 치기도 했다. 그럴 때 고는 정수리에서부터 물을 부어 머리카락이 밀착되면, 어딘지 모르게 서양의 역사교과서에 나오는 안토니우스나 카이사르 같은 헤어스타일이 되었다. 그런 남자애다운 느낌은 나에게는 아주 익숙한 것이었다.

하지만 지금, 혼자서 머리를 북북 긁어 감고 물을 퍼붓고 있는 남자는 무슨 신기한 생물 같은 느낌이 들었다. 왠지는 모르지만. 나에겐 너무나 생소한 남자.

나에겐 아직 이 세상에서 할 일이 너무나 많아 바쁘다, 여자 따위는 그 몇십 분의 일의 또 몇십 분의 일에 불과하다는 인상이 남자의 몸짓에는 있었다.

그렇다고 그가 불친절하다는 것은 아니다. 그는 내 소리를 들었는지 젖은 얼굴을 들어 말했다.

"일어났나? 금방 끝나니까 당신도 씻어."

나중에 들은 얘기지만, 남자는 욕실을 전망이 제일 좋은 장소에 배치하고 돈도 가장 많이 들였다고 했다. 널찍한 유리창으로는 바다가 보이고, 돌출된 고지대라서 커튼이나 문이 없어도 누가 들여다볼 염려도 없었다. 아름다운 바다는 벌써 석양빛에 물들었다. 덕분에 바닷가에서 넘실대는 파도 끝에서 먼바다 쪽으로 갈수록 석양빛에 물든 바다색이 조금씩 짙어져 갔다. 그 알록달록한 줄무늬의 농담이 뚜렷이 보였다. 나는 발가벗은 채 서서 바다를 보았다.

이 욕실은 고의 사치스러운 별장보다 훨씬, 훨씬 더 사치스러운 느낌, 그것도 자신의 취미를 고집스럽게 관철시킨 인간의 사치였다.

적어도 고의 말처럼 '볼품없는' 별장은 아니었다.

그는 다시 바나나 섬유 셔츠를 입고 있었다.

"아까 빨았더니 벌써 말랐네."

"부지런한 사람."

"보기보다 많이 움직이는 편이지. 당신이 자는 사이에 차로 나가서 식재료도 사다 놨대이."

나는 차 소리도 듣지 못했다.

"잠꾸러기!"

그렇게 말한 그는 보기 좋게 입꼬리를 올리며 웃었다.

"거기다 잠꼬대까지."

"무슨 말 했어요? 이상한……?"

"이상하진 않았는데……."

그는 맥주병을 따면서 덧붙였다.

"'이런 모습 부끄러워요'라더군."

"거짓말."

"진짜!"

남자는 안 웃었지만, 나는 너무 부끄러워서 웃었다.

"정말 그런 말을 했다고요?"

"그런 걸 내가 지어내서 뭐하게. 하도 똑똑하게 말하길래 깬 줄 알고 '뭐라고?'라고 물었다니까. 그런데 여전히 콜콜 자고 있더군."

"거짓말."

"정말이라니까. 누구 꿈을 꾼 건지."

나는 한쪽 팔꿈치를 세우고 손으로 이마를 짚어 얼굴을 가렸다.

너무너무 창피해서 견딜 수 없었다.

"정말 그런 말을, 내가 했단 말이죠?"

"잠결에 느낀 거 아닐까? 알몸으로 자고 있었으니까."

"싫어, 싫어~!"

남자는 웃으며 부엌으로 가더니 뭔가를 또 가지고 와 테이블 위에 놓았다. 청색 유리항아리였는데 뚜껑이 덮여 있었다. 그것을 열자 본 적 없는 외국산 나무열매가 가득 들어 있었다. 향기롭고 맛있어 보이는 너츠였다.

"예쁜 항아리네요."

"……."

"유골을 담아두면 좋겠어."

"아가씨가 그런 생각을 하나?"

"아~니, 일종의 직업병이에요. 내가 디자인한 걸 팔고 있는 가게에서 예쁜 그림이 그려진 도자기를 진열해놓고, 카드에다 '유골함이 되기도 해요'라고 써놨더니 금방 다 팔려버렸거든요."

남자는 담배에 불을 붙이며 물었다.

"그런 취향의 가게를 운영하나?"

"아니, 내가 운영하는 게 아니에요. 난 그냥 주문만 받아서 디자인을 하거나 아이디어를 내주거나 할 뿐이지."

"그럼 돈 버는 건 그 가게겠네?"

"아니요, 나도 벌죠. 디자인 값이랑 아이디어 값을 받으니까."

"그런 벌이야 뻔하지."

남자는 맥주를 따르고 라이터를 만지작거리며 말했다.

"그건 고작 먹고사는 것에 불과해. 그건 생업일 뿐이고, 기업화를 시켜야지."

"성격이라 그런 건 못해요."

"다른 사람하고 같이 하면 되지. 당신 실력이면 충분히 기업화할 수 있어."

"내가 만든 거, 봤어요?"

"그렇다고 할 수 있지. 처음 봤을 때부터 그 사람 아닐까 생각했어. 이름은 들어본 적 있거든. 어쨌든 그래서는 재능 낭비, 아이디어 낭비야. 자금을 대줄 사람하고 제휴해서 메이커에 하청을 줘 만들게 하든가, 공장을 세우든가 하는 게 좋아."

"귀찮아."

"그러니까 안 돼."

"지금도 충분히 바쁘다고요."

"어느 교활한 놈이 당신 뒤에서 돈을 아주 날로 벌고 있구먼."

"괜찮아요. 난 어차피 돈이 그렇게 많이 필요한 건 아니니까요."

"돈은 돈, 비즈니스는 비즈니스. 돈이 필요 없다는 말은 남몰래 돈 버는 사람이 담배 한 대 피우면서 하는 말이야. 적당적당 하면서 두 눈 빤히 뜨고 돈벌이를 놓치고 있는 바보가 그런 말 하는 건, 세상 무서운 줄 모르는 건방진 처사라고."

"그렇지만 어떻게 하는 건지 모르는걸."

나는 흔들의자를 흔들면서 말했다.

"살다가 돈이 벌고 싶어지면, 그때 돈 버는 방법 배우러 갈게요."

"기꺼이 상담해주지. 나도 그런 비슷한 장사를 하니까. 우리 회사는 액세서리가 메인이지만. 따지고 보면 당신보다는 범위가 좁지. 당신은 전에 그림도 그렸었지? 개인전을 연 적 있었잖아?"

"네."

남자가 '당신'이라고 부를 때의 목소리는 그지없이 따뜻
했다. 바다 물결처럼 온화하고 상냥하면서도 거역할 수 없
이 바닷속으로 끌려갈 것 같은 힘이 있었다.

"잠깐, 무슨 소리가 들리는데?"

남자가 말했다. 나는 몸을 일으켜 귀를 기울였다. 차 소
린가 싶어 움찔했다. 고가 다시 돌아온 거면 어쩌지 하는
생각에. 하지만 자동차 소리는 아니었다.

"그쳤어."

내가 흔들의자를 움직이자 남자는 다시 "이거 봐!" 하고
외쳤다.

영문을 알아차린 나는 일부러 의자를 세게 흔들면서 웃
었다.

"속옷에 종이 달렸거든요. 모래알 정도로 작은 종. 내가
고안해낸 속옷이야."

"어데?"

"요기!"

나는 드레스 자락을 걷어 올리고 슬립의 레이스를 보여
주었다. 꽃 모양을 따라 컷워크한 슬립 끝자락에 아주 작
은 종이 달려서, 몸을 움직일 때마다 희미하게 울린다.

"봐요."

내 말에 남자는 갑자기 술잔을 테이블 위에 내려놓고 발끈한 얼굴로 다가왔다. 그래서 나는 뭔가 그의 기분을 상하게 할 말이나 행동을 한 줄 알고 순간 겁이 났다. 하지만 그것은 일종의 긴장 탓이었는지 그는 의자에 앉아 있는 나를 그대로 기습하듯 키스했다. 이럴 때 중년 남자는 왜 갑작스럽게 태도를 바꾸는 것일까? 왜 엔진가동이 빠른 것일까?

고를 비롯해 나의 다른 남자애들의 경우는 준비운동 같은 게 있는데. 예컨대 고는 이런저런 사랑의 말을 읊어대거나, 등 뒤로 슬쩍 가서 지퍼를 내리면서 '처녀놀이'를 하자느니 '첫날밤 놀이'를 하자느니 하면서 그런 분위기로 끌고 가는 능수능란함이 있어, 어쩌다 보니 그렇게 되고 말았네! 하는 느낌이 있다. 그런데 이 중년 남자는 '생업과 기업'의 차이를 논하다 말고 3초도 안 돼서 과묵하게 덮쳐와 입고 있는 것을 죄다 벗기고 마는, 말하자면 노상강도 같았다.

나를 가뿐히 안아 올려 소파 침대에 눕히고 만다. 슬립이 발에 걸렸는지 남자가 걷어찬 바람에 종소리가 들렸다. 그리고 젊은 남자와 중년 남자 아니, 이 남자가 고와 또 다른 것은 조금도 웃지 않는다는 것이다.

그 총구멍 같은 눈을 나에게 고정시켰다. 입가는 웃고 있지만 사실은 웃고 있지 않다. 나는 그것이 우스워 웃으려고 하지만, 웃음은 그대로 굳어버리고 만다. 그래도 남자의 지나친 격렬함에 겁을 먹고 순간 저지하려고 하면, 남자는 금방 알아차리고 부드럽게 말을 건넨다.

"아름다워. 젊기도 하고……. 몇 번을 봐도 '처음이에요'라고 말하는 것 같아."

"그렇게 '처음이에요' 하는 사람이 많겠죠?"

"아니. 나 정도 나이가 되면 당신처럼 젊은 사람하고는 사귀지 않지. 간혹 사귀는 친구도 있지만……. 노는 건 마흔서넛까지면 충분하다는 친구들이 많아. 사람마다 다르긴 하겠지만. 지금은 오히려 정신적인 요소가 많아져서 젊은 사람은 안 돼. 처음이에요, 보다는 다녀왔어요, 하는 여자를 더 좋아하지."

그의 교활한 말에 혹해서 나도 모르게 웃고 말았다. 그는 이때를 놓치지 않고 다시 키스했다.

"당신은 예외야."

나는 이 남자와 잘 때면 내가 뭘 어떻게 해볼 겨를이 없었다. 지금까지의 남자들 중에서 가장 능란하고 멋지고,

꾸짖고 욕을 하면서 나를 자기 마음대로 다뤘다. 마치 바이스로 나사를 조이는 것 같은 힘. 그리고 너무 진지해서 고처럼 중간 중간 농담을 하거나 장난을 치지도 않았다.

진지하다.

하지만 그 진지함은 전혀 우둔하지 않고 끝나기 무섭게 머리부터 감는 종류의 일심불란한 진지함이다.

"좋았나?"

"좋았어요."

나는 만족스럽게 대답했다.

"그 되련님 생각, 날려버렸습니까?"

"나, 그딴 자식 생각 않거든요!"

"정말 그럴까? 아침부터 걱정하고 기죽고, 보는 사람이 다 힘들었는데 뭘."

"순 거짓말쟁이!"

나는 종이 달린 속옷을 입으며 웃었다.

"사실 내가, 그때는 잠깐 충격을 받아도 금방 다시 일어나는 오뚝이거든요."

"실연당해도 금방 잊어버린다꼬?"

"네, 왠지 모르지만 자연히 기분전환이 돼요."

"부흥의 망치 소리 드높다 라더니, 금방 부흥하는 사람도 있군 그래."

"무슨 말이에요, 그게?"

"……."

남자는 웃기만 할 뿐 대답은 않고 맛있게 담배를 피웠다. 그리고 바다를 보았다.

"오늘 밤 어떡할래? 자고 갈래? 월요일 아침에 나랑 같이 가지?"

나는 망설였다. 지금 가는 것이 프로답겠지만, 그게 왠지 소설의 마지막을 안 읽은 것처럼 마음에 걸렸다. 그것도 아주 재미있는 소설을. 혹은 도서관에 가서 빌려온 책에 '××페이지를 보라'는 낙서가 있다, 그곳을 보니 다시 '××페이지를 보라'고 적혀 있다, 그 순간 책을 빼앗겨버린 느낌. ××페이지를 열어보면 어이없게 '너는 바보다'라는 낙서가 적혀 있을지 모르지만, 그래도 혹시 엄청나게 외설적인 그림이나 글귀가 있을지 모른다는 생각에 페이지를 넘기려고 한 순간 '문 닫을 시간이에요'라는 소리와 함께 책을 빼앗겨버린 것 같은.

"오늘 밤, 자고 가면 더 좋은 일 있어요?"

마치 사탕 달라고 조르는 어린아이처럼 들렸을까?

"전복을 먹을 수 있지."

그런 거 물어본 사람 없거든요! 좀 더 두근두근 가슴 뛸, 난생처음 느껴보는 그런 거 없을까 하는 말이라고!

"그거야 뭐. 아까 건 서곡에 불과하지."

"정말! 그럼 자고 가야지~!"

나는 좋아라, 폴짝폴짝 뛰었다.

"그렇지만…… 지금뿐이에요, 알겠어요?"

"뭐가?"

"여름날의 사랑, 이라고요. 가을이 되면 잊어버리는 거. 그런다고 약속하면 자고 갈게요."

"바보. 하나하나 다음 날까지 어떻게 다 기억하겠노? 근데 설마하니 가을까지? 말도 안 돼."

나는 웃었다. 그는 덧붙였다.

"그 대신 가을이 오면 기업컨설턴트가 돼줄게. 기업과 생업의 차이를 알려주지."

다음 날 아침, 이른 배로 나는 아와지섬을 떠났다. 남자는 아직 섬에 남아 가족을 기다리고 있었다. 나를 항구에 내려주고 금방 차를 돌렸다. 어디 가볼 데가 있다고.

"조심히 가요."

그는 짧게 이렇게 말하고 아주 멋진 미소를 지었다. 그 미소가 모든 것을 말해주는 것 같은.

나를 지긋이 바라보는 그의 눈길에 나는 어쩔 줄 몰라 하며 어설프게 웃어 보였다.

아침에 보니 남자는 나이가 상당히 든 사람처럼 보였다. 그것은 볕에 그을려 있어서일지 모른다. 아주 오랫동안 난세를 헤쳐 나온 용맹한 사람다운 피부를 가지고 있었다. 까칠해 보이는 백발 섞인 머리카락도, 볕에 그을린 목덜미에 난 사마귀도 마치 백 년의 세월을 거쳐 온 사람처럼 보였다.

물론 그보다 나이 많은 사람에게는 그도 아직 젊은 사람일지 모르지만, 나 정도의 인생 경력을 가진 사람 눈에는 40대인지 50대인지 구분이 안 간다.

나는 배의 대합실에서 짐을 옆에 내려놓고 멍하니 앉아 다리를 흔들흔들 까불고 있었다.

"어이."

언제 왔는지 남자가 옆에 서 있었다. 그리고는 불쑥 내 손에 종이 봉투를 건네주었다. 차가운 아이스크림이다.

나는 남자가 잠시라도 함께 있어줄 줄 알고 환하게 웃으며 옆으로 비켜 앉았다.

"아니야, 차를 바로 앞에 세워두고 왔거든."

이렇게 말하고 바로 돌아서더니 두 번 다시 돌아보지 않았다. 그는 하얀색에 가까운 연한 크림색 바지를 입고 있었는데, 큰 보폭으로 사람들 틈을 빠져나가 이윽고 사라지는 그의 뒷모습을 나는 눈으로 좇고 있었다.

나는 아이스크림을 먹으면서 생각했다. 그는 나와의 관계를 남자와 여자라기보다는 어른과 아이라는 느낌을 가지고 있는 건 아닐까? 아이스크림을 사주며 머리를 쓰다듬고 '조심해서 가야 해'라고 말하는 건, 떨어져 사는 아버지를 만나러 온 딸에게 하는 행동이고 마음 씀씀이다.

하지만 그런 생각이 나를 불쾌하게 하진 않았다.

불쾌하기는커녕 배가 섬의 안벽에서 떨어져 나올 때 벌써부터 남자를 그리워하는 나를 발견했다. 바짓가랑이를 걷어 올리고 도미를 요리하고 호스로 물을 뿌려 세차를 하고 머리를 감고 수영을 하는 남자에 대한 그리움은 배가 섬과의 거리를 넓혀갈수록 커졌다.

그것은 좋아한다느니 사랑한다느니 하는 것과는 다른, 뭔가 강하게 끌리는 그리움이랄까 뭐 그런, 마약 같은, 당혹스럽게 하는 힘과 닮았다. 나는 선실에 들어가지 않고 길게 이어진 산등성이를 파란 하늘에 또렷이 새기고 있는 섬을 뚫어져라 바라보았다. 나는 그의 명함도 받지 않았기 때문에 전화번호도 주소도 모른다. 하지만 그런 것은 왠지 아무래도 상관없는 것처럼 여겨졌다.

얼마나 멍하게 서 있었을까. 덕분에 눈 깜짝 할 사이에 아카시에 도착했다.

작업실로 돌아와 부재중 전화를 확인하려고 녹음테이프를 되돌리자—나 없는 사이 얼마나 시끄럽게 울어댔을지—거래처에서 세 통 정도, 나머지는 아무 말도 없이 끊은 사람, 그리고 미미가 두 번—두 번째에는 '쳇, 아직 안 왔어!'라고 했다—, 내가 간절히 원했던 미우라 고로의 전화는 없다. 고로는 딱히 전화를 걸어올 일도 없지만, 만일 내가 없는 동안 걸려왔다면, 돌이킬 수 없는 인생의 크나큰 손해를 본 것 같은 기분이 들 것이 분명하니 차라리 잘된 일일지도.

마지막으로 고의 전화.

헛기침 한 번, 그리고 예의 바르게 "흠흠, 나카야데요. 나중에 다시 걸겠습니다. 음~, 난 나카야. 나카야 곱니다"라고 했다.

흥, 뭐라는 거야?

나는 일을 하려고 준비를 했지만, 아무래도 무리였다.

어제 하루 종일 새겨진 남자의 기억이 날카로운 파편처럼 머릿속에 박혀 있어서, 그것이 빤짝빤짝 빛나는 통에 눈은 어지럽고 심장은 고동치고 머릿속은 멍하니 안개가 낀 것만 같아, 몸은 지축을 흔들 것처럼 묵직하고 여기저기 힘이 안 풀린 데가 없이 축 늘어져서 울고 싶은 기분마저 들었다.

나는 책상 앞에 앉아 한쪽 팔꿈치를 세우고 하얀 백지에 빙글빙글 소용돌이나 삼각형을 그리면서 생각에 잠겼지만, 결국 생각하는 거라곤 '오늘 밤도 내일 밤도 그 남자랑 자고 싶다'는 것이었다.

'잘 수 있으면 좋겠다……'였다. 그런 생각을 하는데 일이 제대로 될 리 없다. 나는 그와의 추억으로 가득 찬 나른함에 침대에 벌러덩 누워, 그와의 일을 떠올리며 피식피식 웃거나 엎드려 주간지를 읽거나 하는 사이 낮잠에 빠지고 말았다. 어젯밤 잠을 거의 못 잤으니까.

전화 소리에 눈을 떴다. 거래처였다. 내일 찾아가겠다고 하고 끊었다. 나는 다리미 디자인을 부탁받은 걸 까맣게 잊고 있었다.

장을 보고 와서 일을 시작했고, 저녁 무렵 미미에게서 전화가 걸려왔다.

"몇 번을 해도 안 받고."

"용건이 있으면 있다고 녹음을 해두면 됐잖아. 급한 일 아닌 줄 알고 전화 안 했지."

"급한 건 아니지만, 상담할 게 있어, 병원 때문에."

"병원이 어쨌는데?"

"우리 집 근처에 있는 병원 말이야, 지금 한참 공사 중이거든. 근데 예정일까지 그게 안 끝날 거 같아."

"응?"

"어느 병원으로 할까 고민 중인데, 노리코 너 아는 데 없어?"

"병원에 뭐하러 가는데?"

"바보, 아기 낳으러 가지!"

"진심으로 하는 소리니?"

"당연하지! 전부터 말했잖아. 여자아이면 좋겠어, 난."

미미는 염색할 컬러모델을 가리키듯 말했다.

"아직 괜찮지 않을까?"

"뭐가?"

"아기 안 낳게 하는 거."

"근데 낳을 거라고."

미미는 남의 일처럼 말했다.

"그러게 이렇게라도 안 하면 상황은 아무것도 변하지 않아. 질렸어. 혁명은 어차피 일어날 리 없고, 아이라도 낳으면 지루하지 않을 거 아냐."

너무 심심한 나머지 아이를 낳겠다는 말이다.

"반대로 복잡한 게 얼마나 많은데? 돈도 문제지, 호적 은 또 어떡하고?"

"어떡하면 좋을까?"

"타짱하고 얘기해보지 그러니?"

나는 소리쳤다. 도대체 미미랑 무슨 얘기만 했다 하면 머리가 이상해지고 만다니까.

"거기다 집에서, 그러니까 어머니는 화 안 내셔?"

미미의 고향은 교토의 한 산골 마을이었다. 미미의 집 은 돈 많은 농가다.

"엄마한텐 전화로 말했어."

"화 많이 내시지?"

"실신하셨대."

"에라, 불효막심한!"

"밤늦게 날아오셨더라. 밤새도록 난리를 치셨는데, 그 래도 지우면 안 된대. 엄만 금천교 신자시거든."

미미는 이어서 신흥종교에 대해 한참을 떠들었다.

"금천교에서는 낙태를 허락하지 않는대. 그래서 엄만 바로 이혼해도 좋으니까 어떻게든 일단 결혼을 해서 혼인 신고를 한 다음에 낳으라는 거야. 그렇게만 하면 키울 수 있게 도와주겠다고."

"그럼 너의 타짱한테 부탁하면 되겠네. 호적에 올렸다가 바로 빼면 될 거 아냐."

"그것도 안 된대, 호적이 더러워진대나? 그건 더러워지면 닦아낼 수 있는 게 아니니까."

미미는 웃으며 이렇게 말했다. 자기 일인데 어쩜 저렇게 웃을 수 있을까?

"고한테 부탁할까 생각했는데……."

"뭐~? 그 자식한텐 부인이 있잖아?"

"아니야, 없어. 아직 독신."

나쁜 자식, 거짓말했다 이거지!

"고한테 부탁하자고 타짱한테 말했더니, 그럼 진짜 큰일 난대. 나카야 고 정도하는 인물이 결혼을 하면 장관급 인사들이 온다는 거야, 결혼식에. 엄청난 상류층이니까."

"쳇."

"그래서 감히 호적 따위 빌려주실 리 없다는 거야."

"……."

169

"있지, 누구 호적을 빌려줄 사람 없을까? 타짱도 사생 아니 친자확인이니 하는 문제가 생기는 건 싫으니까, 만약 내가 다른 남자하고 결혼해서 낳는다면 그건 괜찮대."

"정말 심하다, 카이 타카유키란 남자."

"타짱 기분도 이해가 가긴 해."

나는 그보다 고가 독신이면서 나에게 부인이 있다고 거짓말한 것이 더 화가 났다.

그러니까 더 나빠.

생각할수록 고라는 남자는 나쁜 놈이다.

여자를 미리 체념하게 만들어놓고, 암묵적인 합의하에 놀자는 거 아냐? 애당초 고하고 결혼할 마음 같은 거 눈곱만큼도 없지만, 그 징글징글한 교활함과 아직 젊은 나이에 닳고 닳은 방탕함이―자기는 순수하다고 생각하는 모양이지만―너무 싫었다.

그런 자식에게 놀아나고 있는 나는 그 이하다.

그것에 비하면 아무 말도 않고, 서약도 보장도 않고 갑자기 나를 쓰러트리고 한나절과 하룻밤을 실컷 데리고 논다음 아이스크림을 사주고 머리를 쓰다듬으며 이별을 고하는 남자가 그나마 당당하다.

나는 그런 생각에 정신이 팔려 있었으므로 미미에게

"어떻게 받아들일까를 먼저 생각하고 낳아야지"라고만 말하고 전화를 끊었다.

그 뒤로 내가 한 일은 전화번호부를 꺼내와 '미즈노'라는 이름을 찾아내는 것이었다. 그런가 하면 스카프 디자인을 부탁받은 거래처에서 전화가 걸려왔을 때는 염치불구하고 물어보았다.

"혹시 아는 액세서리 회사 사장 중에 미즈노라는 사람, 있어요?"

"액세서리라면 어떤 거요?"

거래처 남자가 말했다.

"종류가 하도 많으니까 차라리 백화점에 물어보는 게 빠를걸요."

그날 밤, 미미에게서 또 전화가 걸려왔다.

"있지, 이래저래 생각해봤는데……."

미미가 생각했다면 정상적인 것일 리 없었다.

"네 친구인 그 바보탱이는 어떨까?"

"바보탱이라면, 설마……?"

"노리코, 네가 꾀었다가 딱지 맞은 남자. '지금 가면 안 늦겠다' 하고 휙 하니 가버린 그 바보 말이야."

남의 말이라고 막 하지 말아줬으면 좋겠어. 나의 소중

171

한 고로를 보고 바보라니!

"그치라면 빌려주지 않을까, 호적? 잠깐 빌렸다가 금방 돌려줄 건데."

미미의 말은 '그 남자'가 '아~씨, 병따개 좀 빌려줘요'라며 온 천박한 여자가 있었다더니 꼭 그런 투였다.

나는 망설였다.

나는 솔직히 말해 싫었다.

나의 침묵을 미미는 어떻게 받아들였는지 조심스레 말했다.

"저기⋯⋯, 그 사람 독신이겠지?"

"당연하지."

독신이 아니었다면 이렇게 집착하지 않아! 내가 이렇게 생각하는 건 과거에도 그랬고 앞으로도 고로를 다른 여자에게 주고 싶지 않기 때문이다.

"물어봐 주면 안 될까? 너랑 전화 끊고 쭉 누구 없을까 생각해봤는데, 의외로 독신 같은 얼굴로 세 아이의 아버지, 뭐 그런 사람들밖에 없어서 놀랐다니까."

미미는 여전히 한가한 소리만 하고 있다.

"더 찾아봐. 분명 애 딸린 여자 좋다거나 아니면 아이만 원한다는 사람도 분명 있을 거야."

나는 별로 내키지 않는다는 투로 말했다. 나 역시 카이 타카유키를 뭐랄 수 없기는 마찬가지다. 나는 고로의 호적에 누군가 올랐던 흔적이 있는, 가령 서류상의 문제일 뿐이라도 '결혼, 출생, 이혼'이라고 적히게 되는 건 정말 싫었다.

고로는 한 점도 오점 없이 순수한 그대로 내 것이 되어야 해.

"그래, 아직 두세 명은 남았어. 나도 일단 그쪽에 물어볼 테니까, 노리코도 한번 물어봐 주라, 바보탱이한테."

미미는 이렇게 말하고 전화를 끊었다. 물론 나는 고로에게 그런 말을 전할 정도로 바보는 아니었다. 그보다도 이러니저러니 하는 동안 미미가 마음을 바꿔먹고 이런 복잡한 거 싫어! 라며 포기하리라 생각했다.

다음 날 나는 일 때문에 외출했다. 백화점에 도착해 여기저기 거래처를 돌았다. 기성아동복의 평판이 좋았기 때문에 절이라도 하고 싶은 심정이었다. 돌아오는 길에 안면 있는 주문담당자를 붙잡고 액세서리 회사에 대해 물어봤더니, 지금은 담당이 바뀌어서 새 거래처는 모른다, 만일 급한 거면 물어봐 주겠다고 했지만 다른 볼일도 있고 해서 나는 됐다며 그를 놓아주었다. 하긴 그 남자의 전화번호를 알아낸다 해도, 지금 당장 전화할 용기는 없었다.

단지 이렇게라도 해서 그에 대해 알고 싶어 안달하는 나의 지금 모습이 좋았다.

나는 아직 남자를 좋아하고 그로 인해 마음이 어지러울 수 있다는, 그런 풍요로운 느낌이 좋았다.

이튿날 밤에 전화가 왔다.

"안녕."

고다. 나쁜 자식.

"아직 살아 있었나 봐?"

"우와, 좋아라. 그런 목소리 들으면 가슴이 마구 떨린다 아이가. 있지 노리코, 그날……."

"그날이고 이날이고 필요 없어, 나쁜 놈."

"아니, 화내는 건 알겠는데, 그날 갑자기 급한 일이 생기가 혼났다꼬, 나도. 그대로 돌아가서 일했다 아이가."

"그랬겠지~?"

"다시 갔더니 당신은 벌써 가쁠고 없고, 나도 미치겠더라니까. 아직 화 안 풀렸나? 연락할라꼬 했는데 영 시간이 안 나서. 미안테이."

"됐어요."

"다시 가까, 이번 주 일요일에?"

"거긴 이제 싫어."

그 옆 별장이라면 모를까.

"좋아, 그럼 다른 데로 가자!"

고는 들떠서 이렇게 말했다. 장소 문제가 아니란 걸 아직 모르는 모양이군.

"저기요, 미안한데, 나 지금 많이 바쁘거든요!"

찰깍. 전화란 건 이렇게 끊을 수 있어서 좋다. 이 얼마나 편리한가! 그리고 빨리 끊는 놈이 승자, 라는 점이 또 좋다. 그렇게 나는 승리를 거머쥐었다.

그것으로 끝난 줄 알았는데, 다음 날 밤에도 고의 전화가 걸려왔다. 매일 밤 '안녕'으로 시작되는 전화. 어쩌다 '정말 덥다……'로 시작되기도 했다. 그러던 어느 날, "제발 그만 좀 하고, 우리 화해하자카이!" 하고 고가 애원조로 전화를 걸어왔다.

"지금 밑에 와 있는데. 우연히 미즈노 씨를 만나가 같이 있다."

나는 다짜고짜 외쳤다.

"갈게~!"

*

　맨션 앞에는 진한 하늘색 자동차—그건 이전에 보았던 재규어였다—뒤에 남자—라기보다 미즈노라고 부르자—의 하얀 국산차가 세워져 있었다.

　근데 난 깜짝 놀라고 말았다. 미즈노의 차를 운전하고 있는 것은 안경을 쓴 통통하게 살이 찐 여인인 데다가, 조수석에도 뒷좌석에도 아이들이 가득. 나카야 고의 차에도 두 명의 작은 아이들이 타고 있었다.

　"으윽!"

　나는 보아선 안 될 지옥을 훔쳐보고 만 사람처럼 신음하고 말았다.

　고가 내려서 내 짐을 받아들더니 싱글벙글 웃었다.

　"다행이다. 두 번 다시 안 만나주면 우야코 싶어가 제정신이 아니었다카이."

　나는 나무인형처럼 우두커니 서서 겁에 질린 얼굴로 사방을 둘레둘레 돌아보며 물었다.

　"미즈노 씨는 안 왔어요?"

　"몰라. 오다가 그 부인을 만났는데, 차 가득 아이들을 태우고 있어가 제 차에 좀 태우까요 해서 넘겨받았을 뿐이야. 어차피 행선지는 같다 아이가. 헤헤헤."

하지만 고가 나를 실망시킬 목적으로 그런 것 같지는 않았다.

오로지 나에게 모든 신경이 쏠려 있었다. 나를 차에 태우고는 내 손을 잡아 자기 턱으로 가져간다.

"자 봐, 매끈매끈하게 깎았제? 키스해도 안 아프구로."

바보 아니야? 누가 자기 수염 깎은 거 알고 싶댔나? 거기다 키스까지!

"그래도 여긴 안 밀었어."

그는 가슴을 열어 보이며─라기보다 감색에 물고기 그림이 있는 알로하셔츠의 앞섶을 손가락으로 들춰서─무슨 자랑이라도 되는 양 가슴의 털을 보여주었다.

그렇게 하면 도발적으로 보일 거라고 착각하고 있나 보지? 이럴 때의 남자를 뭐라고 하는지 알아? 한마디로 '바보'라고 하는 거야.

하얀 국산차를 탄 여인은 차를 몰아 우리 바로 옆으로 왔다. 창문을 열고 무슨 말인가를 했기 때문에 나는 창문을 열어 고에게 알려주었다.

여인은 나를 향해 미소로 고마움을 표하고 가볍게 고개를 끄덕였다.

"미안해요. 그럼 잘 부탁해요."

그 말은 고의 차에 나눠 태운 아이들을 두고 하는 말 같았다. 그녀는 마흔 정도 되어 보였다. 뚱뚱하지만 한마디로 말해 순수하고 대화가 잘 통할 것 같은 부인으로 보였다. 그녀의 차가 먼저 출발했다.

뒷좌석에 탄 아이들은 초등학교 4, 5학년쯤 돼 보이는 남자아이들로, 외제차에 탄 것이 기쁜지 손을 뻗어 핸들을 만져보려고 했다.

"좋았~어, 출발~!"

고는 마치 서부극 드라마 〈로하이드〉에 나오는 대장처럼 말했다. 남자아이들은 고래고래 소리쳤다.

"저 차에 탄 아이들하고 여기 뒤에 있는 아이들, 다 미즈노 씨 애들이에요?"

"친척집 애들이랑 다른 집 애들도 있다지, 아마."

나는 한숨을 지었다.

이렇게 될 거라고 예상이라도 했다면 미리 확인을 했을 텐데, '미즈노 씨'라는 한마디에 냅다 뛰쳐나온 내가 잘못이다.

그런 속도 모르고 고는 날아갈 듯 기분이 좋아서 휘파람을 불고 있었다. 뒷좌석의 아이들은 한시도 쉬지 않고 저

기 아저씨, 저기 아저씨라며 차에 대한 이야기로 고를 다
그쳤다. 고도 차에 대한 얘기라면 사족을 못 쓰는지 외제
차의 이름이며 특징들을 이것저것 가르쳐주고 있었다.

나는 어린 여자애는 좋아하지만 남자애는 다 싫다. 스
무 살 전후까지 싫다. 게다가 상대를 하자 해도 나에게는
그들과 나눌 대화—자동차, 비행기, 기선, 그리고 남자들 이
야기에 반드시 등장하는 그들의 장난감, 즉 잠수함, 미사일, 장
갑차, 탱크 같은 전쟁놀이의 도구에 대한 이야기—는 눈곱만큼
도 관심이 없었다. 남자애들은 작아도 역시 남자고, 고는
섹스광이라도 역시 남자였다. 그런 타는 것이나 전쟁놀이
장난감 이야기를 정말 좋아하는 모양이었다.

나는 눈곱만큼도 재미있지 않았다. 오로지 남겨두고 온
일과 미즈노가 별장에 올 것인가 말 것인가에 대한 생각뿐
이었다.

그리고 이상하게 미즈노 부인에게 아무런 죄책감도 미
움도 일지 않는다는 사실을 깨달았다.

하지만 그것은 나에게 도덕적 개념이 없어서가 아니라,
나와 그 남자의 관계는 그런 세계와는 또 다른, 아니 아예
다른 차원의 세계이기 때문이다. 인간세계의 규칙에는 어
울리지 않을 것 같은.

그런 느낌을 나는 받았다. 그랬기 때문에 오히려 그녀
가 좋은 느낌의 부인이라는 사실에 나는 나를 위해서 안심
할 수 있었다.

그날의 여정은 참 길게 느껴졌다. 게다가 페리에서 내
린 순간부터 비가 내렸다.

별장에 도착했을 때는 빗발이 거세져서 덕분에 날은 벌
써 어둑어둑해져 있었다. 우리는 아이들을 내려주고 고의
별장으로 향했다.

나를 먼저 집 안에 들여놓은 고는, 차를 주차시키러 나
갔다가 흠뻑 젖어서 뛰어들어왔다.

피서지에 내리는 비만큼 서글픈 것도 없다.

하지만 고는 그렇게 생각하지 않는지 "이래서는 수영하
러도 못 가겠고, 먼저 인사부터!"라며 현관문이 잠겼는지
확인하기 바빴다. 그럴 때의 남자란 정말 뭐랄까, 천해 보
인달까? 여자와 자는 것 말고는 안중에도 없는 모양이다.

"그런 얼굴로 보지 마라 제발, ……저번 일은 내가 사과
할게, 엉?"

"하얀 모자 쓴 여자랑 같이 있었잖아?"

"어라, 알고 있었나?"

"부인이라고 할 생각 마요. 당신한테 부인이 없다는 거

다~ 알고 있으니까."

고는 겸연쩍었는지 큰 소리로 웃고는 일어서서 찬장에 있는 술병을 꺼내왔다. 전에 할복하고 목이 잘려나간 소설가가 곧잘 이런 호탕한 웃음을 웃었다는 이야기를 어디선가 읽은 적이 있는데, 웃음이란 혼자 웃을 때는 가짜다.

"혼을 내고 못살게 굴어도 좋다, 오늘 밤은."

"누가 혼낸대? 그럴 가치도 없네요."

고가 내 옷 지퍼에 손을 댔기 때문에 싫다고 뿌리치자, 말없이 의자에 가 앉아 담배를 피워 물었다.

침묵이 흘렀다.

"아~, 음침하다……."

고는 이렇게 중얼거리며 집 안의 전등을 하나둘 켰다. 그리고 부엌으로 가서 뭔가를 달그락거리고 있었다. 혹시 식사준비를 하고 있나? 나는 사실은 그만 화해해도 상관없었지만, 그보다 옆집 별장 주인이 언제 올까에만 정신이 팔려 있었다. 솔직히 말해 고와 그 남자를 바꿔치기하고 싶은 마음이 굴뚝같았다.

고는 나에게 술을 가져다주었다. 그리고 테이블 위에 놓인 테이프 레코더의 스위치를 눌렀다. 그는 좋아하는 곡을 테이프에 녹음해서 틀 것이 있을 때는 그것을 튼다.

"락은 정말 싫어!"

내가 소리쳤다. 기분에 따라 다르지만, 지금은 듣고 싶지 않았다.

"그래 그래."

고는 이번에는 모던재즈를 틀었다.

"그것도 싫어."

고는 음악 틀기를 포기했다. 비가 거세져서 베란다는 빗물로 흥건했고, 파도소린지 소나무가 부딪히는 소린지 폭풍 소리가 무섭게 들렸다.

고는 담배를 입에 문 채 내 옆으로 오더니 갑자기 두 손으로 내 목을 조르는 시늉을 했다. 내가 가만히 있자 손을 풀고 담배를 재떨이에 내려놓고는 "오늘은 강간놀이를 하자" 한다. 그래도 내가 웃는 걸 참고 심각한 표정을 짓고 있자, 고는 내 의자 앞에 무릎을 꿇고 내 무릎에 손을 올리며 말했다.

"그만 용서해주라. 내가 이렇게 사정하면서까지 함께 있고 싶은 여자는 당신 한 사람뿐이라꼬."

나는 가만히 고를 내려다보았다. 건강하고 관능적이고 돈 많은 엄청난 정력의 소유자. 고의 입장에서 보면 그것은 틀림없는 진심일 것이다. 이처럼 부족한 것 하나 없는 남자가 목을 매는데, 그것만으로도 나는 고맙다고 넙죽 절이라도 해야 할 것이다. 눈 뜨고 볼 수 없는 고의 평소의 외설스러움은 이럴 때는 오히려 솔직해서 좋다.

"이리 와, 이리 와. 고, 이리 와!"

개를 부르듯 이렇게 말하자, 고는 뒷발로 땅을 박차고 달려드는 개처럼 내게로 달려와 등 뒤에서 목을 껴안았다. 그렇게 웃어젖히며 우리는 화해했다.

"그날, 아침에 나갔잖아요?"

우리는 고가 레스토랑에서 포장해온 고기요리를 데워서 먹고 있었다.

"다 알고 있는데 왜 이러셔? 아침에 나가긴 했지. 그래도 낮에 데리러 왔다니까. 근데 당신이 없어져서 얼마나 찾았다고!"

"그땐 이미 간 뒤였거든, 쳇!"

"미안해. 택시 불러서 갔드나?"

"그래요."

그렇게 대답해뒀다.

비는 약간 그치는 듯했지만, 무더웠다.

"미즈노 씨네는 얼마나 힘들까, 지금쯤. 남자애들 천지라 시끌벅적……. 소름 끼쳐. 아이들은 정말 싫어!"

"나도 싫어. ……그래도 지금쯤은 미즈노 씨네도 어른은 어른들끼리 사이좋게 놀고 있을지 모르지."

"남편은 먼저 와 있었던 거야?"

"모르지."

그때 내가 느낀 것은 지금까지 맛본 적 없는 맹렬한 감정이었다. 물어본 적은 없지만, 만일 청산가리를 삼킨 사람에게 어떤 기분이냐고 물었을 때 돌아올 대답이 이런 느낌이지 않을까. 고에게 버림받았을 때도 충격은 받았지만, 그것은 분노와 여자의 체면이 구겨진 것에 대한 굴욕감이었다.

하지만 미즈노가 그의 아내와 사이좋게 놀고 있을지 모른다는 이야기를 들은 순간, 채찍에 얻어맞은 것 같은 질투의 통증이 엄습했다. 그는 나를 질투하게 만든다.

그것은 그야말로 통증이다.

"오늘은 좀 다르군, 다른 때하고."

고가 나를 보고 말했다.

"당연하죠. 어떻게 그렇게 양다리를 걸칠 수 있어, 그것도 하룻밤 사이에."

"그건 사과했잖아. 나 여자한테 사과 같은 거 한 적 한 번도 없는 사람이야. 그러니까 용서해도, 엉?"

나는 발가벗은 채 고와 꼭 껴안고 있었지만, 자꾸만 그 남자 생각이 나서, 언젠가 롯코산 별장 때처럼, 그리고 처음 이곳에 온 날처럼 고와 하나가 된 것 같은 기분은 좀체 들지 않았다. 허공에 떠 있는 것 같은 기분.

고는 그게 자기 때문이라고 생각하는지, 다시는 그런 짓 하지 않겠다고 나에게 몇 번이나 맹세를 했다. 나는 용서해준 척했지만, 서비스하느라 허리가 휘었다. '그 남자'를 알고 보니, 고는 경솔하고 어수선하고 우왕좌왕 정신없이 성급해서……. 차라리 저 중년 남자의, 차분하게 오랜 시간을 들여서 걸쭉한 사랑을 할 줄 아는 그런, 나중에 정신이 혼미해질 정도의 사랑을 고는 할 수 없을 것이다.

미안하지만 나도 모르게 비교하게 된다.

미즈노라는 남자는 참 신기하다. 나는 그 남자에게 흠뻑 취해 '정통하다'느니 '숨통이 끊어질 듯'이라는 말의 의미를 실감했다.

고는 혼자 웃고 즐기고 농담을 하고 알몸으로 술을 가지러 가고, 신이 나서 까불고 다녔다. 하지만 나는 전혀 다른 세상에 있는 것만 같았다. 만일 이런 감정이 오래 간다면 나는 미즈노가 아니면 만족할 줄 모르는 여자가 될 것이고, 그렇게 되면 정말 큰일이다.

이튿날도 비.

나는 일을 핑계 삼아 돌아가기로 했다.

그 길에 미즈노의 별장 쪽을 올려다보았다. 창문은 닫혀 있었지만 아이들의 환호성이 들리고 빨래가 처마 밑에 걸려 있었다. 차가 보이긴 했지만, 미즈노가 와 있는지 어쩐지는 알 수 없었다.

하지만 이상하게 생생한 기분이 들었다. 나에게는 저 별장마저 육감적으로 다가왔다.

그로부터 일주일 정도 지났을 때, 방에서 멍하니 있는데 전화가 울렸다.

고로다.

"연극표가 생겼는데, 줄까?"

"표를 가지고 오면 안 될까, 우리 집으로?"

나는 너무 기뻐서 목소리가 떨렸다. 고로는 스케줄을 확인하더니 쿨하게, "알았어, 갈게. 비가 갈수록 심해지네"라며 끊었다.

나는 서둘러 집 안을 정리했다. 이어서 속옷도 갈아입고 목욕까지 했다.

화장을 하려고 했지만 손이 떨렸다. 너무 서두른 나머지 립스틱을 제대로 바를 수 없었다. 나도 참 타산적인 인

186

간이다.

노크 소리가 의외로 빨랐다. 아직 속옷을 못 입었다. 서
둘러 종이 달린 슬립을 입고 레이스 달린 소매의 실내복을
입었다. 연분홍색 새틴. 이게 벗기기가 쉽거든!

고로처럼 엉뚱하고 무뚝뚝한 남자를 유혹하기 위해서는
이래저래 사전준비가 보통 일이 아니다.

태연한 척 문을 열었다. 이런 빌어먹을, 미미잖아! 가라
고 할 수도 없어 난처했다.

"뭐야, 미미 너였어?"

"누구 오기로 했니?"

나는 미미에게 고로를 만나게 하고 싶지 않았다. 금천
교의 계신지 뭔지는 모르지만, 고로의 사람 좋은 성격을
이용하게 해서는 안 될 것 같았기 때문이다. 미미는 슈크
림을 샀다며 나를 밀쳐내고 집 안으로 들어섰다.

"노리코, 너희 집에 오면 왠지 차분해진다니까. 좀 어지
럽긴 하지만."

난 네가 차분해지길 전혀 원치 않아!

"에어컨도 시원하고……."

미미는 만족스럽게 말했다. 미미 널 위해 틀어놓은 에
어컨이 아니거든!

"냉장고에는 어김없이 시원한 마실 것이 들어 있고. 노리코는 가만 보면 빈틈이 없다니까. 분명 훌륭한 신부가 될 거야."

넌 좋은 엄마가 될 거다! 이렇게 비아냥거려주고 싶지만, 여기서 상대해주면 미미는 이때다 하고 눌러앉을 것이 분명하다.

"오늘은 좀 누구 올 사람이 있어."

"설마 고는 아니지?"

"그 사람하곤 끝났거든."

"그래, 결국 그치는 놀 상대로는 괜찮지만…… . 어차피 재벌가 딸하고 정략결혼할 게 뻔한 남자니까 만나봤자 시간 낭비지, 안 그래?"

미미는 아무리 자기가 사온 거라지만 슈크림을 세 개나 먹어치웠다. 그러고는 변명처럼 말했다.

"뱃속 아기가 밥 도둑이래잖아. 임신하면 시도 때도 없이 배가 고프거든."

"금천교가 그렇게 가르쳐주던?"

미미는 웃으면서 말했다.

"몸무게가 늘었어. 탈 없이 잘 크고 있대."

그때 차임벨이 울렸다. 미미는 네~ 하고 나보다 먼저

달려나가 문을 열었다.

당연하다고 해야 할까, 비에 젖은 고로가 서 있었다.

미미는 위아래를 훑어보더니 씨익 웃었다.

"자자, 어서 들어오세요. 저는 지금 막 오긴 했지만 금방 갈 거예요."

그녀는 고로의 우산을 받아들고 그를 안으로 안내했다.

고로가 구두를 벗는 사이, 미미는 내 귀에 대고 이렇게 속삭였다.

"저 사람이 그 바보탱이야?"

나는 고로와 미미를 소개하지 않으면 안 되었다.

미미는 최고의 미소를 지어 보였다. 고로는 선 채 주머니에서 연극 표를 두 장 꺼내서 책상 위에 올려두었다.

"이거. 재밌다카대. 누가 줬는데 일 때문에 못 가게 됐다. 가서 봐."

"어머~, 받아도 돼요?"

대체 그걸 네가 왜 받아, 그것도 그렇게 유난을 떨면서? 내가 부엌에서 냉커피를 만들고 있는데, 미미가 와서 조용히 물었다.

"그거 물어봐도 될까?"

나는 대답하지 않았다.

"괜찮겠지? 물어본다?"

"저 사람은 안 돼!"

"왜?"

"거절할 거야."

"물어보기 전엔 모르는 거잖아."

"그럴 사람 아니야. 호적을 빌릴 정도면 아예 낳지 말라고 할걸."

"하지만 이미 생긴 걸 어떡해."

미미는 자기가 무슨 황제나 되는 것처럼 말한다.

"만일 네가 고나 다른 남자를 설득해준다면, 저 바보탱이가 아니라도 상관없어."

"고는 안 돼. 싸웠거든."

나는 쟁반에 세 잔의 커피를 올려놓으며 말했다.

"흠! 노리코랑 고의 싸움이라. 듣고 있자니 어이가 없다. 너희들 싸움은 키스 마크가 이러쿵저러쿵하는 거 아니었어?"

미미는 고개를 좌우로 돌려가며 비웃었다.

"무슨 말이야?"

"고가 타짱한테 자랑하더래. 노리코는 정말 황홀해! 랬대나 뭐래나."

이번에는 내가 '흠!' 할 차례였다.

고로는 창가 의자에 앉아 담배를 피우고 있었다. 나는 의자를 끌고 가 그곳에 자리를 만들었다.

"노리코, 토스트 없나? 배가 좀 고픈데."

고로가 천진하게 물었다.

"기다려. 밥 차려줄게."

"토스트면 된다. 일찍 가야 되거든."

나는 부엌에서 서둘러 토스트를 만들었다. 그것은 고로와 미미를 같이 있게 하는 것이 걱정스럽다고 할까, 왠지 나쁜 예감이 들었기 때문이다.

토스트 두 장에 버터와 마멀레이드와 뜨거운 홍차를 곁들여 내가자, 미미는 고로의 귓가에 바짝 대고 비밀스러운 이야기를 나누고 있는 중이었다.

내게는 순백의 고로가 더럽혀지는 것만 같았다. 미미가 원망스러웠다. 타짱이나 고 같은 닳아빠진 남자들과 고로를 동급으로 취급하는 게 싫었다.

고로는 여느 때와 다름없는 한 박자 어긋난 것 같은 표정을 한 치의 흔들림도 없이 고수하고 있었다.

진지한 얼굴로 미미의 속삭임에 귀를 기울이고 있었다. 그 모습은 가령 미미가 고로의 손을 잡아 자기 치마 속으로 가져가도 달라지지 않을 것처럼 고요한 얼굴이었다.

고로는 그런 표정으로 고개를 끄덕였다.

나는 둘을 갈라놓기라도 하려는 듯 탁 소리 나게 쟁반을 내려놓았다. 미미는 내가 가져온 쟁반을 마치 자기가 가져온 것처럼 고로에게 내밀며 천연덕스럽게 말했다.

"자, 어서 드세요."

그리곤 나를 보며 싱글벙글 웃으며 말했다.

"말했어. 좋대! 호적을 빌려주겠대!"

"세상에 말도 안 돼! 고로, 그건 안 돼!"

나도 모르게 보호자가 된 것처럼 쇳소리 나게 소리쳤다.

"고로, 아직 독신인데 그렇게 하면 안 돼 ……미미, 넌 홀아비 찾으면 되잖아, 홀아비라면 아무래도 괜찮을 거 아냐? 6, 70정도 먹은 사람이면 되지 않을까?"

"왜 고로짱은 안 되는데?"

"몰라, 어쨌든 그런 건 늙어서나 하는 거라고!"

"지금도 충분히 늙었는데?"

고로가 웃으며 말했다.

"안 돼! 내가 허락할 수 없어."

"아니, 그렇게 복잡하게 생각할 거 없잖아. 태어나면 출생신고했다가 바로 뺄 거 아이가, 안 그나?"

"그래. 나도 언제까지나 남의 호적에 있고 싶지는 않아, 애."

미미는 강조했다.

"그렇게 해서 잘될 수 있다면 서로 도와주는 게 좋지. 호적이야 어차피 인간이 만든 건데, 인간이 행복해지기 위해 이용하면 그걸로 된 기지."

고로는 선녀, 아니 선남의 기질을 발휘하며 이렇게 말했다.

"재산도 없고, 호적 한두 번 넣었다가 뺀다고 시끄럽게 뭐라고 할 사람도 없는데 뭘. 괜찮다."

"집안 어르신들은 뭐라고 하실걸!"

나는 비난조로 견제하듯 말했다.

"아이다. 설명하면 이해하실 거야."

그때 나는 나를 위해서 안 된다고, 분명하게 말했어야 했다.

설령 아주 잠깐 동안이라도 고로의 이름 옆에 내가 아닌 다른 여자의 이름이 적혀 있는 건, 싫다고~~!!라고 절규라도 했어야 했다.

생각해보면 나는 원래 호적이니 주민등록이니 선거권이니 하는 것에 연연하는 사람이 아니었다. 호적에 오르고 안 오르고는 서류에 잉크 방울이 튀는 것 정도로밖에 생각하지 않던 내가, 유독 고로에 한해서는 험악해지고 만다.

하지만 너무 지나치게 반응했다가 미미에게 질투하는 것처럼 비쳐서 비웃음을 사고 싶지는 않았다.

게다가 미미는 나와 고의 관계를 알고 있기 때문에, 아무래도 고와 고로를 엇비슷한 무게로 보고 있는 게 분명했다. 내가 두 남자를 저울에 올려놓고, 그것도 둘 다 놓치지 않으려고 안간힘을 쓰고 있다고 생각하는 것 같았다. 내가 고로를, 사실은 죽을 정도로 좋아한다는 것, 고로를 유혹하고 싶어 미칠 것 같다는 것, 고로가 아무래도 그쪽으로 재능이 없어서 알아주지 않는다는 것, 그런 피를 토할 것 같은 내 심정을 미미는 도저히 상상도 하지 못할 것이다.

그리고 고로를 진정으로 갈망하고 있다는 것을 미미에게 들키고 싶지 않아서, 그럼 체면이 안 설까 봐 항상 아닌 척 시치미를 떼고 있었기 때문에.

미미는 내 마음은 알지도 못하고, "저기 미우라 씨, ……아니, 고로짱이라고 불러도 되겠죠? 돈을 대출해주는

데가 있듯이 호적을 대출해주는 일을 해봐요. 덕분에 목숨을 건질 아이들이 있을지 모르잖아요. 당신은 또 돈 벌어 좋고."

"글쎄요……. 그렇게 복잡하고 힘든 일까지 해야 한다면 차라리 안 낳는 게 낫지 않을까요?"

고로는 진지하게 대답했다.

"세상에 너밖에 없을 거야, 이렇게 이상한 일까지 해가면서 낳겠다는 사람은."

"그럴지 모르지. 하지만 왠지 모르게 그러고 싶어졌는데, 어쩔 수 없잖아."

"그건 자연스러운 거라고 봐요."

고로는 고개를 끄덕이며 말했다.

"미미 씨가 자연스럽고 순수한 사람이라서 그래. …… 여자다운 거지."

"그렇게 생각해요?"

"네. 임신하고 보니까 갑자기 낳고 싶어 낳겠다, 그런 여자다운 사람은 아마 없을 겁니다. 그만큼 자기 자신한테 충실하단 얘기 아입니까?"

"미우라, 아니 고로짱이야말로 진짜 친절하시네요!"

미미는 감동을 받은 모양이었다.

하긴, 미미가 임신했다, 아이를 낳겠다 했을 때 하나같이—어머니 하며 카이 타카유키 하며 거기다 나까지—바보 아니냐, 멍청이다, 생각이 없네, 머리가 나쁘네 입만 열면 무시하고 화만 냈지, 누구 한 사람 힘내라거나 잘했다고 머리를 쓰다듬어주지 않았으니까.

오로지 고로만이 '여자답다'고 칭찬해준 것이다. 미미는 감동에 살짝 눈시울이 뜨거워진 모양이었다. 그녀는 자기 특유의 순수함으로 감탄을 표현했다.

"아이 참, 고로짱한테는 호적만 빌릴 게 아니라 씨까지 빌릴 걸 그랬나 봐."

괘씸하기 짝이 없는 농담이라서 나는 웃을 수도 없었는데, 고로와 미미는 웃고 있었다.

고로의 웃음은 어쩔 수 없이 웃는 웃음이었지만.

이윽고 미미가 일어섰다.

"오늘 여기 오길 정말 잘했지 뭐니! ……그럼 나 먼저 갈게. 고로짱, 호적 때문에 전화할 일 있을 테니까 명함 한 장 주시겠어요?"

"아, 네네."

고로는 호주머니에서 명함을 꺼냈다.

나는 그걸 가만히 보고 있었다. 아무리 나라도 명함을

주고받는 것까지 간섭할 수는 없었다.

"굿바~이."

그렇게 바보 미미가 돌아간 뒤 나는 생각나는 대로 마구 욕을 해줬다.

"바보 같은 미미, 멍청이 미미!!"

"그런 소리 하면 못써! 불쌍하잖아. 아무도 자기편이 돼 주지 않으니까……."

고로는 그래도 나와 둘이만 있게 된 것이 편했는지 그제 야 웃옷을 벗었다. 그러더니 내게 물었다.

"한잔하까?"

얼마나 기쁘던지! 만일 내가 개라면 꼬리라도 흔들었을 것이다.

나는 술과 안주를 준비해 고로에게 가져간 뒤 창문의 커 튼을 꼭꼭 여몄다. 혹시라도 밖에서 미미가 올려다보는 게 싫어서였다.

"여기에도 기타를 가져다 놓을까?"

고로가 무슨 말이든 하면 나는 기뻐서 어쩔 줄 모른다. 그의 얼굴만 바라볼 뿐.

"그래, 가져다 놔! 그럼 연주도 노래도 할 수 있잖아."

"응."

고로가 미미랑 같이 돌아가지 않은 것이 나는 너무나 기뻤다.

"또 그때처럼 재미있는 팬레터 온 거 없나?"

"아니, 안 왔어. 대신 바다에 빠져 죽을 뻔했어."

"너, 맥주병 아이가? 그러면서 대체 뭣하러 바다에는 들어갔노?"

그게 그러니까……, 나는 얼버무렸다. 어쨌든 고로 앞에 서니까 나카야 고나 미즈노는 마치 딴 세상일처럼 생각되었다. 고로는 나의 그런 부분은 요만큼도 모르고 있었다. 그는 나의 그리다 만 그림이나 일러스트를 바라보고, 만들고 있는 인형이나 가방이나 동물인형들을 술잔을 안 든 나머지 손으로 만지작거렸다.

"노리코는 진짜 재능이 있나 보다. 음, 다 독특하고 재미있네."

고로는 감탄하며 이렇게 말했다. 그런 다정함은 나한테만 베풀면 좋을 것을, 안타깝게도 아까 미미를 감동시켰던 것처럼 누구에게나 남발하는 다정함이었다.

나는 고로와 함께 있고 싶었다.

둘이서 우리에 들어가 문을 잠그고, 그 열쇠를 절대 찾을 수 없는 곳에 버리고 싶었다.

죽을 때까지 함께 있고 싶어.

고로보다 먼저 죽고 싶어.

그의 다정한 말을 다른 여자에게 나눠주고 싶지 않아. 그러기 위해서는 역시 결혼밖에 없어. ……만일 미미처럼 임신을 하고, 그것이 고로의 아이라면 얼마나 좋을까라는 생각을 하니 가슴이 아파왔다. 그 순간 고로와 미즈노라는 남자가 오버랩되면서 눈물이 앞을 가려 나는 더 이상 서 있을 수 없었다. 나는 그 남자의 얼굴을 도저히 떠올릴 수 없었다. 그런데도 그의 모든 몸짓이, 그가 내게 준 환락의 기분과 현혹만이 손에 잡힐 듯 또렷하게 남았고, 그것은 고스란히 고로의 것이 되어 나를 황홀한 몽상에 빠져들게 했다. 나는 어쩜 음탕한 여자인지 모른다.

하지만 내 여자 친구들 중에는 이럴 때 속옷은 아예 입지 않는다는 주의를 고집하는 애도 있는데 뭘. 그래도 나는 고로를 만난다고 해서 일부러 팬티를 벗어두거나 한 적은 한 번도 없고, 또 그런 생각을 해본 적도 없었다.

고로는 며칠 전에 고베 앞바다에 정박해 있는 외국 배로 쾌속선을 타고 건너가려다가, 그 옆을 지나가던 배의 속도에 그만 휘청거려 하마터면 쾌속선이 뒤집힐 뻔했다는 이야기를 하고 있었다.

"배에는 뭐하러 갔는데?"

"출하할 짐 싣는 걸 보러 갔지. 그런 데서 빠져봐, 기름이며 쓰레기 속에서 질식하고 말걸! 노리코가 빠졌던 바다는 어때, 깨끗하드냐?"

나는 바다에는 빠지지 않았는데 남자에게 빠지고 말았다. 하지만 그 말을 고로에게 할 수는 없었다. 고로라면 어쩌면 '아주 멋진 경험이었어! 생각만 해도 황홀해질 정도야' '정말 좋았겠다!'라고 축하해줄지도 모르지만, 그래도 역시 말할 수 없어. 두렵기 때문이다. 만일 '좋았겠다!'라고 정말 축하라도 해준다면 그것은 고로가 나를 여자로서 사랑하지 않기 때문인 거고, 만일 축하는 고사하고 맹렬히 화를 낸다면 나는 돌이킬 수 없는 과실을 그에게 고백하고 마는 일이 될 것이기 때문이다. 어느 쪽이든 나에게는 두렵다.

고로는 결국 세 잔 정도 마시고 여느 때처럼 돌아갔다.

나는 창문으로 그를 내려다보았다. 밖은 여전히 더운지 그는 웃옷을 손에 든 채 지하철역 쪽으로 걸어갔다. 나도 혼자, 그도 혼자인데 왜 서로 외로움을 견디며 혼자이지 않으면 안 되는가?

아주 살짝 균형을 깨면 되는 것을. 아니면, 벗어서 보여주면 되려나? 하지만 상대가 고로라면, 감기 걸리니까 빨리 입어! 라고 하겠지.

이튿날부터 비, 그것은 번개를 동반하고 있었다. 여름도 그만 고비를 넘어가려 하고 있는 이때에, 비가 오는데도 날은 무더웠다.

그런 어느 날, 내 집으로 카이 타카유키가 찾아왔다.

여전히 근육질에 혈색이 좋은 동그란 얼굴의 청년이다.

"일이 잘돼갈 것 같다면서요?"

뭐, 딱히 그런 것도 아니다. 카이 타카유키는 자신의 뒤처리를 대신해줄 남자가 나타난 것에 안심했는지 싱글벙글했다.

"그렇게 남 얘기하듯 하지 마세요."

"산타할아버지 같은 사람도 있구나 싶어서 감탄하고 있는 것뿐이에요. 대신 나도 경제적으로 할 수 있는 데까지는 한다는 약속을 했다고요."

하지만 타카유키는 그 말을 하기 위해 온 것도, 또 내가 지레짐작하고 있던 고의 전언 때문도 아니었다.

"근데 타마키 씨, 그 상대 남자는 어떤 사람입니까? 야쿠자나 뭐 그런 사람은 아니겠죠?"

"말도 안 돼! 혹시 그런 사람한테 협박당할까 봐 걱정하고 있는 거예요, 지금?"

나는 이번에야말로 타카유키를 경멸했다.

타카유키는 당황하며 손을 내저었다.

"아니, 아니에요! 그런 얘기가 아니라, 저기…… 미미랑 그렇고 그런 사이가 된 게 아닌가 걱정이 돼서……."

"그것도 아니에요!"

나는 크게 고개를 주억거렸다.

"그런 사람, 아니라고요! 세상에 없는 선남이니까. 청결하고 인격도 높고, 카이 씨나 고하고는 달라. 여자한테 쉽게 손대고 그러는 사람 아니에요."

"그렇다면 상관없지만."

타카유키는 생각에 잠겼다.

"얼마 전부터 미미 집에 가면 간혹 집에 못 들어오게 하길래. 아무래도 남자가 있는 게 아닌가 해서. 거기다 요즘 미미는 말만 하면 고로짱, 고로짱……."

카이 타카유키의 표정에는 애써 감추고 있는 질투가 어려 있었다.

"그 남잔 틀림없이 딴 사람일 거예요. ……고로짱이 그 산타할아버지긴 하지만."

나는 명쾌하게 단언했다.

"고로라는 사람은 여자 집에서 자거나 하는 남자가 아니에요, 절대로!"

미미의 집은 항상 어지럽혀져 있다. 1년에 한 번—꼭 12월 31일에 한해서 하는 건 아니다—마음이 내킬 때 대청소를 한다.

내가 갔을 때도, 어쩌다 그런 마음이 내켰는지 대청소를 하고 있었다.

일찍이 시내에 형성된 단지라, 그때 당시에는 아직 이런 고층빌딩이 흔하지 않았지만, 지금은 오래되고 설비도 낡아서 감옥병원 같은 느낌이 들었다.

그리고 미미는 이사는 해도 이 집 하나만은 지키고 싶다는 사람에게서 명의는 그대로 둔다는 조건으로 빌려 살고 있었다. 집세는 싸고, 시내에 있으니까 교통편이 좋기 때문에 집주인도 권리를 포기하기 싫은 모양이었다. 명의를 내놓으면 추첨으로 빈집을 기다리는 사람에게 분양이 되기 때문에, 명의를 꼭 쥐고 있으면서 계속 집을 빌려주고 있는 것이다.

"어머머, 이것 좀 봐, 이 먼지!"

미미는 자랑스러운 듯 소리쳤다.

나는 눈썹까지 먼지로 새하얘질 것만 같아 허둥지둥 집 밖으로 나갔다. 그 빌딩에는 그나마 엘리베이터가 있었다.

감옥병원식 엘리베이터라고 해야 할까. 아이가 작은 세발자전거를 가지고 올라탔다. 그리고 모든 버튼을 눌러 매 층마다 엘리베이터를 세우며 장난을 치고 있었다.

"뭐하는 거니?"

나는 보다 못해 호되게 한 소리 해주었다. 아이는 깜짝 놀란 얼굴로 나를 빤히 쳐다보고 있었다. 대여섯 살쯤 돼 보이는 남자아이였다. 요즘 애들은 하나같이 오냐 오냐 자라서 야단이란 걸 맞아본 적이 없기 때문에, 그 아이 역시 신기해하는 표정이다. 그런 걸 보면 애송이는 애송이다.

건물 주변을 어슬렁거리다 어차피 도심 한복판이라 나무도 없고, 차도 많이 다니고, 그늘 역시 무덥긴 마찬가지라, 나는 건물 복도에서 더위를 식히기로 했다. 시간을 어림잡아 다시 올라가 보니 겨우 청소를 끝낸 모양이었다. 쉬는 날이라선지 이 층에도 아이들 소리가 시끄럽다. 고층의 복도식 건물이라서 그런지, 미미가 우리 집을 '차분하다'며 부러워하는 것도 무리는 아니다.

미미는 영차! 영차! 하며 온갖 도구를 원래 있던 자리로 옮기는 중이었다.

"어, 그렇게 힘쓰는 일 하면 안 되는 거 아냐?"

엉겁결에 나도 그 일을 도와주고 있는 걸 보면, 나도 참 나다.

미미는 손을 씻고 내친김에 얼굴도 몸도 닦고 씻었다.

그러는 동안 나는 집 안 곳곳을 점검하고 다녔다. 남자 것으로 보이는 파란색 줄무늬 셔츠가 벽에 걸려 있어서 내려보니 손목과 목 부분에 'KY'라고 이름이 박혀 있었다. 그렇다면 카이 타카유키의 것도 아닌데……? 물론 미우라 고로의 것도 아니다.

나는 처음부터 고로의 것은 아니라고 생각했다. 이런 줄무늬 셔츠를 입은 고로를 이제껏 본 적이 없으니까.

미미는 시원한 홍차를 내왔는데, 그것은 홍차라기보다는 탕약에 가까웠다.

미미의 아기는 내년 이른 봄쯤 태어난다고 했다.

그런 이야기를 각자 거실과 부엌에 서서 큰 소리로 주고받았다.

"타짱도 그 무렵에 결혼한대."

미미는 기쁜 듯 말했다.

"그럼 미미 너도 비슷한 무렵이 되겠네, 결혼하는 거?"

"어머 얘, 우린 벌써 했어."

"뭐~?"

"저번에 호적에 올렸는걸."

"아, 그래?"

바보 같은 나는 그녀가 '잠깐만 빌려주면, 아기가 태어나는 대로 금방 다시 뺄게'라고 하기에, 출산과 결혼을 한꺼번에 해치우는 거로 생각한 것이다. 하지만 미미는 모자수첩이 어쩌고저쩌고해서 이미 호적상 혼인신고를 했다는 거였다. 그렇게 해서 그녀는 미우라 미미가 되었다고.*

"우리 집에 살고 있는 걸로 돼 있어, 고로짱도."

"그래도 설마 진짜 여기서 살고 있는 건 아니지?"

"그거야 고로짱은 지금까지 살던 데 살고 있지."

미미는 당연한 거 아니냐는 얼굴로 포도를 씻어 내왔다.

침대 위쪽 벽에 웬 종이가 붙어 있었다. 금천교의 부적 같은 것으로 순산을 기원하고 받아온 것이란다. 그것은 두말할 것 없이 미미 어머니가 가져온 것. 텔레비전 옆 진열대에 푸릇한 비쭈기나무도 놓여 있었다.

"당분간은 회사에 다닐 거야. 좀 더 있다가 쉬려고. 내

---

* 일본 여자는 결혼하면 보통 남편 성을 따른다

옆자리에 있던 애는 넘칠 것 같은 배를 부둥켜안고 다니던데, 난 도저히 산달까지는 못 다닐 거 같아."

그런 이야기를 했다. 지금까지는 심심해서 죽을 지경이었기 때문에 카이 타카유키를 쫓아다녔지만, 요즘은 출산 준비로 너무 바빠서 타짱 쫓아다닐 틈도 없다고 했다.

그래서 타카유키를 버리기로 한 거니?

어디에도 남자 냄새는 없고―지독하게 게으른 미미는 곧잘 방바닥에 남자 팬티 같은 걸 굴리고 살았다―, 이렇게 대청소까지 할 마음을 먹을 정도니. 미미는 나 어떠냐는 듯 자랑스러운 얼굴로 나를 보았다.

안 그래도 통통하던 몸이며 얼굴이 한층 더 볼륨을 더해, 얼굴은 마치 보름달처럼 둥글게 빛나고 있었다.

"그나저나 무슨 일로 온 거야?"

"그냥 어떻게 지내나 보러 왔어. 게다가 카이 씨가 걱정하길래."

나는 아무렇지 않은 척 그렇게 대꾸했다. 미미의 집에서 미우라 고로가 잔다거나 하는 날엔 정말 끝이라고 생각했지만, 아직까지는 그런 일은 없는 모양이었다.

"노리코, 이것 좀 봐봐."

미미는 내 말은 무시하고 베개 맡 스탠드 위에 놓인 책을 치켜들고, 빨간 테 안경을 그럴 듯 폼 나게 쓰더니―미미는 숨기고 있지만 근시가 심했다―읽기 시작했다.

부인잡지 부록으로 실린 가정의 의학대전집, 부인과 전반 코너를 펼치고 '출산 준비물'에 대한 부분을 소리 내어 읽었다.

"아직 멀긴 했지만 준비할 게 이것저것 정말 많아. 지금부터 하나씩 준비해둬야 할 것 같아."

이런 이야기들뿐이다. 나도 그때 가서 돕겠노라 반강제로 약속하고 말았다.

"타짱한테 전할 말은 없어?"

나는 넌지시 눈치를 살피며 물었다.

"뭐하러? 할 말 있으면 자기가 직접 찾아오는데 뭐."

미미의 명쾌한 대답에 나는 얼마간 안심했다. 미미와 타카유키는 아직 사귀고 있고, 싸워서 헤어지거나 한 것 같진 않아 보였기 때문이다. 미미를 보호하는 건, 결혼을 앞두고 있는 사람으로서 부도덕할지 어떨지는 모르지만, 그래도 타카유키에게 맡겨두고 싶었다.

마침내 나는 용기를 내어 물었다.

"고로는 여기 오니?"

"안 와……, 여기. 여기야……. '아가용 이불은 있는 것이 편리합니다. 보통 이불은 너무 크고, 만들어두면 나중에 방석으로도 쓸 수 있습니다'래. 그리고 '기저귀 커버는 습기가 차지 않는 천이 좋습니다' 그러네."

"고로하고 호적 이야기는 어디서 만나서 했어?"

미미는 빨간 테 안경을 벗고 나를 똑바로 보며 말했다.

"전화로."

그리곤 다시 안경을 쓰고 읽던 것을 마저 읽어 내렸다.

"기저귀는 면이 제일 좋습니다. 또 종이 기저귀, 대여 기저귀도 손이 부족한 가정에서는 편리합니다……."

나는 잠시 후 미미의 집을 나왔다. 의외로 재빠르게 미미가 고로의 호적에 숨어든 것은 불쾌했지만, 요컨대 호적은 호적일 뿐 고로는 여전히 원래 그대로의 고로다.

여름날의 마지막 비가 내리고, 고로의 아르바이트도 끝났을 텐데 놀러 오지 않는다. 전화도 없다. 회사에 전화를 해보지만 대개 외근일 때가 잦다.

어느 날―또 비다, 쌀쌀한 날씨―지하상가에서 우연히 나미다 씨를 만났다.

그는 고로와 같은 하와이안 밴드에서 스틸기타를 연주하고 있다. 이 사람은 서른대여섯의 풍채 좋은 요리점 사장님이다.

"미우라 씨, 결혼했다면서요?"

나미다 씨는 다짜고짜 장사꾼다운 활달함으로 이렇게 물었다.

"……네."

차마 호적을 빌려줬다는 말은 할 수 없어서 나는 다른 말은 하지 않고 고개만 끄덕였다.

"갑자기 그런 소릴 해서……, 놀랐습니다. 그렇다면 축하해줘야지 않겠냐고 타케고시 씨하고 얘긴 하고 있지만."

타케고시 씨도 하와이안 밴드 아르바이트를 하고 있는 도락가다. 나는 거절하기도 뭣해서 예의상 웃고만 있었다.

"난 당연히 타마키 씨랑 한 줄 알았지 뭐예요."

"후후후."

"엊그제 우연히 만나서 축하한다고 했더니, 되게 멋쩍어 하던걸요."

역시 고로답다는 생각에 절로 웃음이 났다.

"어디서 만났는데요?"

나는 별생각 없이 물었다.

"나가호리 단지 앞이요. 여기 사냐고 물었더니, 아니 그냥, 이라면서 더 어쩔 줄 몰라하데요? 이상하다 생각했지만, 고로 씨도 역시 부끄러운가 보더라고요."

나가호리 단지라면 미미의 아파트다. 나는 하나도 우습
지 않았다. 웃으려고 했지만 제대로 웃어지지 않았다.

"타마키 씨, 고로 씨 만나거든 결혼선물로 뭐가 좋은지
물어봐 줘요. 괜찮으면 셋이서 같이 해도 좋고."

말도 안 돼…….

나는 그보다 마음에 걸리는 일이 있었다.

"고로가 결혼한다는 건 그때 들어 안 거예요?"

"응? 아니, 결혼했다는 안내장만 받았는데? 타마키 씨
한텐 안 왔던가요?"

나는 할 말을 잃었다.

"아, 참. 왔지. 왔어요."

"신부 쪽하고 같이 해서 보냈던데…… 그래서 알았어요."

나는 나미다 씨와 헤어지자마자 미미의 아파트로 직행
했다. 왜 이렇게 화가 치밀어 미치겠는지 나도 모르겠지만,
'약속하고 다르잖아, 앞뒤 말이 다르잖아!'라고 마음속으로
외치고 있었다. 결혼 안내장을 보내다니, 말도 안 돼!!

미미는 회사에서 아직 돌아오지 않았다. 하지만 기다릴
것도 없이 미미는 잘빠진 긴 다리로 걸음을 재촉하며 엘리
베이터를 내려 달려왔다.

"아, 노리코였어? 난 또…….."

복도는 폭풍우가 치면 비에 젖기 때문이다. 나는 문 쪽에 바짝 붙어 서서 비를 피하고 있었다. 집 안으로 들어서자마자 나는 다그쳤다.

"결혼 안내장인가 뭔가 하는 거 내나 봐!"

내 말투가 이상했던지 미미는 쭈뼛쭈뼛 책상 위에 놓인 걸 들고 왔다. 방바닥에 내려놓은 그것은 빨간색 테두리가 된, 그리고 학과 거북 모양의 그림이 박힌, 한눈에 봐도 결혼 안내장이란 걸 알 수 있는 것이었다. 모양도 틀에 박힌 것이고 문구도 틀에 박힌 '저희들은 이번에 결혼하여 새로운 생활을 시작하고자…… 부족한 저희들을…… 잘 이끌어주시고……' 어쩌고저쩌고하는 것이었다.

"너, 이거 만든 거, 고로도 알고 있어?"

"몰라. 나 혼자 한 거야."

"어떻게 그 사람 친구들 주소는 알았는데?"

"아기 이름 짓게 주소록 좀 보여 달랬어."

"왜 이런 짓을 하는 건데!!"

미미는 나의 서슬 푸름에 놀랐는지 풀이 죽어 있었다.

"그거야……, 우린 결혼식도 안 해서 결혼한 거 아무도 모르잖아. 그러니까 그렇게라도 해야 우리가 결혼한 거 알 거 아냐."

"고로가 화낼걸!"

"아~니, 그렇게 화 안 냈어."

"얘기했어?"

"호적에 올렸으니까 어쩔 수 없지, 라던걸?"

어쩌 그리 물러 터졌을까, 고로는!

나는 잠시 말없이 있었다.

미미는 내가 화난 이유를 짐작도 못 하는 모양이었다.

"그 테두리 색깔이 좀 야한 것 같지 않니? 인쇄소 사람 말로는 이게 제일 좋은 거래서."

"어디 어디 보낸 거야?"

"몇 군데 못 보냈어. 그래서 아직 많이 남았는데……. 노리코, 필요하면 가져가. 다 줄게."

그런 거 가져가서 뭐하게?

"나머지는 다 태워버려. ……그리고 이제 이걸로 끝이겠지?"

"뭐가?"

"호적을 빌린 것으로 인해 발생하게 될 여러 가지 조건 말이야!"

"이젠 뭐 없어. 이 안내장, 보내지 말걸 그랬나?"

"이미 보내버린 걸 이제 와서 어떡하겠니?"

미미 말을 들어보면 그럴 수 있겠다 싶기도 하고. 생각해보면 나도 고로 못지않게 물러 터졌다.

나는 이튿날 카이 타카유키의 회사로 전화를 걸어 그에게도 결혼 안내장이 갔는지 어쩐지 물었다. 그는 안내장은 안 왔는데, 회사에서는 할 수 없는 이야기가 있으니까 밤에 집에서 다시 전화하겠다고 했다.

그래서 나는 일도 대충 서둘러 끝내고 기다리고 있었다. 10시 무렵, 전화가 울렸다.

다짜고짜, "요번에 미미 아파트 앞에서 미미랑 남자가 택시에 타는 걸 봤는데, 그 사람이 고로란 사람 아닐까요?" 하고 묻는다.

"어떤 사람이었는데요?"

"어떻게 생겼냐면……, 키도 중간 몸집도 중간에 평범한 남자였는데."

"얼굴은 상냥하게 생겼던가요?"

"그런 것도…… 같고."

"고로 맞아요, 그 사람."

나는 흥분하고 있었다.

"차를 타고 어디로 가던가요?"

"그걸 어떻게 알아요? 하지만 일을 친 건 확실해요, 그

214

두 사람."

"설마!"

"당신도 알겠지만 난 미미랑 오래 만났어요. 미미에 대해서라면 딱 보면 다 안다고요."

"그런 일은 있을 수 없어……."

"그렇다면 그놈이 고로가 아닐지도 모르죠. 어쨌든 미미 고거 수상해요……. 그렇다면 임신했다는 말도 거짓말일지 몰라."

"그건 아닐 거예요, 병원에서 틀림없이 진찰을 받았으니까."

"그런가? 어쨌든 미미 고거 진짜 발칙하다니까요……."

카이 타카유키는 오로지 미미에게 정신이 팔려서 상대 남자도 남자지만 미미에 대한 얘기만 계속 떠들어댔다. 이 남자도 참 이상하다. 자기가 버린 여자한테 언제까지나 소유권이 있다고 착각하고 있는 모양이다.

어쩌면 그것은 미미를 아직도 사랑하고 있어서 미련을 못 버리는 것일 수도 있었다.

"고로가 아니에요, 그 남잔."

나는 지푸라기라도 잡는 심정으로 말했다.

"머리는 짧던가요? 길어요? 옷은?"

"그런 자세한 것까지는 모르겠어요. 그때 내가 고의 차를 타고 있었거든요. 고도 보더니, 저 두 사람 수상한데…… 그랬어요. 당신도 알겠지만 고는 그쪽 방면에 달인이잖아……."

"글쎄요? 고는 잉크병이 나란히 놓여 있어도 수상하다고 할 사람 아닌가? 색정광으로 눈까지 벌게진 사람인데, 제대로 볼 줄이나 알겠어요?"

나는 발을 동동 구르고 싶을 만큼 애가 탔다. 그리고 그동안 느껴왔던 나의 막연한 불안감이 이 때문이었다고 그제야 깨달았다.

'처마 밑 빌려줬다가 집을 통째 빼앗겼다'라는 말이 있는데, 그것은 나와 같은 경우를 두고 하는 말이 아닐까?

나는 또 '고양이한테 생선'이라는 말도 떠올렸다. 미미 앞에 남자를 갖다놨으니, 머리끝부터 발끝까지 침 발라놓았을 것 같은 느낌, 여기저기 깨물어 맛볼 거 다 보고 혀로 입맛을 다시며 앞다리로 끌어안고 있는 것 같은 느낌.

더는 용서할 수 없어!

뭐가 어떻게 됐든 흑백은 가려야 한다. 고로는 타카유키나 고하고는 다르다. 고로는 또 미즈노와도 다르다.

말하자면 아이들 놀이처럼 분필로 땅 위에 동그라미를 그려놓고 그 안에 들어가 웅크려 앉게 한 뒤 '이 아일 만지면 안 돼!'라고 외치는 것 같은, 고로의 앞을 가로막고 서서 두 팔을 벌려 수많은 여자들 눈에 보이지 않게 숨겨버리고 싶은 그런 심정이었다.

다만 고로는 그런 나의 '몸부림치는' 처절한 마음도 모르고, 내 뒤에서 한가롭게 기타를 치기도 하고 카드 점을 쳐서 좋은 표가 나오면 취하도록 마시기도 하고 수하물이 잘 실렸는지 확인하러 가기도 하는 것이다.

나는 고로를 핸드백 속에라도 넣어두고 싶은 마음이 굴뚝같았다.

하지만 한편으로는 이상하게 '고로만은 절대……' 하는 호기를 부리고 있었다.

내가 그렇게 신호를 보내도 못 알아채는 그가, 다른 여자한테 해롱해롱 정신 못 차릴 리가 없다.

만에 하나 그런 일이 있다면 그 상대는 바로 나일 거라는 확신이 있었다.

나는 그만큼 나에 대한 고로의 호의를 믿었다. 다만 그것을 한마디로 사랑이라고 할 수 없는 것이 안타까울 뿐.

호의와 사랑은 비슷한 듯 보이면서 실질적으로는 다르다. 닮았지만 전혀 다른 것.

고로를 보았을 때의 느낌은 뭐라고 형용하기 어렵다.

너무 커버린 아이 같은, 다루기 힘들 것 같은, 팔다리만 길쭉한 무지렁이 같은 진솔한 행동이나—이건 고가 무엇을 하든 어떤 행동을 취하든 자기도취나 자기만족이 깃들어 있는 것과는 전혀 다르다—, 의자에 앉아 테이블 위의 물건이 엎어지지 않도록 잡고 있는 손놀림이나, 그런 무심한 동작에 내 마음이 얼마나 어지럽혀지는지 모른다.

나는 고가 정력을 과시하려고 이리저리 날뛰고 다니는 것도 싫지 않고, 미즈노가 스트레이트로 확신에 찬 걸음으로 다가와 군더더기 없는 행동을 취하는 것도 좋아한다.

하지만 고로는 다르다.

고로는 거기에 있는 것만으로 나를 절망하게 하고 안절부절못하게 한다.

무엇보다 고나 미즈노는 그들이 나를 만지고 안고 유혹하는 것이 자연스럽고 즐거운 일이다.

하지만 고로의 경우는 내가 그를 만지고 손가락으로 찔러보고 또 하고 싶어진다. 넥타이를 풀고 셔츠의 단추를 하나씩 하나씩 풀고 바지의 벨트를 푸는, 그것이 나의 손가락이면 얼마나 좋을까? 그런 생각을 하는 것만으로도 내 가슴은 두근두근.

그런 두근거림은 고에게도 미즈노에게도 느끼지 않는 감정이다.

초가을 어느 하루, 내 그림의 작은 개인전이 오사카 요도야바시 근처에 있는 지하 화랑에서 열렸다.

오프닝 파티의 초대장을 보내겠다는 명목으로 나는 고에게 전화를 걸었다.

고는 금방 받았다.

"으악~, 지진이 날 것 같다!"

"왜요?"

"노리코가 전화를 다 주고 말이야."

고의 들뜬 목소리.

"아~, 행복해, 세상이 갑자기 장밋빛이야!"

"거짓말쟁이."

"아니 진짜다! 위고 아래고 너무 기뻐서 빳빳하게 섰다 아이가."

"그런 소리, 거기서 그렇게 해도 돼요?"

"아무도 없는데 와."

나는 '아무도 없는' 회사를 도무지 상상할 수 없었다. 대체 어떤 곳일까? 고는 보러 오라고 했다.

"올래? 그런 다음 어디 놀러 가자!"

"그런 거 아니거든요. 아 참, 생각났다! 미즈노 씨 주소 혹시 알아요?"

"몰라. 하지만 알아볼 순 있지. 근데 와?"

나는 개인전에 대해 말했다. 고는 약간 의외라는 듯이 말했다.

"그런 것도 하나? 대체 어떤 그림을 그리는 거야?"

그 목소리에는 이유 없는 경멸이 묻어 있고, 그것은 고의 버릇이었다. 나는 내 그림에 자신이 있는 것도 아니면서 그런 말을 들으면 화가 치민다. 하지만 '미즈노 씨의 주소'를 알아내고 싶은 마음에 전화를 끊지 못하고 보면 안 다고 말하고, 매번 다 팔려서 내 손에는 하나도 남아 있지 않다고도 말했다. 내가 고의 생활을 모르는 것처럼 고도 나의 생활을 전혀 모른다.

30분쯤 지나서 고는 비교적 진지하게 전화를 해왔다. 미즈노의 회사는 모르지만 자택 주소라면 알아냈다며 읽어주었다. 미노오 시 근방이다. 그는 언짢은 듯한 목소리로 물었다.

"그 아저씨도 부를라꼬?"

"안 올지도 모르지만."

"올 만한 일이라도 뭐 있었나?"

"왜요?"

"아무 일도 없었다면 부를 까닭이 없다 아이가."

"그냥 같은 업계 사람이니까. 여자 액세서리 회사라면서요?"

"흠, 그래? 근데 그런 소린 어데서 들었노? 그 자식이 그라드나?"

"맞아요."

"언제?"

"요전에. 당신이 증발했을 때."

나는 이렇게 말하고 전화를 끊으려고 했다. 그러자 고가 소리쳤다.

"잠깐! 노리코, 설마 이상한 짓 한 건 아니겠지? 설마 그 늙어빠진 놈하고 그렇고 그런 건 아니겠지? 불결하게 시리……."

웃기시네. 불결은 그렇다 치자. 하지만 자기가 그런다고 남들도 다 그러지 않을까 의심한다는 게 역시 '이 방면의 달인'답다, 정말.

나는 회사 주소를 알 수 있으면 그게 더 좋다고 말하고 끊었다. 자택으로 보냈다가 미즈노 부인이 뜯어보는 것은 내키지 않았기 때문이다. 하지만 회사 주소는 결국 알아내지 못했다.

파티 당일에는 고로와 미미도 초대했지만, 미미는 고향에 내려갔다며 오지 않았다. 고로는 아주 늦게 파티가 끝나갈 무렵에 왔다. 고로는 히메지로 출장을 갔다가 신칸센을 타고 이제 막 도착했다고 했다. 거래처 사람들이 많아서 차분히 이야기할 틈도 없었다. 시끌벅적하고 여기저기 술이 넘쳐났다. 웃음소리, 시끄럽게 떠드는 소리, 조용조용 속삭이는 소리로 좁은 화랑은 가득했다. 옴짝달싹 못하게 사람들로 꽉 찬 화랑에서는, 축하선물로 들어온 맥주와 위스키가 팡팡 소리를 내며 열리기 무섭게 빈 병이 되어 여기저기 굴러다녔다.

나는 소매가 없는 빨간색 비단옷을 입었으나, 그래도 땀에 젖을 정도였다. 싸서 그런지 그림을 사가는 사람들이 많았다.

나는 고로에게 가서 잔에 술을 따라주었다.

"잠깐 기다려줄래?"

나는 큰 소리로 말하고 다시 붐비는 고객들 사이로 뛰어

222

들었다.

고로는 혼자 술을 마시고 있었다. 그리고 나는 그가 말 없이 가버릴까 봐 노심초사해서 손님들과 이야기하다가도 발돋움해서 고로를 보고, 그러다 담배 한 대 피우고 다시 고로를 찾다가, 허둥지둥 돌아서서 새로 온 손님하고 악수하고…….

화랑 주인은 쉰 정도 되는 아름다운 귀부인으로, 내 그림을 좋아해서 취미 삼아 개인전을 열어준 것이다. 그녀는 나를 소개하기 위해 새로운 손님이 올 때마다 사람들 틈을 헤치고 찾아와 나를 납치해갔다. 덕분에 나는 손님이 뜸한 틈을 타서 "저기, 고로……"라며 자리에 앉기 무섭게, "어머~! 여기 있었군요. 노리코 씨, 소개할게요, 여긴……"이라며 끌려가는 것이었다.

고로는 그래도 말없이 가버리지 않고 끝까지 인내심 강하게 기다려주었다.

고와 타카유키도 와 있었다. 둘이 나란히 내 그림 앞에 서서 웃고 있었다. 하지만 그림을 보고 웃는 것이 아니라, 그들은 뭔가 비밀스러운 이야기를 하고 있는 것 같았다. 오늘 밤 만날 수 있는지 고가 물었다.

"아니, 안 돼요. 오늘 밤엔 틀림없이 2차, 3차가 있을 거야……."

내가 그렇게 대답하자 고는 여느 때처럼 한층 고집스럽
게 묻는다.

"그 뒤라도 상관없는데?"

그러면서도 그림에는 문외한인지 그림에 관한 이야기는
한마디도 하지 않는다. 마치 벽에 그림이 걸려 있다는 것
조차 모르는 사람처럼. 간혹 그런 사람이 있다. 칭찬도 비
난도 할 수 없을 만큼 모를 때는 아예 무시로 일관하는 사
람. 그런 사람 마음에는 그 어떤 그림이라도 아무 감흥을
일으키지 못한다.

그런 면은 그야말로 고다웠다.

타카유키는 열심히 미미를 찾아다니고 있었다. 그러다
내가 미미는 고향에 내려갔다고 하자, "그런 건 빨리 말해
주면 안 되나?" 하고 불만스럽게 툭 내뱉는다. 두 사람은
다행이라고 해야 할까, 고로를 알아채지 못하고 사람들 열
기에 쫓기다시피 하며 나와 악수를 나누고 화랑을 빠져나
갔다. 고는 나중에 전화해보겠다고 했다.

파티가 끝나고, 나는 화랑 사람에게 부탁한 뒤 코트를
챙겨 고로와 먼저 화랑을 나왔다.

땅 위로 나오자 가랑비가 내리고 있었다. 나는 처마 밑

에서 치맛자락을 움켜쥐고 서 있었다. 드레스가 발목을 덮을 정도로 길었기 때문에.

고로가 차를 잡아주었다.

"지루했지?"

"아니, 배가 고팠는데 잘 얻어먹었지. 정신없이 먹고 마셨다 아이가."

"피곤할 거야. 미안해, 일부러 와줬는데."

"어차피 집에 가봤자 할 일도 없는데 뭐."

고로는 그쯤에서 그림에 대한 평가를 잠시 했다. 여자아이가 돼지를 타고 있는 그림과 〈가랑이 사이로 세상 보기〉가 괜찮더라고 했다. 우연히 두 장 모두 내가 좋아하는 그림이다.

나는 〈가랑이 사이로 세상 보기〉는 고로에게 주려고 비매품으로 해두었기 때문에 더 기뻤다.

"그건 고로에게 줄게."

난 고로의 손을 잡아 두 손으로 감싼 채 가슴께로 가져왔다. 사실은 두 장의 비매품 그림은 미즈노와 고로를 위한 것이었다. 미즈노는 오늘 밤 오지 않았지만, 그 역시 고와는 달라서 틀림없이 그 그림을 좋아할 것이다.

우리 집에 도착했다. 내가 들어오라고 하자 고로는 순

순히 따랐다. 고로는 오늘 밤이 처음이 아니다. 이미 여러 차례 오프닝 파티에 와주었다.

그리고 회장에서 바로 헤어졌다.

하지만 오늘 밤만은 도저히 평소처럼 '안녕'이라며 그를 쉽게 보낼 수 없었다.

오늘 밤 나는 지난번 고로를 집 안으로 끌어들였을 때보다 더 절박했다. 고로가 트럼프를 해도 좋고 라디오를 만지작거려도 좋다. 하지만 어떻게든 끝을 내지 않으면 안 될 것 같았다.

나는 욕조에 물을 받아 느긋하게 몸을 담갔다. 그리고 화장은 하지 않은 채 오데코롱과 파우더만 바르고 나왔다.

"점점 그림이 좋아지고 있는 것 같대이. 언제 그리노? 게다가 누구한테 배우지도 않고 혼자 참 잘 그린단 말이야! 이상한 사람이야, 노리코는."

고로는 사람—특히 여자—칭찬하기 명수다. 나는 그렇게 머리를 쓰다듬는 듯 말하는 남자가 좋다.

"고로, 당신 기타하고 마찬가지야. 그런 건 스승이 있으나 없으나 마찬가지 아닐까?"

"우리 둘 다 이상한 사람일지 모르지."

"그래? 이상한 사람끼리 같이 살면…… 어떨까?"

나는 고로가 앉아 있던 침대에 바짝 붙어 앉았다. 고로는 여전히 느긋하게 말했다.

"아하하하. 그럼 정상적인 아가 태어날지도 모르겠다, 그제?"

"진심으로 하는 소리야."

나는 약간 떨어져 있는 의자에 앉았다. 고로의 표정을 보고 싶어서.

"저기 고로, 미미를…… 어떻게 생각해?"

"뭐가?"

"미미, 좋은 여자지?"

"그래. 자연스럽달까? 나한테는. 자연스러운 사람이란 남자든 여자든 좋은 거거든."

"하지만 미미는 좀 사람을 짜증스럽게 하지 않아?"

"아니. 시원시원하던데."

"저기……, 혹시 막 유혹하고 그러진 않아? 이상한 짓, 안 해?"

"전혀! 아기 때문에 정신이 하나도 없는 모양이라. 만나면 아기 얘기밖에 안 해."

"어디서 만나는데?"

"미미 씨 아파트에서."

"그럴 땐 어때, 미미가 오라고 해?"

"아기 이름 때문에 오라고 할 때도 있고, 그냥 내가 갈 때도 있고."

"단둘이 만나? 술 같은 거 마셔? 무슨 얘기부터 해?"

나는 질투의 화신이 되어 있었다. 싱글벙글 웃고 있었지만 사실은 이글이글 타오르는 불덩이가 되어 있었다.

"미미 씨는 뭐랄까, 나한테는 여자의 에센스 같단 느낌이 들어. 아기라는 장난감에 홀딱 반해 있거든. 그런 모습을 보는 기 즐겁다. 진정한 여자를 만난 것 같기도 하고. 무슨 말을 하는지 도통 알 수 없을 때도 있고. 금천꼰가 하는 지침서를 읽는가 하면 소녀만화가 나오는 주간지를 읽으면서 깔깔깔 혼자 웃기도 하고. 그런데 그기 아무것도 아닌 걸 가지고 그라고 웃는다 아이가. 예를 들면 작가 이름이나……."

고로는 말이 많아졌다. 이렇게 말이 많아지도록 그에게 힘을 주는 여자는 내가 아니라 미미였던 것이다.

"그럼……, 나보다 미미가 더 좋아?"

"그건 다른 얘기지."

고로는 조용히 웃었다.

"노리코도 알잖아. 혼자 내버려둬도 괜찮은 애가 있는

가 하면, 아무래도 마음이 쓰이는, 그래서 혼자 둘 수 없고 무얼 할지 몰라 눈을 뗄 수 없는 그런 애가 있잖아?"

나는 말없이 듣고만 있었다. 고로가 나에게 그다지 좋지 않은 예감을 주고 있다는 사실을 증오하고 있었다.

"좋고 싫고의 문제가 아니라, 나한테는 대개 그런 문제야. 너무 걱정하는 것도 바보 같지만, ……왠지 모르게 마음이 쓰여. 그리고 귀여운 데도 있고. 이만한 크기의 아길까? 라면서……."

고로는 이렇게 말하고 두 손으로 작은 모양을 만들어 보였다.

"가끔 이상한 소리를 한다 아이가. 하얀 털이 보송보송 나 있으면 귀여울 텐데. 라고. 아기하고 토끼를 혼동하고 있다니까."

나도 그런 소리는 얼마든지 할 수 있어. 고로는 마냥 웃고 있었다.

"그리고 밥을 먹으면서 혼자 뭐라고 뭐라고 중얼거린다!"

"밥도 같이 먹어? 어디서?"

"미미 씨 아파트에서."

"미미가 요리도 할 줄 알아?"

"아니, 내가 만든다. ……미미의 혼잣말은 아기하고 나
누는 대화라대. 자기가 먹은 걸 그대로 아기도 먹는다고
믿고 있다. 이 고긴 쪼옴 질긴 것 같은데~, 래. 하하하하.
그렇게 기이한 사람은 난생처음이다!"

나도 처음에는 같이 웃었다. 하지만 점점 울상이 되더
니 결국엔 참지 못하고 눈물이 흘렀다.

고로는 미미를 좋아하고 있다. 그것도 미미가 유혹한
게 아니라 고로가 좋아하게 된 거다. 미미가 맛을 본 게 아
니었다. 그것은 이중으로 아픈 충격이었다.

사랑을 합시다 ❋

그래도 나는 고로 앞에서 눈물을 보일 수는 없었다. 사실은 그렇게 하자고 굳게 결심하고 있었다. 울고 소리치고 토라지고 해서, 마음먹은 대로 고로를 유혹하자고 생각했다. 세상 여자들 중 그 누구보다 먼저 잡아먹고 말겠다고 결심하고 있었다.

하지만 지금, 나는 알았다.

세상에는 두 종류의 인간이 있다. 유혹할 수 있는 사람과 유혹할 수 없는 사람. 나에게 고로는 '유혹할 수 없는' 사람이었다. 진짜 유혹할 수 있는 사람은 그다지 사랑하지 않는 사람에 한한다.

실패해도 어차피 본전이라고 생각할 수 있는 사이일 때만 가능하다.

유혹했다가 거절당하면 둘이 같이 죽자 할 정도로 진심으로 사랑하는 사람일 때는, 그것은 실패를 용납하지 않기 때문에 최악의 경우 살인이 되어버린다.

남자가 여자한테 반해서 그런 목숨을 건 유혹을 했다가 살인이 되는 건 그나마 이해가 간다.

하지만 여자일 경우, 어떻게 될 것인가?

커버도 안 벗긴 침대 위에서 배를 깔고 누워 흥얼흥얼 콧노래를 부르며 소녀만화 주간지에 실린 내가 그린 만화를 보고 있는 고로를, 나는 어떻게 해야 좋단 말인가?

그림이 안 그려진다.

술을 먹여 떨어지게 하는 방법도 있지만, 고로는 약한 것 같으면서도 술이 세다. 또 섹스어필을 해보려 해도 사정이 만만치 않다. 금방 시계를 들여다보고 '막차 시각이다!'라고 벌떡 일어서는 남자를 어떻게 요리해야 한단 말인가!

맨살을 힐끔힐끔 보여줘도 '감기 들라'라는 말밖에 할 줄 모르는 남자를 어디서부터 잡아먹어야 한단 말인가!

하지만 뭐니 뭐니 해도 내가 고로를 넘어트릴 수 없는 가장 큰 원인은 내가 그를 너무 좋아하기 때문이다. 그래서 두려운 것이다.

실패하더라도 본전이라는 뻔뻔함도, 살인도, 진짜 반해 있지 않기 때문에 가능하다는 점에서는 마찬가지라고 나는 생각한다.

정말 좋아하면 무엇보다 상대방 입장에 서서 생각하게 되니까.

고로는 나를 여자로서 사랑할 수 없는 모양이다. 그런 내가 유혹하면 더 싫어지지 않을까 하는 두려움.

고로는 어느새 꾸벅꾸벅 졸고 있었다. 내가 이불을 슬쩍 덮어주려는데, 잽싸게 일어나 말한다.

"이런, 그만 가야겠네, 또 올게."

"비가 오잖아. 자고 가도 괜찮은데."

"괜찮아. 정신 말짱하다."

동문서답. 내가 취한 걸 걱정한다고 생각한 모양이었다.

개인전이 끝나고 나는 고로에게 그림을 전해주려고 전화를 했지만 자리에 없었다. 그럴 때의 예감은 어김없이 들어맞는다. 미미의 집에 있을 것 같아 전화를 했더니, 역시나 "고로, 여기 있어"라고 했다.

나는 그림을 전해준다는 핑계로 미미의 아파트로 갔다. 토요일 밤이었기 때문에 고로가 어디로 놀러 가든 상관할 바는 아니지만, 미미의 집에서 기타를 치고 있는 모습에는 놀랐다. 기타를 우리 집에 가져다 놓겠다고 한 게 엊그제 인데.

내 얼굴을 보더니, 고로는 일어서며 말했다.

"마침 잘 왔다, 아직 한 사람분이 남았거든."

그리곤 부엌으로 가 나를 위해 고기를 굽기 시작했다. 넥타이 끝을 셔츠 주머니에 집어넣은 채 미미의 원피스형 앞치마를 두르고. 나는 꼭 신혼부부 집에 초대받아간 느낌 이었다. 미미는 술을 마시고 있었다.

얇은 스웨터에 짧은 미니스커트 차림. 약간 부풀어 오 른 배 때문에 벨트가 맞지 않은지 풀어놓은 채 옆으로 비 스듬히 앉아 있었다.

"그림을 가져왔을 뿐이야. 금방 갈 거야."

"어머, 천천히 놀다 가! 오늘 밤은 밤새 마시겠거든. 양 쪽 집이 다 비어서 오늘은 기타를 쳐도 뭐라고 할 사람 아 무도 없어."

미미는 내 그림을 들어서 보고는, 후~ 하고 담배 연기 를 뱉더니 하하하 웃었다.

"가랑이 사이로 세상 보기라…… 좋은데! 노리코, 어떻 게 이런 기발한 생각을 했어?"

그리고는 직접 일어나 그림 흉내를 내보려고 했다.

"안~돼, 배가 당겨서."

"미련스럽게 뭐하는 거니?"

나는 내 배도 아닌데 아찔해져서 소리쳤다.

고로가 부엌에서 나를 위해 접시와 포크를 가지고 왔다.

"고로짱. 이 그림, 노리코가 준대."

"고로한테 주는 거지, 미미 네가 아니야."

"내가 받아도 되지 뭘."

고로는 우두커니 서서 내 그림을 보더니 선뜻 말했다.

"여기 걸어두면 되겠네."

그럴 생각으로 가져온 거 아니거든! 미미한테 줄 것 같았으면 딴 사람한테 파는 게 백번 나았다. 하지만 미미가 너무 기뻐하며 벽 여기저기에 대보면서 어디에 거는 게 제일 좋을까를 고민하는 모습을 보니 이제 와서 빼앗을 수도 없었다.

나는 일단 배가 고팠으므로 고로가 구워준 고기를 잘라 먹기 시작했다. 고로는 빵과 버터를 내 앞으로 밀어주었다.

"항상 고로짱이 요리해주거든. 맛있지?"

미미는 그림을 걸려고 못과 망치를 꺼내면서 말했다.

"입덧 때문에 내가 만든 건 못 먹었거든. 근데 남이 만들어준 건 괜찮은 거 있지. 그것도 이젠 괜찮아졌지만."

미미가 발돋움을 하며 못을 박으려고 하자 고로는 기타를 옆에 내려놓고 얼른 일어섰다.

"이리 줘봐라."

기둥에 못을 박았다. 그리고 그림을 걸었다. 나는 미미의 집에 걸린 내 그림을 보고 싶지 않았기 때문에, 고개를 푹 숙이고 고기와 샐러드만 먹고 있었다. 하지만 고로와 미미는 그림을 올려다보며 주거니 받거니 지껄이고 있었다.

"좋은데~! 잘 어울려."

"귀엽다. 노리코의 그림은 순수해서 좋아."

"가랑이 사이로 노려보고 있으니까, 이 집에서 음란한 행동은 부디 삼가도록!"

나는 짐짓 빈정대며 이렇게 말했다.

"음란한 행동이 뭐니? 지금 난 성모마리아야, 왜 그래? 아버지 없는 아이를 낳으려고 하는 거니까 신성하단 말씀이야."

미미는 아하아하 웃으면서 방바닥을 구르며 다리를 버둥거렸다.

놀랍게도 미미는 양말도 팬티스타킹도 안 신고 있어서 하얀 팬티가 훤히 내다보였다. 고로가 기타를 내려놓더니

'어이어이!'라면서 미미의 허벅지 위로 올라간 치마를 잡아 당겼다.

"미미, 이렇게 입고 있어도 되는 거야?"

나는 다 먹은 접시를 부엌으로 가져다 두었다.

"털 달린 바지나 넉넉하고 따뜻한 임신복을 입는 게 좋지 않을까? 쟤를 보니까 내가 다 불안해 못살겠다."

"맞아, 그리고 술이랑 담배도 안 좋겠지?"

고로는 기타를 퉁기던 손을 멈추고 이렇게 말했다. 그의 머리 위 벽에는 금천교의 부적이 붙어 있었다. 그것은 신심이 없는 인간을 위협이라도 하듯 방 안 곳곳을 노려보고 있었다. 하지만 금천교가 얼마나 영험한지는 모르지만, 그래도 미미에게 임산부로서의 마음가짐을 조금은 가르칠 필요가 있다는 것이 나와 고로의 결론이었다.

"어쩔 수 없다, 정말! 나라도 본격적인 '출산 육아를 위한' 책을 사와야겠어. 미미가 가지고 있는 건 「가정의 의학 대전집」뿐이잖아."

나는 항상 이렇게 되고 만다. 왜 그런지 모르겠지만, 미미 앞에만 서면 손해를 보면서도 내버려둘 수가 없다. 옛날부터 그랬다.

미미의 어머니라도 오셔서 돌봐주면 좋겠지만, 어머니

도 농사일로 바쁜 데다 오더라도 금천교 신한테 기도하느라 정신이 없다고 했다.

"앞으로 높은 데 손을 뻗거나, 무거운 걸 들거나 하면 유산될 수 있는 거 아이가?"

고로의 말에 미미는 신기하다는 듯 말한다.

"고로짱, 남자가 별걸 다 알고 있네요?"

"상식이지, 그거야."

고로는 기타를 고쳐 안고 〈작은 촛불〉이라는 노래를 작은 소리로 불렀다.

'작은 촛불, 큰 촛불, 마음에서 마음으로 불을 밝히자……'라는 노래다. 나와 미미는 조용히 노래를 들었다. 그때 문득 이상한 생각이 들었다. 고로와 미미가 진짜 부부고, 나는 고로나 미미 중 어느 한쪽의 자매라는 느낌.

그것이 초조함의 원인이었다. 고로는 내가 보기에 어딘지 모르게 차분한 느낌으로 미미의 집 침대에 걸터앉아 기타를 치고 있었다.

나는 그런 그의 모습을 우리 집에서 보고 싶었다.

그런데 그것을 미미의 집에서 보게 될 줄이야. 나 갈게, 라며 일어섰을 때 고로도 일어섰다.

"어머, 다 같이 가버리면 어떡해. 쓸쓸하잖아. 싫어!"

미미가 떼쓰는 아이처럼 이렇게 말하자 고로는 못 이긴 척 다시 앉았다.

"정말 못 말린다니까"라면서.

나는 혼자 돌아왔지만, 입안에도 가슴속에도 짜디짠 소금이 가득 찬 것 같았다. 그것은 질투 때문이 아니라 그저 우왕좌왕 어쩔 줄 모를 불안감과 초조함이었다.

이렇게 된 이상 끊임없이 미미의 집에 가서 감시하지 않으면 안 된다.

설마 그럴 리 없겠지만, 고로와 미미가 벌써 일을 쳤으면 어쩌지? 지금으로선 어느 쪽으로도 단정 지을 단서는 없지만, 나는 고로의 태도에서 내 집에 있을 때보다 미미의 집에 있을 때 훨씬 편안해하고 있다는 것을 막연하게 느끼고 있었다.

다음다음 날 일 때문에 백화점에 갔다가, 나는 지체 없이 『건강한 아기를 낳기 위해서』라는 제목의 육아서를 사왔다.

두껍고 예쁜 색으로 된 멋진 책이었다. 나는 침대에 엎드려 '임신 출산의 구조'라는 부분부터 꼼꼼하게 읽어내려 갔다. 읽다 보니 미미의 아기가 점점 고로의 그것처럼 생각돼 미칠 것 같았다.

사람의 인연이란 참 이상한 것이다.

이렇게 될 리가 없는데……, 인간의 운명이란 어떻게 달라질지 모를 일이다. 나는 그래도 미미를 미워할 수 없었다. 그녀는 어리석긴 하지만 그렇다고 음흉하게 고로를 빼앗으려고 한 게 아니다. 또 고로도 나와 어떤 약속도 한 게 아니니까 배신했다고도 할 수 없다.

그래도 굳이 말한다면 미미는 '바보탱이' 고로에게 내가 얼마나 집착하고 있는지 아는 것이 분명한데, 그렇다면 적어도 내게 어느 정도 의리는 지켜야 되지 않느냐 하는 것이다.

나는 '임신 중의 식생활'이라는 부분까지 읽다 머리를 책에 박고 괴로워했다.

그때 전화가 왔다. 고라고 생각했는데 아니다.

"미즈노입니다."

나는 순식간에 태엽이 감긴 듯 벌떡 일어나 앉았다.

"저번에 집으로 초대장을 보내줘서, 마지막 날 전시회 가서 봤습니다."

그의 목소리는 나에게 대단한 매력이었다. 나는 들떠서 말했다.

"그림을 드리고 싶어서 한 장 남겨뒀어요."

"고마워요. ……오늘 밤, 만날 수 있을까요?"

"네, 그림을 가져갈게요."

사실은 일이 있었지만 어차피 집에 처박혀 있어봤자 『건강한 아기를 낳기 위해서』나 읽게 될 것이고, 그러면 고로와 미미에 대한 비관적인 미래만 상상하게 될 게 뻔하다. 그보다는 차라리 밖으로 나가는 게 낫지.

나는 서둘러 그림을 챙겨 그가 말해준 가게로 나갔다.

그곳은 북쪽 신시가지를 약간 벗어난 작은 요릿집이었다. 작지만 정원도 있었다. 유리문을 닫고 미즈노는 벌써 와 앉아 있었다.

테이블 위에는 질냄비가 끓고 있었다. 달큰한 식초냄새가 방 안 가득 떠다니고 방은 청아한 온기로 포근한 것이 기분 좋았다.

미즈노의 얼굴을 본 순간 내가 느낀 것은 다름이 아니라 안도감 같은 것, 그리고 오랫동안 만나지 못했던 먼 친척 아저씨를 만난 어린아이 같은 당혹감과 수줍음이었다.

"안녕."

그는 나를 보자 미소를 지어 보였다.

나는 그가 넥타이를 매고 정장을 갖춰 입은 모습은 처음

보았다.

그리고 이렇게 조용한 요리점 내실에서 차분히 마주 앉은 것도 처음이었다. 덕분에 그의 얼굴을 이제야 정면에서 볼 수 있었다.

몇 번을 봐도 금방 잊어버리지만, 슬쩍 본 순간 금방 다시 떠오른다. 그리고 이런 얼굴이어야 한다고, 내가 생각했던 대로의 얼굴이 된다.

요컨대 특징은 없지만, 그리고 미남은 아니지만, 언제 봐도 호감이 가는 얼굴이다.

내가 옆으로 가자 담배를 입에서 떼고 말했다.

"오랜만……."

웃는 얼굴도 처음 그대로다.

"잘 지냈나?"

"네."

"훌륭한 개인전이었다. 다 좋던걸."

그 말에 나는 허둥대며 가져온 그림의 포장을 뜯어 그에게 보여주려고 했다.

그때 여종업원이 엽차와 물수건을 가져왔기 때문에, 그는 바쁜 내 손길을 말리며 "나중에"라고 말했다.

하지만 나는 빨리 보여주고 싶어서 포장을 마저 뜯었다.

검은 돼지를 타고 있는 벌거벗은 소녀. 그림의 한 면에 꽃이 흩어져 있어서 검은 돼지가 꽃밭을 걷고 있는 것처럼도 보였다.

"음, 재미있네."

"그래요? 그럼 드릴게요."

"고맙다. ……음, 일단 마시자고."

술을 따라주었다. 냄비가 부글부글 끓고 있었다.

"뭐예요, 이거?"

"생선 지리. 갖가지 흰 살 생선하고 조개, 그리고 야채가 들어 있지."

"또 생선? 미즈노 씨가 잡아온 거예요?"

그는 대답은 하지 않고 더웠는지 웃옷을 벗어 방 한쪽으로 밀어놓았다. 그러더니 내 자리를 맞은편이 아니라 옆자리에 만들었다.

"뭘 그렇게 멍하니 서 있노? 이리 와."

방석을 통통 두드리며 말했다.

내가 그쪽으로 가자, 그는 "더 가까이" 하고 요구한다.

그래서 더 가까이 가자, "더!" 하길래, 내가 스타킹 신은 무릎을 살짝 앞으로 밀고 나갔을 때, 그는 내 어깨로 팔을 둘렀다. 그 바람에 휘청 넘어질 뻔한 나는 기습적으로 키스를 당하고 말았다. 순식간에 별장의 속편이 이어지는 것 같았다.

"보고 싶어서, 너무 보고 싶어서, 더 견딜 수가 없었다."

미즈노는 매력적인 입 모양으로 웃었다.

"순~거짓말쟁이."

이는 '속편을 시작해도 좋아요!'라는 말과 동의어였다.

단번에 세상이 밝아졌다. 고로와 미미에게 농락당해 괴로워하는 것보다는 "정말 보고 싶었다. 일할 때도 밥 먹을 때도 당신 생각뿐이야, 정말 미치는 줄 알았대이" 하며 간살스럽게 나를 치켜세워주는 마흔 중년 남성이 훨씬 감미롭고 좋았다.

정말 어쩔 수 없어.

미즈노의 눈길을 받으면 왜 그런지 부끄러워—정말 못 말리겠다! 너 대체 몇 살이니—견딜 수가 없다. 왜 그럴까? 하지만 어쩔 수 없다. 아무리 서른하나라도 부끄러운 건 부끄러운 거니까.

손수건을 접었다가 폈다가 하며 무릎 위에 올려두었다.

고개 숙인 나.

"와 그라노? 묵으라……."

남자는 말한다.

부드러운 말투, 철렁 가슴이 내려앉을 것 같은 에로티시즘, 끝 모를 깊이……. 오사카 아닌 그 어디 남자에게서 이런 느낌이 날 수 있을까? 오사카만의 매력이라고 해야 할까? 본인은 별생각 없이 말하는 거겠지만.

"그 별장에는 지금도 가요?"

나는 젓가락질을 하며 물었다.

"아니, 헤엄칠 수 없을 때는 안 가. 거기가 바람이 세거든, ……하긴 겨울도 좋긴 하지, ……바다란 게 원래."

그는 여러 잔째 술을 따라주었다. 내가 따르는 경우는 없다. 다른 남자들에게는 눈치 빠르게 잘하는데, 이 남자 앞에서는 영 그렇지 못하다.

이것도 참 신기한 일이다.

그는 알아서 척척 따라 마시고 있있다. 술병이 비면 또 알아서 종업원을 불러 부탁했다. 나는 아무 생각도 못하고 바보처럼 멍하니 앉아 있을 뿐이다.

내가 별장에 대해 물은 건 다시 그와 함께 그곳에 갈 수 있을 것 같아서였다.

하지만 그는 '아와지에 가자'고 하지 않았다. 그 대신에, "어딘가로 함께 여행이라도 가면 좋겠는데……"라고 말했다.

제법 술기운이 돌기 시작한 나는 그 한마디에 하늘을 날 듯 기분이 좋아져서 소리치고 말았다.

"아아, 빌어먹을. 행복해~!!"

"말 한번 거칠게 하네, 아가씨가……."

그는 술을 털어 넣으면서 어이없다는 듯 말했다.

"죄송해요. 그래도 이런 말이 아니면 필이 안 느껴지잖아. ……그만큼 좋다는 말이에요."

"당신이 가고 싶은 데로 가자."

"이런 젠장, 수지맞았네!"

"나 간다……?"

그는 술잔을 내려놓고 몸을 일으키는 시늉을 했다.

"여기 있다간 무슨 소릴 듣게 될지 모르겠군……."

"까불지 마! 이래 봬도 알고 있는 거 많아! 톡 까놓고 말해 더 많이 아는데?"

"어떤 놈한테 배운 기고? 몇 번짼지 모르겠지만 그중에 질 나쁜 놈이 하나 있었군. 그 나카야라는 소방차 되련님이가?"

"천성이에요, 천성. 기본이 돼 있는 거지. 기본이 있으니까 이렇게 많은 나쁜 말도 기억할 수 있는 거라고요!"

"또 어떤 말을 아는데?"

술맛이 달고 냄비 속 음식이 갈수록 맛있어져서 나는 너무 행복했다. 미즈노가 더 이상 무섭지 않고 그 앞에서 더 이상 부끄럽지 않게 된 것은 서둘러 마신 술기운이 돌기 시작한 덕분이었다. 그는 물었다.

"예를 들어 그 되련님은 뭐라고 하는데?"

"후후후, 그 자식은 침대에 갈 때……."

나는 재밌는 생각에 킥킥 웃으며 말했다.

"아자아자! 라고 해요. 자, 태엽 감고…… 아자아자! 라고 소릴 치죠."

둘이서 웃었다. 나는 또 고의 여러 가지 버릇들을 말하며 같이 웃었다.

……어차피 고도 나에 대해서 카이 타카유키랑 이러쿵저러쿵 떠들어대잖아! 이런 걸 두고 피차일반이란 거지, ……가만 보면 나와 고는 참 닮은 데가 많다.

그러다 미즈노는 웃음을 억누르며 말했다.

"근데 너무 그렇게 무모하게 놀지 않았으면 해. 샘난다 카이."

진지한 표정으로 나에게 말했다.

"아자아자! 라는 되련님은 물론이고 다른 되련님들하고
도 너무 그렇게 요란하게 안 했으면 좋겠어. 그럼 내가 너
무 힘들다."

"당신이 그런 말 하면 안 되지! 그런 말은 싱글인 사람
이 하는 거라고요!"

"그런 건 상관없거든!"

"상관 있거든요!"

나는 언젠가 보았던 미즈노 부인을 떠올렸다. 그녀가
나에게 무슨 짓을 한 것도 아닌데 심한 증오심을 느꼈다.
오늘 밤은 아무래도 심하게 취할 것 같아. 고와 같이 있을
때는—고한테 여자가 많다는 걸 알면서도—질투 따위 느낀
적이 없는데, 상대가 미즈노일 때는 언제나 생생한 질투를
느낀다.

그리고 이것은 고로와 미미에 대한 질투와도 다르다.
그들에 대한 질투는 동요와 같은 슬픔을 닮은 불안이 뒤따
라와 친구들에게 따돌림을 당한 아이의 원망 같은 것이 있
지만, 미즈노가 그의 아내나 그의 다른 정부—분명 나 말고
다른 여자가 있을 것 같아—와 함께할 시간에 대한 질투는
그야말로 피가 맺힌 것처럼 비릿한 질투였다.

나는 그의 팔을 세게 꼬집었다.

"아얏!"

그 정도밖에 안 아파? 괘씸하게! 마음 같아선 콱 깨물고 개처럼 잡아 흔들어도 안 놔줄 정도로 물어뜯어 주고 싶은걸!

그는 그곳을 나와 국법을 어기고 음주운전, 나는 너무 취해서 차 안에서 기분 좋게 잠들어 있었다. 도착한 곳은 보통의 평범한 집이어서 나는 미즈노의 집인가 싶어 깜짝 놀랐다. 정원이 있는 이층집이었다.

대문에 불이 들어오고 '타나카'라고 적힌 문패가 보였다. 이 집이 눈에 띄지 않는 것은 양쪽으로 빨강 파랑 네온등이 켜진 휘황찬란한 건물이 있기 때문이다. 한쪽은 '북극', 다른 한쪽은 'HOTEL 파리'. '파리'라고 적힌 데는 HOTEL의 L자가 반쯤 사라져 있었기 때문에 HOTEI가 되어 있었다.

"아아, 총리대신 집이 북극에 있는 줄은 몰랐네요."●

이렇게 말했다가 미즈노에게 혼났다.

"목소리가 너무 커! 많이 취한 모양이군."

하지만 그날 밤에는 '타나카'에서 뭘 어떻게 했는지 잘

● 집필 당시 총리대신이 타나카 카쿠에이였다.

249

기억이 나지 않는다. 너무 취해서 그가 키스만 해줘도 전율하고, 그가 만지기만 해도 오르가슴에 달하고 말았으니까. 그리고 기억나는 건 그의 명함을 받았다는 것. 회사로 전화할 때 불편하니까 명함 줘요, 했더니 줬다. 남자의 명함을 이불 속에서—침대에선 안 돼, 반드시 방바닥에 깐 이불 속이어야 해—말똥말똥 쳐다보는 것이 얼마나 기분 좋은지! 남자의 명함은 보통 알몸으로 보는 게 아니라는데, 그것은 알몸으로 바라보다 살짝 키스했을 때 뭐라 형용할 수 없는 욕정이 샘솟기 때문이다. 미즈노는 내가 읽을 수 없는 한 글자로 된 한자 이름을 부모님께 물려받고 있었다.

하지만 그날 밤, 나는 취한 와중에도 조금은 아쉬웠다. 이렇게 취하지 않았다면 더한 쾌감을 느낄 수 있을 텐데 하는 생각에.

너무 취한 나머지 모든 감각이 한 꺼풀 뒤집어쓴 안개를 통해 느껴지는 것 같아서 그렇게 아쉬울 수 없었다. 맑게 깨인 정신으로 쾌감을 느껴야 하는데…….

"이런 욕심쟁이! 그만큼 만족했으면 됐지, 무슨 소리야? 여자의 욕심이란 정말 끝이 없다니까."

운전 중이던 미즈노는 어이없다는 듯 이렇게 말했다.

그의 회사 전화번호는 알아냈지만 내가 먼저 걸 수는 없었다. 술에서 깨자 나는 역시 무릎 위의 손수건을 접었다 폈다 하는 수줍음 많은 소녀가 되어 있었다.

그러면서도 그가 약속을 잊지 않고 토호쿠의 온천으로 가자고 전화를 해왔을 때는 뛸 듯이 기뻤다. 그가 도쿄에서 볼일이 있어 그쪽에서 왔는데, 내가 아키타 공항에 내렸을 때 그는 먼저 와 기다리고 있었다.

나는 너무 기쁜 나머지 말도 나오지 않았고, 웃으려 했지만 오히려 이상한 얼굴이 되고 말았다. 택시로 아키타 역으로 이동하는 동안 나는 그제서야 이 기쁨이 현실임을 실감하고, 창밖에 내리는 눈에도 하얀 대지의 풍경에도 감탄할 수 있었다. 타향에서 그와 함께 바라보는 모든 것이 멋있었다.

"저거 봐요! 꼭 설탕 같은 눈이야!"

나는 들떠서 소리쳤다. 그때 미즈노가 가라앉은 목소리로 말했다.

"정말 미안한데, 갑자기 중요한 일이 생겨서 아무래도 내일은 돌아가야 할 것 같다. 그래서 오늘 하룻밤밖에 못 있겠다."

"2박이라고 하지 않았어요?"

"미안, 나머지는 다음에 대신해주께."

나는 구두코로 미즈노의 다리를 찼다. 택시 기사에게 들릴까 봐 아무 말 없이. 미즈노는 내 얼굴을 재미있다는 듯 들여다보았다. 그것은 내가 너무 실망한 나머지 눈물을 글썽이고 있었기 때문이다. 남에게 보이고 싶어하지 않는 얼굴을 짐짓 들여다보고 있는 심술쟁이 아저씨. 이딴 사람은 눈 속에서 조난이나 당해버려라! 그는 달래듯 말했다.

"당신 혼자라도 하루 더 있으면 되잖아."

"몰라요!"

"단단히 토라졌군. 미안해."

바닷가 온천에 도착했을 때는 이미 밤이었다. 역시 토호쿠는 멀었다. 눈은 쉴 새 없이 내리고, 하지만 온천지역이라 땅의 열 때문인지 쌓이지는 않았다. 다만 바닷가 바람이 무서울 정도로 차가웠다.

차는 미즈노가 예약해둔 숙소 앞에 멈췄다.

고풍스러운 느낌의 일본식 여관.

"이런 곳도 갈수록 보기 드물어."

미즈노는 말했다.

"토호쿠에도 하와이안 댄스를 보여주는 빌딩식 온천이 많아졌거든."

온천이야 어찌 됐든 나하곤 상관없거든요! 나는 하룻밤

밖에 머물 수 없다는 사실 때문에 아직 토라져 있었다.

하지만 좀 멀리 있는 대중탕에 들어갔다 나와서 밥상이 차려져 있는 것을 본 순간 내 기분은 순식간에 좋아졌다. 하룻밤만이라도 그와 함께 있을 수 있다는 것, 아니 내일 저녁 오사카 이타미 공항에서 헤어질 때까지 몇 시간이나 함께 있을 수 있다는 것, 이것이 행복이 아니고 무엇이겠는가?

오늘 밤은 많이 마시지 말아야지! 다짐한다.

"너무 많이 마시면 안 돼요!"

게다가 미즈노의 술잔까지 빼앗는다. 그는 내가 시키는 대로 했다. 따뜻하고 청결하고 힘이 느껴지는 그의 몸. 고처럼 어수선하지 않고, 마음을 담아 진지하고 여유롭게 나를 음미한다.

저 안에는 모든 것을 흘려보내고 마는 뭔가가 있다. 무엇을 할 엄두도 낼 수 없게 감미로운 나른함에 온몸을 내맡기게 하는 무서운 힘이 있다.

"나 이제, 아무것도 하기 싫어요. 일도 그 무엇도. 언제까지나 이러고 있고 싶어, 미즈노 씨 당신이랑."

"그러다간 금방 질리고 말걸."

말짱한 목소리로 이렇게 찬물을 끼얹는 남자. 하지만

그 역시 즐겁다. 그는 내 머리를 자신의 겨드랑이 밑에 끌어안고 쓰다듬는다.

다음 날 아침, 잠에서 깨니 눈은 그쳐 있었다. 나는 그의 가슴에서 몸을 빼내 욕실로 향했다. 욕실 창문을 통해 눈으로 장엄하게 뒤덮인 쵸카이산이 내다보였는데, 파란 하늘을 배경으로 눈이 휘둥그레질 만큼 아름다운 광경이었다.

호텔을 출발할 무렵에는 흐려지더니 다시 눈이 내리기 시작했다. 그 눈은 오사카에 돌아오자 비가 되어 있었다.

미즈노는 나를 택시로 바래다주고 돌아갔다. 오사카에 돌아오자 그는 명함에 적힌 직함의 남자가 되어 있었다.

급한 일들이 밀려 있었지만, 이렇게 된 이상 무엇을 어떻게 해야 할지 모르겠다. 머릿속은 멋지게 텅 비었고 하는 거라곤 미즈노 생각뿐.

일 때문에 찾아간 백화점에서 미미와 마주쳤다. 그녀는 눈에 띄게 배가 불러 있었는데, 부인복 매장의 임신복 코너에서 옷들을 고르고 있었다.

"아침부터 전화했는데, 대체 어디 갔었니? 내 옷 좀 사다 달라고 부탁 좀 할랬더니. 어쩔 수 없이 내가 왔지 뭐. 전에 있던 건 이제 하나도 안 맞아."

"그거야 당연하지."

미미는 임신복 중 하나를 골라 자기 가슴에 대보며 내게 물었다.

"어때? 이 정도면 배가 들어간 뒤에도 입을 수 있지 않을까?"

나는 피에로 옷 같다고 생각했지만, 미미는 그 옷이 마음에 든다며 결국 그것으로 샀다. 그러고는 "앞에 발이 하나 더 있으면 좋겠어"란다. 내가 보기에는 미미가 유난히 배를 앞으로 내밀고 걷는 것 같은데?

"사실은 네 말이 맞아!"

미미는 자랑스러운 듯 말한다.

"네 말이 맞아, 너무너무 기뻐서! 여봐라, 내 배 크지? 하는 느낌. 제법 괜찮거든! ……설마 싶지, 노리코?"

"설마."

"근데 그게 말로 표현할 수 없는 쾌감이랄까 멋진 기분이야……. 행복해서 죽겠다니까!"

미미는 하늘을 향해 웃었다.

"배가 부르니까 다들 길도 비켜주지, 택시기사도 친절하지, 경찰도 친절하지, 전철 타면 자리도 양보해주지, ……무엇보다 옆에서 보니까 여자다움이 물씬 풍기는 것 같지 않니?"

아니, 별로.

생각은 그렇게 했지만 나는 고개를 끄덕였다.

"노리코, 너도 빨리 아기 가져. 배가 불러오는 게 참 좋아, 난 앞으로 몇 번이고 할 거야."

"몇 번이나 그런 난리 법석을 치기는 싫다! 타짱은 그 뒤로 돈 주던? 호적에 올리는 것도 싫다면서 돈까지 안 주면 너무하잖아?"

"줬어. 선불로 5만 엔. 나머지는 회사에서 보너스 받으면 주겠대."

"육아서는 잘 읽고 있어? 내가 준 책 말이야."

"읽고 있어. 참, 설날에는 고향에 내려가서 어쩌면 그대로 눌러 있을지도 몰라. 하지만 병원에는 가야 하니까 아마 여기서 낳게 될 거야."

"수고해."

"그땐 잘 부탁해."

정말 미미의 택시는 줄 선 다른 사람보다 빨랐다. 미미는 귓속말로 소곤거렸다.

"그러게 너도 빨리 임신해. 택시 잡기도 편하다니까!"

택시 잡을 때마다 임신했다간 몸이 안 남아나겠다!

설날에는 고로도 해마다 고향인 교토로 돌아가기 때문에 나는 혼자였다. 원래 설 전날과 당일은 매년 엄마 집에서 보낸다. 여행을 가지 않는 한 5일 정도까지 엄마 집에 있지만, 올해는 설 쇠고 다음 날 바로 돌아왔다. 혹시 미즈노에게서 연락이 오지 않을까 해서.

첫 번째 전화벨이 울렸다. 고였다.

"이거야 원, 요즘 걸핏하면 자동응답기가 전화 받대?"

새해 인사고 뭐고 고는 다짜고짜 이렇게 말했다.

"새해 인사하러 가도 될까?"

"그거야 전화로도 할 수 있잖아요?"

"새해 선물 줄라꼬 그라지."

"새해 선물이 뭔지 궁금하네요."

"올해도 태엽 감고, 아자아자!"

나는 웃지 않을 수 없었다.

"당신은 어쩜 그리 품위가 없어요? 당신 땜에 나까지 요즘 품위 없어졌다는 소리 듣는단 말예요."

이번에는 고가 웃을 차례였다.

오랜만에 그의 터질 듯 큰 웃음소리를 들었다.

"지금 당장 가꾸마!"

고는 내 대답도 듣지 않고 끊었다.

그는 양조장에서 직접 가져왔다는 니혼슈(日本酒)를 들고 왔다.

나는 엄마가 싸주신 설음식을 내놓았다.

"건배!"

둘이서 잔을 들었다.

"먼저 새해 선물부터."

고는 한 잔 마신 뒤 이번에는 입에 머금고 있던 술을 내 입에 건넸다. 그리곤 잠시 생각에 잠겼다.

"어이, 노리코!"

"왜요?"

"당신, 좀 이상하대이. 당신한테서 아무래도 다른 남자 맛이 난단 말이야."

고가 다시금 좋아지고 있었다. 고와 나는 많이 닮았기 때문에, 그가 하는 행동과 생각하는 것, 그의 좋고 나쁜 점들까지 잘 안다.

내친김에 말하자면 '사이좋게 할 때'의 기호나 취미도 완전히 똑같다.

그래서 고가 나의 반응에 금방 위화감을 느끼리라는 것
도 나는 알고 있었다. 그는 울부짖었다.

"아무래도 이상타~!"

"아니, 전~혀! 난 하나도 안 변했어요, 그대로야!"

나는 시치미를 뗐다.

"그래? 그렇담 다행이지만. ……내 착각일지 모르지."

고는 이렇게 말하고 자기 자리로 돌아가 진지한 표정으
로 다시 술을 마셨다.

자기답지 않게 왜 생각에 잠기고 난리야!

대체로 고라는 남자는 생각하는 것과는 거리가 멀었다.
해적처럼 먹어대거나 수소처럼 마셔대거나. 땀을 뻘뻘 흘
리며 마시거나 먹고 껄껄 웃고, 차를 운전하는가 싶으면
여자 위에 올라타 있고, 그러고도 시간이 남으면 잘난 척
하는 게 고작인 남자.

남을 무시하고 깔본다.

자기는 머리가 좋다고 생각하지만, 대학 시절 친구 중
에 자기보다 머리가 좋은 사람에 대해서는—있다는 건 인
정하니 다행이지—"그런 촌닭하고는 경쟁이 안 돼"라고 경
멸한다.

고의 말에 따르면 가난하고 궁핍한 계층 출신의 남자들

은 거기에서 어떻게든 벗어나려고 눈에 불을 켜고 공부를 한다는 것이다. 수석입네 하는 놈들은 다 그런 녀석들이고, 그들은 하나같이 일족일문의 비극과 고향의 기대를 한 몸에 받고 있기 때문에 바보처럼 분발하는 거라고.

그러므로 자기보다 머리 좋은 녀석들은 다 빈민 출신이란다.

고는 단호하게 그렇게 결론을 짓고 있었다. 하지만 돈 낼 때 치사한 것 역시 부자들의 특징이란 사실은, 카이 타카유키한테 이상한 잔꾀를 가르쳐 미미에게 줄 돈을 자꾸 미루게 하는 것만 봐도 알 수 있다.

나는 고의 그런 점이 싫었다.

나도 인색하기 때문이다. 인색한 자는 인색한 자를 알아보는 법.

요컨대 고가 싫으면서도 고라는 사람을 비교적 좋아한다. 그것은 동지애 같은 감정에서다.

나는 고의 머릿속에서 나라는 여자가 어떻게 이해되고 있는지 궁금했다. 어차피 고의 머리로는 나를 이해할 수 없겠지만. 그러한 점에서도 고에 대해 경멸 섞인 애정을 느낀다.

고는 잠시 후 집 안을 여기저기 살폈다. 집 안은 말끔히

정리, 라기보다는 생활의 흔적 같은 것은 미리 숨겨두었다. 고가 호기심을 발동할 만한 것들, 여자 전용 물건들은 모조리 그리고 작품들은 모두 뒤집어두어 못 보게 해두었다. 고에게 보여주고 싶진 않으니까.

그리고 나는 문이란 문은 다 닫아두고, 응접실에서 그를 맞았던 것이다.

고로가 왔을 때와는 전혀 딴판이다.

욕실 문을 열거나 침실을 보여주거나 하지도 않는다.

고는 화장실에 가는 척하면서 침실을 엿보려고 했다. 그럴 줄 빤히 알고 미리 밖에서 문을 잠가두었다.

고는 작업실 한쪽에 놓인 테이블로 돌아와 물었다.

"와 침실 문을 잠갔는데?"

"왜 열려고 그러는데?"

"누가 있는 거 아닌가 걱정돼서."

"남의 침실을 엿보려고 하는 사람이 걱정이죠."

고는 피식 웃었다.

"한 가지 물어볼 게 있는데?"

"뭐요?"

"히가시고베에 맨션이 하나 새로 생겼거든. 거길 살까 싶은데, 같이 안 살래?"

"말도 안 돼, 여길 떠나다니."

"그럼 여긴 작업실로 놔두고 거기서 출퇴근하면 되잖아. 나도 매일 아침 회사에 출근해야 하니까, 내가 데려다 주께."

"그거 괜찮네."

말해놓고 나서야 문득 깨달았다.

"그러니까 같이 살자는 거예요, 당신하고 같이?"

"그러는 기 재미있지 않겠나, 역시 같이 있는 기? 아침부터 밤까지, 아니 밤부터 아침까지 할 수 있다 아이가."

"결혼하잔, 아니 동거하자는 말?"

"그런 셈이지. 하지만 결혼이나 동거나 거기서 거기지 뭐. 어쨌든 나랑 같이 살아봐, 재미있을걸!"

고는 장난스럽게 윙크를 해 보였다.

"같은 가격에 몇 배를 즐길 수 있어요. 빨리 산 사람이 이익! 지금이 바로 절호의 찬스, 절찬 판매 중, 이 기회를 놓치지 마세요!"

이번에는 내가 박장대소했다.

"밤부터 아침까지 고랑 그거 하는 거야? 어떻게 그런 이상한 생각을 했어요? 누가 먼저든 그러고 싶을 때 만나서 사이좋게 하면 되잖아?"

"그래, 물론 그런 학설도 있긴 하지만."

고는 의외로 수줍은 표정으로 말했다.

"그러니까…… 지금처럼 노리코의 침실 열쇠를 내가 가지고 있지 않다는 게 난 불안해. 지금쯤 누군가 당신한테가 있지 않을까? 걱정이 되거든."

"독점하시겠다? 날 당신 전속으로 만들려고?"

"아니야, 그런 건 나도 싫어. 말하자면 우리 둘 다 기약 없이 그렇게 되는 거. 둘 다 같이 살고 싶다는 마음이 자연히 생기는 거. 같이 있으면 더 행복하다고…… 그렇게 느끼면서 살고 싶다 이기지."

"20년 기다려도 그렇게 될 리 없어, 그런 마음이 들 리 없잖아요?"

"그러니까 시험해보자꾜! 즐거울 기다, 노리코랑 나 의외로 잘 맞잖아?"

"정말 그럴까?"

나는 일정 부분 고의 말에 동의하면서도, 물론 머리로는 진지하게 받아들이지 않았다.

하지만 새해 벽두부터 하는 농담치고는 이상하다고 생각했다.

"그렇게 같이 살면서 뭘 할 건데?"

"아침에는 자리에서 일어나기 전에 사랑을 나누지."

"배꼽 빠지겠네. 그런 표현은 당신하곤 안 어울려요."

"시끄럽다, 나도 체면이 있지! 우유를 마시고 식사를 한 다음 둘이서 차를 타고 오사카 일터로 가는 거야. ……차 안에서 라디오나 테이프를 듣긴 어렵겠지. 그럴 시간이 어딨노?"

"흐음."

"둘이서 수다를 떠는 거야. 나는 지금까지 차를 타면 라디오 켜기 바빴는데, 이젠 그것도 지쳤다. 둘이 수다 떠는 게 최고야. 그 누구도 아닌 노리코하고."

"쳇, 난 라디오가 더 좋은데……?"

"좀 조용히 해라 마, 말씀하시는데! ……처음 롯코산에 당신이랑 같이 갔을 때 우리 둘이 차에서 이야기 참 많이 했다 아이가. 그때 너무 즐거웠거든. 항상 기억에 남아. 차에서 라디오 들을 때마다 생각나."

나는 무슨 얘길 했는지 까맣게 잊어버렸다.

"둘이 차 타고 가면서 라디오 켜는 자식들, 속을 모르겠다카이!"

"그렇게 수다를 떨고 간 다음, 어떡해요?"

"회사에 도착, 아니 그 전에 노리코를 여기에 내려주고 키스하고 헤어지는 거야."

"매일 아침?"

"안 돼?"

"이상한 텔레비전 너무 많이 본 거 아니에요?"

농담이라 생각했던 나도 차츰 걱정이 되기 시작했다.
그보다 오늘의 고는 여느 때처럼 유머러스하지도 않고, 어
딘가 모르게 다르다. 그 복잡한 머릿속으로 무슨 생각을
하고 있는 건지?

"집에 갈 때도 노리코를 태우러 여기 먼저 오는 거야.
그리고 갈 때도 역시 라디오는 안 튼다. 오늘 하루 있었던
일을 서로 이야기하는 기다."

"그렇게 돌아가선?"

"노리코는 저녁을 준비하고 나는 그동안 문을 열거나
전등을 켜거나 욕조에 물을 받지. 가끔은 여행도 하자. 또
가끔은 친구들도 부르고. 하지만 너무 자주 부르는 건 안
된다, 귀찮아. 항상 둘이 많은 이야기를 하는 거야. 밥 먹
고, 술 마시고, 텔레비전 보고, 음악 듣고, 항상 둘이……
이런 거 어떻노?"

나는 술 때문인지 고의 이야기 때문인지 하품이 나왔다.

물론 고와 살고 싶은 생각은 요만큼도 없었다. 그리고

265

일도 다른 집에 살면서 오가며 하기는 불편해서 싫었다.

첫째, 같이 살고 싶은 남자는 고가 아니라 고로였다.

그리고 여자들이 보통 그렇듯이 나는 동거보다는 결혼을 원했다. '타마키 노리코'라는 이름으로 고와 동거하기보다는, 솔직히 말해 나는 '호적만' 빌려서 '미우라 미미'가 된 미미에게 불타는 질투를 느끼고 있었다.

"한번 생각해봐라. 틀림없이 좋을 끼다."

고는 이렇게 말했다.

여기저기 그런 맨션이 여럿 있는 건 아닐까? 그렇게 난 고의 여자 중 하나가 되는 건가?

"그런 기 아니다. 내가 쫌 멋대로 굴긴 하지만, 적어도 그런 짓은 안 한다. 그것만큼은 확실해. 아버지 어머니도 그런 부분에 있어서는 엄격하시고."

담배에 불을 붙이며 고는 말했다.

"그런데도 부모님 눈을 속이면서까지 그렇게 하려는 건 노리코 당신이기 때문이라꼬."

"어머, 저기 봐요, 불났나!?"

난 갑자기 소리쳤다. 창문 밖으로 보이는 오사카 거리, 그 한 지점에서 연기가 피어오르고 있었다.

설 연휴에는 공장도 휴업하느라 모든 굴뚝이 쉬기 때문

에 유난히 눈에 띄었다.

"불났나 봐, 저기!"

저녁노을 속에서 하얀 연기는 점점 넓게 퍼져 나갔다. 하지만 상당히 먼 거리다.

고는 힐끔 쳐다볼 뿐 다시 하던 얘기로 돌아갔다.

"어떻게든 되겠지. 그보다 혹시 그럴 마음이 생기면 전화해라."

"뭐라고 전화해요?"

"다른 건 필요 없다, 그냥 그럴 마음이 생겼다꼬 말해주면 된다."

절대 그럴 마음은 안 생길 거라고 확신했지만, 나는—배려라기보다는 될 대로 되라는 심정으로—알았어요, 라고 대답했다.

고는 찬합 속의 나물과 검은콩 요리를 맛있다며 게걸스럽게 먹었다.

"한숨 잤으면…….."

고는 능청스럽게 이렇게 말하지만, 이 집에서는 절대 안 돼! 여자의 성(城)은—왠지 모르지만—한 남자를 위해서만 열리는 거라고! 고로가 해주길 그토록 원했던 말을 고가 한들 무슨 소용이 있겠는가? 고는 어쩔 수 없이 묻는다.

"밖으로 나갈까?"

"피곤해요."

"차로 가자꼬. 걷자는 말이 아니라."

"설 연휴라 문 연 데도 없을 거야."

"그런 데 말고 롯코산 별장 말이다. 분명 눈이 쌓였을
거야. 벽난로에 장작 피우고…… 틀림없이 재밌을 기다.
거기 별장에 가서……."

"어머! 불이 꺼졌나 봐, 연기가 안 나요."

내가 이렇게 또 딴청을 피우자, 고는 더는 못 참고 소리
쳤다.

"적당히 좀 안 할래!"

화가 났는지 갓 피워 문 담배를 재떨이에 짓이겨 끄더
니, 벌떡 일어서 내게로 왔다.

나를 강제로 일으켜 세우고 내가 앉았던 소파에 자기가
털썩 앉아 나를 자기 무릎 위에 앉혔다. 그리고 뒤에서 나
를 끌어안았다.

유리창 밖은 희부옇게 겨울 석양이 빛나고 있었다. 건
너편 빌딩은 평소에는 창문 안이 그대로 내다보였는데, 지
금은 연휴라서 모두 하얀 블라인드가 쳐져 고요하기 이를
데 없었다. 내려다뵈는 도로에도 지나가는 차량도 적고 오

가는 사람도 없었다.

그러므로 고가 나를 끌어안고 팬티스타킹을 벗겨도, 창문으로 볼 사람은 없었다. 레이스 달린 커튼이 활짝 열려 있었지만.

나는 몸부림쳤다.

"가만 안 있을래?"

고는 등 뒤로 양팔을 꽉 움켜잡고 꼼짝도 못하게 했다. 그럴 때 완력가인 고는 무식할 정도다. 고는 등 뒤에서 내 귓불을 깨물고 뜨거운 숨결을 뱉으며 속삭였다.

"× 번째다, 우리."

그때 나는 생각했다.

고가 나와 몇 번을 잤는지 그 횟수를 세고 있었다니……, 그렇다면 고는 어쩌면 나를 정말로 좋아하고 있는 게 아닐까?

그렇지 않고서야 몇 번째인지 그렇게 금방 말할 수는 없으리라.

일단 나는 기억하지 못하거든.

어쩌면 고는 나를 사랑하고 있는지도 모른다. 한 번 할 때마다 그 미묘한 뉘앙스를 기억 속에 새겨두고, 그 차이를 일일이 기억하고 있는지 모른다. 나는 순간 마음이 움직였다.

"같이 살면 재미있을 거야."

고는 아직도 그 얘기다. 그리고 나를 가볍게 들어 올려 자신의 털북숭이 허벅지 위에 올려놓고 꼭 끌어안았다.

"응, 이라고 대답 안 하나?"

내 목덜미 뒤를 눌러대며 고는 강제로 고개를 끄덕이게 하려고 했다. 나는 웃지 않을 수 없었다. 고는 그렇게 장난을 치면서 교묘하게 분위기를 만들어가는 데 선수인 남자였다.

그렇게 우리는 소파에 쓰러지고 말았다. 그것은 그것대로 제법 재미있었다.

"멋진 새해 선물 맞제?"

고는 옷을 챙겨 입고 거울을 보며 빗질을 하고 있었다.

"그 반대겠죠. 내가 당신한테 새해 선물을 준 거니까."

내 말에 고는 큰소리로 웃고, 몸을 낮춰 내게 키스했다.

"그럼 또 만나제이."

그리곤 문을 나섰다.

그런데 금세 다시 돌아와서 "새해 선물, 하나 더 주고 싶어서"라며―그거야 물론 농담―나를 웃게 한 뒤 이번엔 진짜 돌아갔다.

270

설날 연휴 마지막 날, 미미에게서 전화가 왔다.

"멧돼지 고기 안 먹을래? 시골에서 가져왔거든. 노리코
너 먹이려고 제일 맛있는 부위로 가져왔어."

"멧돼지 요리라……. 좋아, 먹을게!"

"먹는 방법, 알아? 된장국물에 스키야키처럼 해서 먹는
거야."

"응, 물론 알지. 맛있겠다, 고마워. 고로랑 불러서 먹어
야겠다!"

미미는 내 말에 웃었다.

"고로짱이라면 물릴 정도로 먹었는걸!"

"고로한테도 갖다 줬어?"

"같이 갔었어. 고로짱이 나 혼자면 위험하다고 같이 가
준대잖아."

그건 모르고 있었다.

"그러다 보니까 시골에선 매일같이 먹고 마시고, 시골
풍습이란 게 원래 좀 그래. 사흘 밤낮 연이어 축하 파티였
다니까!"

"설날 축하 파티?"

설날이 원래 사흘 쇠는 거니까.

"아~니, 피로연 말이야!"

"무슨?"

"그게 우리 둘이 갔지, 내 배는 부르지……. 그러니까 엄마부터 시작해서 식구들대로 동네 사람 다 모아놓고 피로연을 벌인 거야. 사실은 그게 아니라고 설명할 수도 없고, 고로짱도 처음에는 당황하더니 이미 벌어진 일 어쩔 수 없다 싶었는지 놀고 마시더라고. 얼마나 웃겼는지 몰라……."

나는 하나도 안 웃겼다. 고로와 미미는 내가 보기에 빼도 박도 못할 결혼 속으로 조금씩 빠져들고 있었다.

인생, 무슨 일이든 해보고 볼일이란 생각이 들었다.

나는 그날 국철(國鐵)을 타고 고베로 가고 있었다. 고베에 있는 백화점에 일이 있었기 때문이다. 그리고 모토마치에 내가 디자인한 소품과 인형을 팔고 있는 가게가 있는데 거기에도 들려보고 싶었다.

고베에 갈 때는 항상 사철(私鐵)을 이용한다. 교토, 오사카, 고베 근방으로는 사철이 발달해 있어서 편수도 많고 다니기도 훨씬 간단하고 편리하다. 국철은 무엇보다 그 길고 복잡한 계단을 휘이휘이 올라가 높은 플랫폼에 다다르기까지가 고역이다. 오사카역 계단을 오르는 사이에 '한큐'가 됐든 '한신'이 됐든 사철을 타면 눈 깜짝할 사이에 고베에 도착할 것만 같다. 그럼에도 국철을 타는 사람은 여행을 즐기는 사람임이 분명하다.

그런데 나는 무슨 생각에선지 그날만은 권위의 상징 같은 장엄한 국철의 계단을 휘이휘이 오르고 있었다.

서쪽으로 가는 전철이 플랫폼에 들어와 있었기 때문에 나는 얼른 올라탔다. 그리고 전철 안을 앞쪽으로 두 칸 정도 걸어갔을 때, 4인용 좌석 창 쪽에 고로가 앉아 있었다.

살면서 무슨 일이든 해보고 볼 일이라는 말은 이런 경우를 두고 하는 말이다. 국철을 안 탔더라면 만날 리 없었을 것을. 만나려고 기를 쓸 때는 못 만나고, 아무 기대도 않고 있을 때 우연히 만나지는 때가 있다.

우연이란 정말 있나 보다.

자리는 비어 있었다. 오후 2시 무렵이니까 전철이 제일 한가할 때다.

고로는 신문을 읽고 있었다.

이런 순간의 기분을 뭐라고 하면 좋을까? 이 사람이 미즈노였다면 나는 폴짝폴짝 뛰어가 앞자리에 앉아 무릎을 흔들며 반가워할 것이고, 고를 보았다고 해도―전철을 타고 있는 고를 상상하기란 좀 힘들긴 하지만—주저하지 않고 달려가 어깨 정도 툭 칠 것이다. 그리고는 '비켜!'라며 그의 옆자리에 앉아 시시덕거릴지 모른다.

하지만 고로인 것을 어찌하랴? 나는 너무 기쁜 나머지 숨이 다 막힐 지경이었다. 그렇게 갑자기 운명의 장난 같은 행운을 개한테 뼈다귀라도 던져주듯 내게 주는 신의 짓궂은 장난을 원망했다.

너무 기쁜 나머지 얼굴이 굳어지기도 하는 모양이다. 나는 조용히 그의 이름을 불렀다.

"고로."

고로는 깜짝 놀라 나를 보더니 진심으로 반가운 표정을 지었다.

그의 사심 없이 무심한 해맑은 표정은 언제나 나를 절망시킨다.

그것은 남자가 여자를 보는 눈이 아니다. 오누이 같은 친구, 같이 싸우며 자란 사촌을 보는 눈이기 때문이다. 단순히 우연한 만남을 반기는 눈이다.

미즈노는 물론이고 나카야 고는 그나마 육감적이고 유혹적인 눈으로 나를 본다.

나는 그의 앞자리에 앉았다. 전철은 역을 출발했지만

차안은 여전히 텅 비어 있었다.

"별일이네, 이런 데서 만나다니!"

"일 때문에?"

"응, 산노미야."

고로는 역전에 있는 빌딩 이름을 말했다. 적어도 몇십 분은 함께 있을 수 있다. 전철은 1분 1초를 아까워하며 달리는 것 같았다. 고로는 신문을 접었다.

"멧돼지 고기 먹었어? 미미가 가져왔었지?"

먹었지, 원한의 멧돼지 고기. 나는 맨션 관리인에게 대부분을 줘버렸지. 나는 고로에게 설 연휴 때 이야기를 듣고 싶었지만, 한편으론 듣는 것이 두렵기도 했다. 하지만 결국 유혹에 지고 말았다.

"어땠어, 미미 고향에 가서 환영받은 느낌이?"

"아, 그거? 술을 어찌나 먹이던지!"

"신랑 대접받았단 말이지?"

"어쩌다 그렇게 돼버렸어. 뭐가 뭔지 통 모르겠더라고, 마을 사람들이 오고 또 오고, 이거야 원…… 고모 남편의 사촌의 조카에, 죽은 할머니가 데려온 자식의 부인에…… 막 소개를 해주는데 누가 누군지 통 알 수가 있어야지!"

고로는 웃고 있지만 나는 화가 났다.

"그러게 그런 데를 왜 가? ……그래서 어떻게 했어?"

"너무 복잡해서 결국 공책에 가계도를 그려서 가족관계를 맞춰보고 했지. 지루할 때 시간 보내기 딱이야. 해보니까 마을 전체가 친척인 기라. 그 할머니 할아버지, 아저씨 아줌마, 청년단의 사촌에 팔촌까지 우리한테 인사한다고 쉴 새 없이 밀려오는데…… 이른 아침부터 와서 방문 열릴 때까지 기다리고 있는 거야. 근데 그 표정들이 얼마나 밝던지 차마 도망칠 수가 없더라고."

"그래서, 고로는 뭐라고 인사했는데?"

"난 별말 안 했어. 어느새 미미 씨 신랑이 돼 있었지만, 일일이 아니라고 하고 다닐 수도 없는 노릇이고. 그냥 가만있었지, 뭐."

담뱃재가 바지에 떨어져서 고로는 그것을 무심히 털어내고 있었다. 나는 질투심에 눈앞이 다 캄캄해졌다. 고로와 미미는 한 쌍의 부부가 되어…… 그럼 둘이 한방에서 잤단 말이야?

그것까지 물어보기에는 너무 낯 뜨거웠다. 하지만 결국 묻고 말았다. 나라는 여자는 '참을성'이 없는 여자다. 인내심을 타고 나지 않았다.

"그럼 미미랑 같은 방에서 잤겠네?"

내가 아닌 척 시치미를 떼며 물었기 때문에, 고로도 나의 이글거리는 분노를 알아채지 못하고 가볍게 대답했다.

"말도 마. 잠잘 시간도 없었다니까, 나는. 잘라고 하면 바짓가랑이 붙잡고 안 놔주는데? 조금만 더, 조금만 더 하다가 보면 어느새 날이 새뿔고, 그러다 너나 할 것 없이 아무 데나 널브러져 자는 기라. 그러다 눈 뜨면 또 마시고. 난생처음이었다 아이가, 그런 난리는!"

고로는 그 뒤로 술을 못 마시게 됐다고. 지금은 보기도 싫다고 했다.

술을 안 마시는 고로라니, 나한테는 한없이 쓸쓸한 일이다. 술을 먹여 취하게 해도 안 넘어오는 남잔데, 술을 안 마시면 그나마 쓰러트릴 방법이 없지 않은가! 나는 고로를 훔쳐보았다.

고로는 그 마을에 대해 이야기하고 있었다. 차분하게 자리 잡은 농가, 초가지붕이 그림처럼 앉아 있고 개울 위로 흙다리가 걸쳐진 마을. 초등학교 분교는 아담한 목조건물, 눈이 오면 마을의 뉘 집 창문이고 이른 초저녁부터 불을 밝히는 곳. 아침이면 유선방송이 눈 위를 흐른다.

"멋진 마을이드라. 노리코도 같이 갔으면 좋았을 긴데."

고로는 이렇게 말했다. 그의 청결한 목덜미—고로는 머

리를 짧게 깎는다—, 매끈매끈한 피부—전에 그가 샤워하는 모습을 본 적이 있다—는 햇볕에 적당히 그을려 건강해 보였고, 날씬하게 잘 빠졌지만 어딘지 모르게 멍하니 미련해 보이는 몸매—미련해 보이는 몸매란 곧 자기가 얼마나 매력적인지도 모르는 무심함을 뜻한다—를 가진 그를 바라보고 있으면 나는 만지고 싶어 견딜 수가 없다.

남자도 여자를 보면서 이런 기분이 들까? 이런 고로를 사흘이고 나흘이고 붙잡아두고 있었던 미미가 원망스러웠다. 그만큼 나는 고로를 만지고 싶다.

"미미의 고향 말고 다른 데로 나중에 같이, 고로랑 나랑 둘이만 안 갈래? 아무것도 없는, 고요하고 평범한 마을이면 좋겠어."

"그런 데라면 효고 현 안쪽으로 많다카이."

"우리 둘만 가는 거야, 알았지?"

"미미 씨는 안 데리고 가나?"

"자기들은 나만 빼놓고 갔으면서!"

나는 공격적으로 대답했다. 전철은 산길을 따라 달리고 있었다. 고베에 들어온 것이다. 마음이 급해졌다. 나는 그의 무릎을 꼭꼭 누르면서 지나가는 말투로 물었다.

"정말 미미를 안 건드렸어?"

"어이, 어이! 말이 되나? 생각 좀 해봐. 미미는 지금 성모마리아 아이가, 내 참!"

고로는 농담처럼 이렇게 말하며 웃어넘겼다. 전철은 이미 역에 도착하고 말았다. 나는 미련을 떨쳐버리지 못하고 물었다.

"몇 시에 끝나, 일?"

"아직 모르겠다. 그럼 또 보재이!"

고로는 지하도를 올라간 곳에서 손을 들어 보이고 빌딩 속으로 사라졌다.

그 뒤로 며칠간 고베에서 일이 계속 있었기 때문에, 나는 그때마다 전철을 탔지만 두 번 다시 고로를 만나지 못했다. 한번은 고에게서 전화가 왔고 고베에 간다고 하자, "내가 데려다 주께. 오늘은 할 일도 없고"라며 와서 그렇게 해서 고의 차를 타고 고베로 향했다. 고는 백화점 주차장에 차를 세워두고 내 일이 끝날 때까지 기다려주었다.

나중에 데려다 준다면서 아직 시간이 이르니까 어디 가서 놀다 가자고 했다. 어쩌면 날이 어두워진 뒤 우리 집에 밀어닥칠 속셈인지 모른다. 고는 엉뚱한 제안을 했다.

"어데 가까? 우리 동물원에 가까?"

"응, 좋아요."

그런 점이 나와 고는 참 많이 닮았다. 내가 재미있어 하는 곳을 고는 참 잘도 알고 있다.

"언젠가 말했잖아, 우리 둘만 처음 만났을 때 말이야. 롯코산에 가던 길에, 와? 동물원 이야기, 당신이 했잖아. 원숭이 이야기 말이다."

"그랬나? 내가 그런 이야길 했어요?"

"잊었나? 나는 항상 그때 일을 생각하는데. 그래서 지금도 동물원 생각이 난 기라."

고베의 동물원은 오지(王子)에 있다. 고베답게 비탈길이나 언덕을 잘 이용하고 있어서 독특한 분위기에 나무도 많아 아름다웠다.

날이 맑고 비교적 따뜻한 햇살 때문인지 평일인데도 아이들과 함께 나온 사람들이 많았다.

이곳에는 정말 여러 종류의 원숭이가 있어서, 오랑우탄이나 침팬지를 보는 것만으로도 질리지 않을 정도였다. 그들은 얼마 동안 매달아 놓은 타이어에서 놀더니, 지루해졌는지 아니면 추워졌는지 집 안으로 들어가 버렸다. 그때 암컷 침팬지 한 마리가 남아서 웅크리고 앉아 있는 것을 수컷이 일부러 집에서 나와 '어이, 이리 오라니까!'라는 듯이 암컷의 손을 잡아끌고 들어가 버렸다.

나와 고는 웃지 않을 수 없었다.

우리는 손을 잡고 동물원 안을 걸었다. 의외로 중년 커플들이 많았다. 커플들은 앞서거니 뒤서거니 하면서 펭귄을 보기도 하고 백곰이 있는 섬을 내려다보기도 했다. 백곰은 노른자를 뒤집어쓴 것 같은 색으로 차가워 보이는 물속을 천천히 헤엄치고 있었다.

나도 오랜만이지만 고는 몇십 년 만이라고 했다. 초등학교 이래 처음이라고.

차가운 대기의 산뜻한 냄새와 동물들의 악취가 번갈아가며 코를 찔렀다. 동물 우리 곁에서 멀어지면 악취도 멀어졌다.

코끼리가 식사를 하고 있었다.

나도 고도 어린아이처럼 철책에 매달려 열심히 들여다보았다.

주변에는 아무도 없고, 두 마리 코끼리는 코를 이용해 작은 산 하나 정도 되게 쌓인 감자와 고구마, 당근 등의 혼합사료를 정신없이 먹고 있었다.

동글동글한 고구마를 코끝으로 교묘하게 집어서 코를 돌돌 말아 상아가 나 있는 입 아래쪽으로 가져갔다. 낡은 걸레처럼 끝이 잘게 찢어진 커다란 귀를 깃발처럼 펄럭이며, 뒷걸음질을 했다가 앞으로 나갔다가, 한마디로 '다리를 까불며' 열심히 먹어대고 있었다.

"코끼리도 다리를 까분다고 하나?"

고는 웃으며 말하고 잠시 멍하니 나를 바라보았다.

"그렇게 이상한 눈으로 보지 말아요."

"노리코가 이상한 소리를 하니까 안 그라나. 갑자기 자고 싶어지잖아. 저기 어디 벤치에서 어때?"

"무뢰한 같으니!"

"아니, 진짜. 못 참겠다. ……가끔 이상한 소리 잘한다 아이가. 그럴 때면 사랑스러워 죽겠다니까……."

"나한테 너무 빠지면 곤란해요."

그러자 고는 코끼리가 작은 눈을 들어 멍하니 쳐다볼 만큼 큰 소리로 웃었다.

제일 안쪽에 위치한 하마와 코뿔소 우리를 보러 갔다.

여기는 얼어붙은 산맥을 뒤로하고 세워진 서양식 주택이 보이고 '해성'이라는 여학교에 세워진 성모마리아 동상이 보이는, 경치가 가장 아름다운 곳이었다.

하늘이 넓게 펼쳐져 있는 조용한 고지대다. 하마는 물속에 들어가 코만 일부분 빼꼼히 내밀고 있었다. 옆 우리의 코뿔소는 집 안에 들어가 있는지 진흙과 흥건한 물웅덩

이만이 휙 하니 우리를 지키고 있었다. 벤치에 고와 나는 바짝 다가앉았다.

"아아 따뜻해. 노리코는 역시 따뜻해."

고는 이렇게 말하며 내 귓가에 입을 맞췄다.

"거기는 더 따뜻해. 예쁘고 따뜻하고, 맛있고 따뜻해."

나는 구두 굽으로 고의 정강이를 찼다.

"아프다카이! 꼭 하마 같아……. 그나저나 그때 말한 맨션, 샀다. 히가시고베에 있다는."

고는 담배라도 산 것처럼 말했다.

"안 그랬음 다 팔려버렸을 기다! 지금은 팔림새가 빠르거든."

"아, 그러셔요?"

나와는 상관없는 일인걸.

"뭐야, 나랑 같이 안 살 기가?"

"귀찮아요."

"말 한번 참 밉게 하네. 농담이라도 어머 좋아라! 뭐 그렇게 말하면 안 되나?"

"많잖아요, 나 말고도…… 같이 살 여자?"

그것은 내가 항상 생각하는 말이었다. 고에게는 많은 여자들이 꼬이고, 고가 그것을 자랑스럽게 여긴다는 것도 알고 있었다. 고는 여자들을 트럼프 카드를 내놓을 때처럼 뒤섞기도 하고 늘어놓기도 했다.

"아니, 그건 다른 얘기지. 거기에서 노리코랑 살고 싶다는 건 진심이야!"

하지만 나는 고의 이야기를 진지하게 들어본 적이 한 번도 없었다. 내 사전에는 고에 대해 '장난 반' 또는 '놀이 반'으로 사귀는 남자라고 나와 있었다.

그것은 고가 나를 그렇게 보고 있다는 것의 다른 표현이었다.

적어도 나는 그렇게 생각하고 있었다.

"으음, 그럼 곤란한데⋯⋯. 난 진심인데 말이야."

고는 박박 머리를 긁적이며 말했다. 우리는 다시 손을 잡고, 라기보다 고는 키가 훨씬 크기 때문에 내가 고에게 끌려가는 꼴로 걸었다.

출구 근처에 아름다운 플라밍고 연못이 있었다. 눈이 번쩍 뜨일 만큼 예쁜 핑크색의 플라밍고. 얼마나 색이 곱던지 이 세상 것이라고는 믿기지 않을 정도였다. 극채색의 잉꼬도 많지만 이 새의 연한 핑크빛 깃털은 그 어떤 색보다 아름답다. 다음 그림에 나는 꼭 플라밍고를 그리고 싶어졌다.

"종이 없어요? 그럼 좀 그리게."

고는 안주머니에서 수첩을 꺼냈다.

그리고는 뒤쪽 페이지를 찢어 볼펜과 함께 건네주었다.

내가 그림을 그리는 동안, 고는 담배를 피우며 벤치에 앉아서 기다려주었다. 그만큼 그림에 취미가 없는 건지, 아니면 그게 매너라고 생각하는 건지 들여다보려고 하지 않았다. 나는 다 그린 그림을 가방에 넣고 고의 윗주머니에 볼펜을 꽂았다. 그리곤 둘이서 벤치에 앉아 서로의 체온을 나누고 있었다.

플라밍고는 모두 다리 하나로 서서, 고개를 우아하게 구부려 부드러운 핑크색 구름 같은 몸통 속에 묻고 죽은 듯 잠들어 있었다.

고는 내 등 뒤로 팔을 둘렀다.

"우리 여기서 자고 가자. 고베에는 재미있는 호텔들이 많거든. 당신도 좋지?"

"아아, 자꾸 이러면 안 된단 말이야……!"

나는 작게 절규했다. 나는 고를 눈곱만큼도 좋아하지 않아. 사랑하지도 않으면서 몸은 이토록 서로를 원하고 잘 맞다니! 이럴 생각은 추호도 없었는데 고와는 깊은 곳으로 자꾸만 빠져들고 있었다.

✻

예년보다 춥고 긴 겨울이었다. 매화도 벚꽃도 늦다고
사람들은 입을 모았다. 도시는 긴 겨울에 지치고 추위에
얼어붙어 쓰레기와 그을음은 꽁꽁 언 채 여기저기 들러붙
어 있었다. 언제나 여전한 회색 하늘. 그 하늘 아래를 나는
바쁘게 부츠를 신은 두 다리를 교대로 내딛으며 걸어가고
있었다. 당연하지, 다리 하나로 걷는 사람도 있나?

당연하지만, 문득 내 다리를 보면 가엾기도 하고 기특
하기도 하고 신기하기도 하니 이상하다.

악착같이 움직이고 있구나! 감탄한다.

돈을 벌기는 하지만 많이 번 것도 아니다. 그렇다고 남
자한테 월부로 돈을 뜯어내고, 될 대로 되란 듯이 아기라
도 낳아보자는 우아한(?) 뻔뻔함도 부릴 줄 모른다. 그야
말로 어중간한 여자다.

내가 할 수 있는 일은, 흐린 하늘 아래를 좌우 두 다리
를 바쁘게 움직여 걸어가서, 작은 일거리를 받아 두문불출
만들어서, 그것을 또 배달하러 다니는, 그 반복일 뿐.

그래서 참 잘도 움직이는구나! 내 다리를 내려다보며 스
스로 감탄하고 있는 것이다.

그렇게 해서 당분간 미미 쪽도 방치하고 있었는데, 추운 어느 날 밤 전화가 걸려왔다.

"나오려나 봐."

나는 허겁지겁 택시를 달려 미미의 아파트로 갔다. 그랬더니 나를 기다리지 못하고 옆집 아주머니가 미미를 병원으로 데려갔다고 했다. 옆집 아저씨는 사람 좋아 보이는 서른대여섯의 남자로, 어린 남자아이와 둘이 집을 지키면서 텔레비전을 보고 있었다.

나는 고로에게 전화할까 했다가 무슨 상관이람 싶어서 곧장 병원으로 향했다.

개인병원이지만 제법 규모가 큰 산부인과 병원으로, 내가 접수처에서 묻자 간호사가 병실을 가르쳐주었다.

미미가 있을 거라 생각하고 들어갔더니, 나도 한두 번 얼굴을 본 적이 있는 옆집 아주머니가 혼자 우두커니 의자에 앉아 짐을 지키고 있었다. 아주머니는 나를 알아보고 말했다.

"지금 분만실에 있어요……."

두리뭉실 살찐 쾌활한 얼굴의 여자였다.

"예정일보다 한 달 정도 빠른 거 아니에요?"

나는 앉을 곳이 없어 침대 끝에 걸터앉으며 물었다.

"네, 근데 요즘엔 8개월 된 미숙아라도 잘 자라는 아이들이 있다니까 괜찮아요."

아주머니는 출산 경험자답게 태연하게 말했다. 언제 태어날지 모르고, 아주머니 집에는 어린아이도 기다리고 있기 때문에 일단 고맙다고 인사하고 내가 교대하기로 했다.

나는 혼자 남게 되자 미미가 가지고 온 보따리를 펼쳐 보았다. 대부분이 자기 물건으로 실내복이 몇 벌인가 하고 자질구레한 화장도구, 초코쿠키, 트럼프 카드 한 벌, 만화책. 어디 별장에 놀러 라도 가는 줄 아는 모양이다.

배냇저고리 한 벌. 그 외에 아무것도 없는 것은 여기는 맨몸으로 입원하면 되는 시스템이기 때문이다.

미미는 좀처럼 돌아오지 않았다. 걱정이 되어 간호사실이라고 적힌 곳에 가보았다.

미미는 아직 노력 중이라고 했다. 나는 걱정이 되어 고로에게 전화했다. 벌써 11시가 넘었지만 고로는 금방 찾아낼 수 있었다. 그는 자기 아파트에서 그리 멀지 않은 형 집에 놀러 가 있었는데, 아파트 관리인이 아파트 뒷문에서 큰 소리로 부르면 들릴 만한 곳이었다.

"그래? 그럼 금방 갈게, 고향에는 연락했나?"

고로가 물었다. 나는 잊고 있었다.

"그럼 내가 어머니께 전화 드릴게. 아니, 유선으로 알려야 하니까 받을 때까지 시간이 걸릴 거야. 내가 하는 게 더 빠를 기다."

고로는 마치 자기 아이라도 되는 양 긴장해 있었는데, 덕분에 내 기분은 말할 수 없이 복잡했다. 그러고 보니 병실 문 이름표에도, 미미의 소지품에도 하나같이 '미우라 미미'라는 이름이 붙어 있어 나를 속상하게 했다. 나는 떨떠름한 질투심에 마음이 부식되는 것 같아 그다지 유쾌하지 않았다.

이런 일만 없었다면 미미의 아기를 기다리는 일이, 얼마나 태연하고 남의 일처럼 얼마나 흥분되고 즐거운 일이었을까?

히터가 틀어져 있긴 했지만 긴장 때문인지 추웠다. 나는 우울한 기분으로 두 손을 모아 다리 사이에 끼우고 말없이 앉아 몸을 부르르 떨고 있었다.

멀리서 아기 우는 소리가 들렸다. 분만실은 어느 쪽에 있는 것일까? 병원 자체가 막연한 어수선함을 띠고 있어선지 발소리가 울리고 말소리가 끊이지 않았다.

노크소리가 들리고 고로가 병실로 들어왔을 때, 나는 가슴을 쓸어내렸다. 고로는 우두커니 선 채 말했다.

"어머니는 내일 아침 일찍 오신다카네. 어때, 미미 씨는?"

"아직. 아무래도 상태가 안 좋은 것 같아……. 너무 오래 걸리잖아!"

"카이 씨한테 연락 안 해도 될까?"

"글쎄……, 좀 더 상황을 지켜보고 해도 되지 않을까?"

우리는 자연히 목소리를 낮춰 이야기하고 있었다.

나는 고로에게 의자를 내주었다. 그는 코트를 벗고 앉았지만, 다시 일어나 말했다.

"의사한테 물어볼까?"

마침 그때 스물 정도 돼 보이는 간호사가 와서 물었다.

"남편분 계세요? 선생님께서 잠깐……."

고로는 허둥지둥 병실을 나가려다 발을 헛디디는 바람에 요란한 소리를 내며 의자를 넘어트리고 말았다.

"죄송합니다."

당황해하며 간호사를 뒤쫓아갔다. 그야말로 아기의 출산을 기다리며 흥분한 아버지의 모습이었다. 의자를 박차고 싶은 것은 난데.

고로도 가서 돌아올 줄 모른다.

나는 마침내 불안해지기 시작했다. 이러다 미미가 죽는

것은 아니겠지?

복도로 나가 그 끝에 있는 화장실에 가보았다. 핑크색 타일이 깔려 있고 형광등이 눈부시게 켜져 있었다. 시끄러운 물소리가 나더니 화장실 문 하나가 열리고 환자복 위에 빨간 스웨터를 걸친 아직 젊은 여자가 휘청거리며 걸어나왔다. 그녀는 머리는 헝클어지고 눈은 검은 동굴 같고 얼굴은 눈물로 범벅이 되어 있었다. 그리고 그런 얼굴을 나에게 들켰다는 사실 같은 건 안중에도 없는 모양인지 역시 휘청거리며 화장실을 걸어나갔다. 그 순간 산부인과 병원과 그곳에 있는 여자들이 비릿하고 동물적인 냄새가 나고 쓸쓸하고 안타까운 존재처럼 느껴졌다. 무심히 먹이를 코로 집어 먹던 코끼리나 핑크색 구름 같은 몸체에 고개를 처박고 죽은 듯 서 있던 플라밍고나…… 타이어에 매달려 놀고 있던 침팬지처럼 동물적이고 슬픈 존재. 모두 같은 동물이구나.

나는 변기에 앉아 오줌을 누면서 그런 생각을 했다.

미미가 아기를 낳고 잘난 척 뽐내고 나오는 것도 싫지만, 만일 잘못되기라도 한다면 두고두고 상처가 될 것 같아 싫었다.

동물의 죽음을 보는 것처럼 끔찍하고 싫었다.

긴긴 추운 밤. 새벽녘에야 미미는 돌아왔다. 이동식 침대에 실려와, 간호사 두 명의 부축을 받아 병실 침대로 옮겨졌다. 창백한 얼굴로 힘없이 축 처진 모습.

간호사 말로는 여자아이라고 했다. 나는 미미 곁으로 가 작은 소리로 "축하해"라고 하자, 미미는 간신히 눈을 뜨며 말했다.

"아직 못 봤어."

목소리에 힘이 하나도 없다.

아기는 미숙아라서 인큐베이터에 들어가 있었다. 내가 갔을 때 고로는 먼저 와 들여다보고 있었다.

그런데 나는 깜짝 놀라고 말았다. 아기란, 오빠의 아기를 본 적이 있어 나도 알고 있는데, 새빨갛고 주름투성이에 눈은 퉁퉁 부어 감겨 있고 새빨간 입술을 벌려 울부짖거나 새근새근 잠들어 있는 게 보통이다. 머리카락은 곱실곱실해서 사람 새낀지 쥐새낀지 분간이 안 가는 것이 갓 태어난 아기의 모습이었다.

하지만 유리관 속에 든 아기는 인형처럼 아름다웠다.

나는 불길한 예감이 들었다. 너무 아름다워서 '이상해, 이건 아닌데……' 하는 예감.

아기는 머리카락이 새까맣고 눈도 크고 검었으며 말똥

말똥했다. 하얗게 오동통한 볼과 어여쁜 입술. 아름다운 아기였다. 그것도 이상했다. 갓난아기라면 아름다울 리가 없는데…….

"어렵겠단다."

고로가 말했다.

그는 한 시간째 그렇게 바라보고 있다고 했다.

"너무 예뻐서."

"너무 예쁘니까……."

"응. ……난산이란다, 하룻밤 꼬박 걸렸다고. 양수가 먼저 나와버렸다꼬 하대."

나는 경험이 없기 때문에 그것이 무슨 말인지 조금도 알지 못했다. 하지만 이 아기에게 촉촉한 물기가 없는 것은 그 때문인지 모르겠다고 억지스러운 생각을 했다.

우리가 아기를 보고 있는 사이 아침이 밝았다. 나는 미미의 병실로 가봤다. 미미는 지쳤는지 잠들어 있었다.

30분쯤 지났을 때, 고로가 병실 밖에서 손짓으로 나를 불렀다.

"방금, 죽었다."

그는 피로 때문인지 사무적인 목소리로 말했다.

"미미에겐 보여주지 않는 게 좋겠다꼬, 의사가."

"그래. 근데 어머닌 어떡하지?"

그렇게 묻는 내 목소리도 까칠했다.

"아침에 오신다며? 잠깐이라도 보여 드리는 게……."

"아니, 어머니든 미미든 보면 번뇌만 남을 기다."

나는 고로의 말에 감동했다. 마음이 아플 거라고도 미련이 남을 거라고도 하지 않고, 번뇌만 남을 거라고……, 이 얼마나 멋진 말인가!

"근데 난 오전 중에 중요한 업무가 있어가 일단은 회사에 가봐야 한대이. 갔다가 다시 올게."

"알았어, 내가 알아서 할게."

나도 중요한 일이 있긴 했지만, 그 일은 이미 다음으로 미루기로 했다.

"역시 사망진단서나 매장허가증 같은 게 필요하겠지, 갓난아기라도?"

"그럴 기다."

고로는 그제야 담배생각이 났는지 주머니에서 담배를 꺼냈다.

아무렇게나 자란 수염 때문에 얼굴이 수척해 보였다.

"상자에 넣어지겠지, 저런 애는?"

"독경이라도 올려야 되지 않을까?"

내 말에 고로는 연기를 한숨처럼 내뱉고 말을 잃었다. 그 모습이 또 실망으로 넋을 잃고 있는, 끝내 아버지가 되지 못한 사람의 절망감을 여실히 보여주고 있었다.

생각하면 관계가 좀 이상하긴 하지만, 내 느낌이 그런 것을 어쩌겠는가.

"어쨌든 집에 일단 가서 옷 갈아입고 회사에 다녀와. 미미는 내가 보고 있을게. 그러다 어머니 오시면 미미 곁에 계시라고 하고, 내가 가서 아기 일은 처리할게. 아무리 갓난아기라도 장례식은 해줘야지, 안 그럼 너무 가엾잖아."

"그래, 나도 가능하면 빨리 오게."

고로는 이렇게 말하고는 병실로 가서 코트를 가져왔다.

"그럼 부탁한대이."

코트를 입은 고로는 양손을 주머니에 찔러 넣고 몇 걸음 걸어가다 다시 돌아왔다.

"여러모로 고생시켜서 미안타. 수고 좀 해줘."

뭔가 크게 착각하고 있는 거 아니야? 인큐베이터 안에 들어 있던, 미완성 인형 같던 아기는 고로의 애가 아니야. 그는 자기도 모르게 착각을 하고 있는 모양이다.

미안하다고 할 사람은 난데.

나는 병실로 돌아가 미미를 바라보았다. 간호사가 들어

와 미미의 가슴을 보았다. 그리고 나를 가족이라고 생각했
는지 작은 소리로 차분하게 말했다.

"너무 안됐어요."

중년의, 자기에게도 아이가 있을 법한 간호사였다.

"보냈으니, 금방 또 생길 거예요."

그녀는 미미의 잠자는 모습을 한 번 더 들여다보며 "환
생이란 게 정말 있거든요"라고 말한 뒤 병실을 나갔다.

그날의 첫 햇살이 병실을 비추고 희미한 온기가 감돌기
시작했다. 미미는 아직 자고 있었기 때문에, 나는 세면실
로 얼굴을 씻으러 갔다. 온수는 아직 나오지 않고 얼음같
이 차가운 물만 나왔다.

밤중에 화장실에서 만났던 여자도 틀림없이 미미처럼
아기를 잃었거나 사산(死産)했나 보다고 그제야 짐작이 갔
다. 사산 역시 피비린내 나는 일이었다.

세면실에서 돌아오자 병실에선 난리가 나 있었다. 미미
가 잠에서 깨 혼자 인큐베이터실로 아기를 보러 간 모양이
었다. 하얀 천을 뒤집어쓰고 작은 침대에 뉘어 있는 아기
를 보고 실신한 것이다.

의사와 간호사가 부축해서 병실로 데려왔다고 했다.

미미는 울고 있었다.

그렇게 여러 간호사들에게 둘러싸여 위로를 받고 있었다. 미미는 나를 보자마자, "노리코, 아기가 죽었대!"라며 내 손을 붙잡고 엉엉 울었다. 나도 아직 모르고 있다고 생각한 모양이었다.

내 눈에—도깨비 눈에 눈물, 이라고 해야 하나?—눈물이 맺혔다.

덩달아서 나오는 눈물이 아니라 깊은 곳에서 우러나는 눈물.

그것은 미미의 불행을 동정해서라기보다 좀 더 애절한 느낌이다.

요컨대 그녀는 이렇게 엉엉 울면서 많은 사람의 위로를 받고, 고로에게 동정받고, 그의 마음을 아프게 할 수 있는 인간인 것이다.

살고 싶은 대로 살아갈 수 있는 부러운 인생.

내 눈에 맺힌 눈물은 그에 대한 부러움, 자기연민에서 나오는 것이기도 했다.

하지만 우는 동안 나도 그 아기가 너무 가여워져서 진심으로 울어버렸다. 상자에 담겨 천국으로 떠날 작은 인형이 가여워서.

내가 보았을 때는 가냘픈 몸짓으로 어떻게든 살아보려

고 몸부림치고 있었는데. 여러 가닥의 호스를 달고 말똥말똥 눈을 굴리고 있었는데. 그 눈은 어쩌면 미미를 찾고 있었는지도 모른다.

하지만 그런 이야기를 하면 미미는 다시 울 것이므로 말하지 않았다.

"배냇저고리 입혀서 데려다 줘. 나 한 번만 안아보고 싶단 말이야!"

미미는 울부짖으며 몸부림쳤다. 간호사들은 그런 미미를 달래고 말렸다.

젊은 간호사들 중에는 눈물을 글썽이는 이도 있었다.

나도 코끝이 빨개지고 말았다. 이건 그다지 좋지 않은 정신상태다.

그러면서 마음 한편으로는 이것으로 미미는 호적을 뺄 것이다, 더 이상 미우라 미미가 아니게 된다, 모든 것은 끝났다, 이제 안심이다 하는 생각도 들었다. 고로는 이제 미미와 무관한 사람이 될 것이었다.

이름은 '하나코'라고 했다. 이름이 없는 건 너무 가엾다며 미미가 전부터 생각해왔던 이름을 붙였다.

벚꽃 앵(櫻)자를 써서 '하나코(櫻子)'라고 읽는다고 했다.

"참 예쁜 이름이다."

내가 위로하듯 말하자 미미는 눈물을 닦으며 말했다.

"고로가 지어준 거야."

어쩐지 미미가 지은 것치고는 잘 지었다 싶더라니. 하지만 역시 불길한 이름이긴 했다. 벚꽃이란 게 순간에 피었다가 순간에 져버리니까.

나는 여러 가지 서류 절차에 바쁘게 뛰어다녔다. 미미는 당분간 더 병원에 있어야 했다. 출생신고서와 사망신고서를 동시에 내는데, 거기에 '미우라 하나코'라는 이름을 썼다. 너무 예쁜 이름이었다.

다음에는 아마 고로의 호적에서 미미의 이름이 이혼으로 인해 말소되리라.

구청에 가 신고하고, 장의사에 전화해서 스님을 소개받고—이번 일은 무엇보다 고로의 형님 부부를 당혹스럽게 했다. 그들 부부는 고로에게 그런 처자식이 있다는 것을 알고 깜짝 놀랐지만, 사람들이 좋아서 금세 마음을 풀었다. 그의 형수는 병문안까지 와주었다. 고로가 평소에 그만큼 신뢰가 있었기 때문인지도 모르지만—어쨌든 나는 눈이 핑핑 돌 정도로 바빴다.

오후가 되어 미미의 어머니가 오셨다.

나는 처음 뵈었는데 다부진 몸에 검게 그을린 피부, 어느 모로 보나 농부다운 사람이었다. 기모노를 입고 양손에는 커다란 보따리를 든 채 병실로 들어왔다.

어머니와 미미는 서로 부둥켜안고 대성통곡했다. 배냇저고리를 입은 아기는 미미 옆에 누워 있었다. 하얀 얼굴에 새까만 머리카락은 촉촉이 젖어 있었다. 손의 색깔이 약간 자줏빛으로 변해 있었고, 조그마한 손가락을 꼭 쥐고 있었다. 너무 예쁜 얼굴로 눈을 감고 있었다.

입술은 살짝 벌려진 채 조그만 혀가 내다보였다.

"그랬구나, 그랬어. 이 불쌍한 것. 아이고, 왜 이렇게 가버렸어……. 어디 한번 안아보자."

어머니는 울면서 이렇게 말하고 아기를 안았다. 미미는 들여다보며 아기에게 볼을 맞추고 입을 맞추고, 목을 쥐어짜며 서럽게 울었다. 이불 위로 쓰러져 몸부림을 치다가, 다시 아기를 들여다보고 목을 놓아 울었다.

점심시간에 와서 아직 거기 있던 고로도 울고 있었다.

나는 문에 기대어 눈물짓고 있었다. 그 와중에도 나는 미미의 울부짖음과 몸부림에 좀 어리둥절해하고 있었다. 나는 옛날 국어시간에 우는 것에는 여러 가지 형태가 있고, 꺼이꺼이 목소리를 높여 우는 것을 '읍(泣)'이라고 하며 이를 앙다물고 마음속으로 슬픔을 억누르며 피눈물을 흘리는 것을 '곡(哭)'이라고 한다고 배웠는데, 미미는 언제라도 '읍(泣)'을 할 수 있는 여자일 거라는 생각이 들었다.

폭소(爆笑)를 터트린다고 하는데 폭읍(爆泣)을 터트리기도 하는구나.

만약 나라면 '곡(哭)'에 해당하지 않을까?

하나코는 사랑스럽게 눈을 감은 채 이 사람 저 사람 손에 넘겨졌다. 나도 안아보았다.

그 앙증맞은 가벼움이라니…….

나는 그 가벼움을 손에 느꼈을 때 비로소 아기를 위해 진짜 눈물을 흘렸다.

의사가 와서 아기를 받아 안았다.

아직 젊은, 오동통 살이 찐 의사였다.

그는 어머니에게 말했다. 골반이 너무 좁아 산도를 나올 때 아기가 너무 힘들었을 거라는 이야기. 아기는 나오려고 안간힘을 쓰느라 너무 지치고 고통스러웠을 거라고 했다.

어머니는 금천교의 기도인지 독경인지 모를 소리를 입속에서 끊임없이 읊조리고 있었다.

고로는 아기를 눕혀놓고 가져온 카메라로 아기의 사진

을 찍었다.

미미에게도 어머니에게도 아기를 보여주지 말자고 나와 고로는 타협했는데, 결국 일이 이렇게 복잡해지고 말았다.

죽은 아기의 사진을 찍으면 그야말로 번뇌가 남을 텐데……. 나는 이렇게 생각했지만 차마 말릴 수 없어서 가만히 보고만 있었다.

아기는 꼭 잠들어 있는 것처럼 보였다.

어머니는 미미의 곁을 잠시도 떠나지 않고 간호했다. 내가 조금 이상하게 생각한 것은, 어머니는 나에게 한마디 고맙다는 말도 없이—굳이 듣고 싶지도 않지만—틈만 나면 미미의 머리맡에 놓인 부적 같은 것에 대고 뭐라고 뭐라고 떨리는 목소리로 기도를 할 뿐이었다. 그 모습이 나에게는 왠지 상식을 벗어난 사람의 행동처럼 보였다. 미미야 말할 것도 없이 자기 슬픔에 푹 빠져 있었다.

저녁 무렵 고로가 회사를 마치고 왔을 때 나도 일을 마치고 막 돌아오는 길이었다.

미미는 그때 젖이 불기 시작했다며 중년의 간호사가 브래지어 위로 흰 무명천을 꼭꼭 말아주고 있었다. 그 때문에 고로는 잠시 복도에서 기다리고 있었다.

"기운 내세요, 네?"

간호사는 참 친절한 사람이었다. 차분한 말투로 미미의 마음을 위로해주려고 했다.

"아직 젊으니까 애기는 금방 또 몇이고 낳을 수 있어요, 알았죠? 그러려면 엄마 몸이 빨리 건강해져야지⋯⋯. 그 애기가 환생해서 다시 태어날 거예요. 이번에는 건강하고 토실토실 살이 쪄서. 갓난아기가 죽으면 금방 또 생긴다잖아요, 두 달도 안 돼 또 생길 거예요. 그럼 또 잊혀져요⋯⋯. 나도 그랬답니다, 네 부인? 나도 갓난아기를 석 달 만에 잃었어요. 한참 예뻐졌을 땐데⋯⋯. 아기가 죽었을 때는 나도 같이 죽고 싶단 생각밖에 없었어요. 근데 금방 또 생겼어요. 그러더니 어느 틈엔가 잊게 되고, 또 웃을 날이 오더군요."

간호사의 따뜻한 위로의 말에 미미는 다시 뚝뚝 눈물을 흘리고 있었다. 어머니는 또 한바탕 소리 높여 기돈지 뭔지를 읊었다. 그녀는 병원에 마련돼 있던 슬리퍼를 신고 있었는데 좌우 색깔이 달랐다.

고로는 들어와 말없이 서서 카메라 케이스를 만지작거리고 있었다. 마치 고로와 미미는 불행을 함께 나누는 부부 같았다.

"내일 화장터에 데려갈 건데⋯⋯."

나는 병실 한쪽에서 고로에게만 슬쩍 말했다.

"묘는 고로네 가족묘에 쓸 거지? 형수님이 미리 준비해주셨대."

"응."

고로는 꿈에서 깬 것처럼 말했다. 그렇게 우리는 복도로 나와 사무적인 일들을 상의했다.

화장터로 묘지로 돌아다니려면 택시로는 아무래도 불편하겠다 싶어, 나는 보고도 할 겸 해서 카이 타카유키에게 전화를 했다.

그랬더니 그는 2, 3일 전부터 출장으로 홋카이도에 가서 없다는 것이다. 나는 고에게 전화해보았다.

새해 선물만 뜯으러 오지 말고—그날의 새해 선물은 고가준 게 아니라 내가 준 거라고 하는 게 맞아—일 있을 때 어느정도 도움을 줄 줄도 알아야지. 그래야 남자 친구지.

전화를 하자 항상 받던 여자 목소리와는 달리 남자 목소리가 들렸다. 고의 전화는 교환을 통하지 않는 직통이었다. 남자는 사무적인 목소리로 말했다.

"부사장님 말씀이십니까? 오늘은 외근 중이십니다."

"나카야 고 씨를 찾는데요?"

"네, 그렇습니다. 오늘은 히로노 쪽에 계실 텐데?"

"히로노가 뭔데요?"

"골프 말이에요."

남자는 이렇게 말하고 끊어버렸다. 대충 목소리를 들으면 업무용 전화인지 아닌지 알 수 있는 모양이었다. 약간 놀리는 듯 웃음기를 띤 목소리였다.

젠장! 고가 부사장이건 사장이건 그건 상관할 바 아니지만,—그런 바람둥이 젊은 놈한테 부사장 같은 걸 시키니까 일본의 경제가 이 모양이지!—이런 바쁜 때에 골프나 치러 다니다니!

나는 다음 날 온종일 하나코의 장례식 때문에 바쁘게 뛰어다녔다.

스님에게 독경을 부탁하고 묘지에 납골까지 모두 혼자 했다. 조그만, 그야말로 담뱃갑에 들어갈 정도로 조그만 뼈였다.

고로의 형님이 잠깐 살피러 왔다.

고로는 회사일로 바쁘다고 못 왔고, 어머니는 엉엉 울어대는 미미를 지켜야 하고 그 중간 중간 기도하느라 또 바빴다.

나는 마지막까지 일을 끝내고 스님에게 줘야 하는 보시도 대신 내고 여기저기 지불할 것들을 다 지불하고 영수증

305

도 받아두었다.

고로의 형님은 나를 찻집으로 데려갔다.

"여러 가지로 도와줘서 너무 고맙습니다."

형님은 대뜸 고개를 숙이며 이렇게 말했다. 그것은 내가 이번 일로 처음 듣는 고마움의 인사였다.

"그나저나……."

형님은 고개를 갸우뚱하며 담배를 꺼내 물었다.

"고로는 대체 언제부터 그런 겁니까?"

나는 고로가 어떻게 말했는지 모르기 때문에 스푼만 만지작거릴 뿐 아무 말도 하지 않았다.

"무슨 말이라도 했어야 알지, 진짜 깜짝 놀랐지 뭡니까! 물론 고로가 하는 일이고 하니까 걱정할 일이야 없겠지만, 지나치게 속도위반을 해서는 안 된다고 어제도 혼을 좀 내났어요."

형님은 마흔 넘은 정직한 샐러리맨으로 이미 고등학생이 된 딸도 있는 사람이다. 나는 역시 말해줘야 한다는 생각에 미미에 대해, 그리고 하나코가 사실은 카이 타카유키라는 남자의 아이라는 것, 그녀에게 호적을 빌려줬다는 것 등을 말했다.

"믿기 어려운 일이시겠지만."

나는 말끝에 이렇게 덧붙였다.

"고로라면 충분히 할 수 있는 일이네요."

형님은 한숨을 쉬면서 그다지 놀라지도 않고 담배를 피우며 말했다.

"나는 솔직히 말해서 오래된 친구기도 하고, 노리코 씨랑 고로가 결혼할 줄 알았거든요……. 처음에 아기가 태어났네, 죽었네 할 때 나는 영락없이 상대가 노리코 씬 줄 알았다니까……."

그것은 가슴 깊이 파고드는 상냥하고 진실된 사람의 술회라고 할까, 말귀를 알아듣는 진정한 어른의 말처럼 들렸기 때문에 나는 자칫 마음의 균형을 잃어버릴 뻔했다. 나는 씩씩하게 열심히 살아가고 있는데, 그 누구 한 사람 잘한다 힘내라 한마디 해주지 않는다. 나는 미미처럼 울고불고 떼를 쓰는 성격도 아니다, 근데 그걸 가지고 다들 착각하고 있는 모양이라고 원망하고 있던 차에 형님이 처음으로 '머리를 쓰다듬어준 것'이다.

나는 눈물이 날 것 같았지만 애써 참으며 말없이 앉아 있었다.

"정말이지, 이번 일은 노리코 씨가 도와줘서 얼마나 고마운지 몰라요."

형님은 다시 한 번 머리를 숙이며 진심으로 이렇게 말했다. 그것은 나와 고로 사이를 타인처럼 떼어놓는 인사이기도 했다.

그것을 나는 느낄 수 있었다.

병원으로 돌아올 때 나는 미미가 좋아하는 붕어빵과 슈크림을 사왔다.

미미는 입을 있는 대로 벌려가며 초밥을 먹고 있었다.

왕성한 식욕. 이 여자는 항상 사람을 놀라게 한다.

"그런 거 먹어도, 돼?"

내가 이렇게 말하며 사온 것을 펼치자 미미는 눈을 반짝이며 말했다.

"아! 그것도 먹을래!"

그리고 미미 못지않은 식욕으로 어머니도 입안 가득 쑤셔 넣으며 나에게 명령조로 말했다.

"물통에 엽차 좀 안 가져오고 뭐하는 거여?"

나머지는 어머니에게 맡기고 집으로 돌아가기로 했다.

고로도 안심하고 병원을 나섰다.

"이렇게…… 조그만 납골함이었어."

나는 손으로 크기를 만들어 보이며 말했다.

"형님하고 둘이 묘지에 묻었어……. 우에마치의 절에

308

있는 묘지에. 당신 집안 묘, 참 오래된 것 같더라."

"그래? 형이 무슨 말 안 하드나?"

"많이 놀라신 것 같았지만, 자초지종을 말씀드리니까 이해하시는 것 같았어."

나는 형님이 고로와 내가 결혼할 줄 알았다고 했던 말은 입 밖에 내지 않았다.

나는 내가 생각해도 지나치게 뻔뻔스러운 여자이면서도 어떤 면에서는 의외로 배려심이 깊은 여자였다.

"고로답다고 하시던걸!"

다만 이렇게 보고할 따름이었다. 고로가 말없이 생각에 잠겨 있었기 때문에, 나는 미미의 호적은 언제 정리할 거냐고 차마 물을 수가 없었다.

미미는 일주일 정도 후에 퇴원했다.

어머니는 온지 닷새 만에 고향으로 내려가셨다. 그러자 그 뒤의 미미는 다시 내 몫이 되었다. 이번에는 카이가 와서 도와주었다.

카이 타카유키는 여전히 오동통하고 쾌활하고 뺀질뺀질한 얼굴, 요컨대 고민이니 눈물이니 하는 것과는 무관한 얼굴을 하고 있었다.

"그랬구나, 흠……. 안됐긴 하지만 이것도 운명이니까."

"그래. 그럴지도 몰라."

미미는 지금은 타카유키의 말대로 생각을 바꿨는지 "그런 운명을 타고난 아이였어"라고까지 했다.

"참, 그 고로짱인가 하는 사람한테 고맙다고 인사는 해야지?"

이렇게 말하는 타카유키에게 나는 차갑게 말했다.

"인사는 관두고 돈이나 내시죠?"

"낼게요, 내면 되잖아요?"

"영수증은 다 모아놨으니까, 자 여기!"

"준비 한번 철저하시네."

타카유키는 그 자리에서 계산을 끝냈다.

그의 차 트렁크에 짐을 싣고 나와 미미는 뒷좌석으로 올라탔다. 병원비와 간호사들에 대한 인사 값도 타카유키는 내가 시키는 대로 지불했다.

남자의 일이란 결국 나중에 돈을 지불하는 것, 인생의 모든 이치가 이 진리 하나로 통한다는 생각이 들었다.

미미의 집에 도착해 일단 안정을 취한 뒤 나는 뜨거운 차를 먼저 내왔다. 이것은 여자의 일.

카이 타카유키는 가겠다며 일어나더니 현관에 서서 미미와 인사를 나누었다.

"갈게, 안녕."

타카유키가 말했다.

"벌써? 좀 더 있다 가지?"

미미가 대답했다.

"있어봤자 딱히 할 일도 없잖아. 자기 아직 하면 안 될 거 아냐?"

"응, 그거야 그렇지만."

"그러게. 있어봐야……."

도대체 무슨 소리들을 하는 건지, 원!

나는 뜨거운 차를 홀짝이며, 이런 여자한테 어떻게 고로가 마음을 줄 수 있지? 하는 슬픈 생각에 젖었다.

고로가 풀이 죽어 있거나 아기의 죽음에 눈물을 흘리거나 하는 것은, 미미를 정말로 사랑하고 있기 때문이 아닐까 하는 예감 때문이었다.

어울리지 않는 사람들

카이 타카유키가 결혼한 것은 그로부터 얼마 지나지 않아서였다. 나에게 그 사실을 전화로 알려온 것은 나카야 고였다.

신혼여행은 하와이로 가고, 신혼살림은 오사카와 나라 사이의 교외라고 했다. 신부 집에서 선물로 받은 집에서 행복하게 살고 있다고.

"그래 봤자 그만그만한 작은 집이지만."

고는 여느 때처럼 무시하는 말투로 이렇게 말했다.

"그래도 당신 친구라는 그 미미하고 결혼한 것보다는 낫지 않겠나? 그 별 볼 일 없는 여자랑 살다간 코딱지만 한 싸구려 아파트에서 평생 못 벗어날걸."

그리곤 큰소리로 웃어젖혔다.

"그렇게 막말까진 할 것 없잖아요? 싸구려 아파트든 호화 저택이든 사랑의 보금자리인 건 마찬가지 아닌가?"

나는 친구를 위해 반격했다.

"하지만 이러나저러나 여자는 거기서 거기 아이겠나? 어차피 그렇다면 빈털터리를 버리는 게 생활의 지혜다 이기지."

"당신 같은 사람이 뭘 알겠어, 사랑은 다르다고요, 머잖아 카이 씨도 후회하게 될걸! 그깟 돈에 눈이 멀어서 망했구나 하고 말이지."

나는 화가 나서 전화를 끊고 미미를 위해 분노했다. 고고 카이 타카유키고 다 저질들이다.

"멍청한 자식!"

나는 전화기에 대고 한마디 쏘아붙였다. 끊어진 전화통에 대고 소리쳐봤자 들릴 리도 없지만.

나는 미미가 너무 불쌍해져서, 혹시 알고 있는가 싶어 미미에게 전화를 걸었다.

"알고 있어, 타짱이 와서 자랑하고 갔는걸!"

미미는 의외로 씩씩한 목소리로 말했다.

"그거야 진작부터 알고 있던 일인데, 뭘. ……그것보다 노리코, 나 다시 일할까 해…….."

"그래, 집에 가만히 앉아서 하나코 사진만 보고 있을 순 없으니까."

"타짱도 찾아봐 준다고 했지만, 노리코도 좀 알아봐 줘."

미미와 카이 타카유키는 아직도 전화를 주고받고 왕래가 있는 모양이었다. 그런 걸 보고 어쩔 수 없는 악연이라고 하는 걸까? 난 도저히 모르겠다.

내가 아는 도매상에서 여자 사무원을 구한다기에 미미에게 말해줄 생각으로 어느 날 미미 집을 찾았다.

벌써 4월이 시작되었건만 여전히 추운 날이었다.

미미는 드물게 가스레인지 앞에 서서 냄비 속을 들여다보고 있었다. 그리고 내 얼굴을 보자마자 물었다.

"월계수 잎을 지금 꺼내는 게 좋을까?"

"뭘 하는데?"

"쇠고기 스튜야……. 네가 온다기에 먹이려고 정성껏 만들고 있었어. 스튜는 거품을 잘 걷어내는 게 관건이거든!"

"별일이다 참. 그나저나 네가 만든 요리, 먹을 수 있기나 한 거야?"

나는 침대에 앉아 머리맡에 놓인 아기의 사진을 들어보았다. 고로가 찍었던 건데 아무리 봐도 자고 있는 것으로밖에 안 보였다. 게다가 생후 서너 개월은 돼 보이는 예쁜 얼굴이었다. 가슴에 '미우라 하나코'라는 이름표를 달고 있었다. 미미는 어머니가 시켰는지 물과 꽃을 사진 앞에 차려놓고 있었다.

스튜의 맛있는 냄새가 풍기고 석유스토브가 켜져 있어서 그런지 집 안은 예전보다 훨씬 가정적인 분위기를 풍기고 있었다. 이전의 살풍경했던 미미의 집과는 분위기가 전혀 달랐다.

"자~, 이것으로 오케이! 다 모이면 먹자."

미미는 불을 끄고 부엌을 나오며 말했다.

"다 모이면 이라니, 누가 와?"

"고로짱 말이야. 이제 곧 돌아올 시간이야."

나는 바보처럼 그때까지 모르고 있었다. 고로의 기타도 있고 고로의 옷도 벽에 걸려 있었다. 하지만 그것은 전에 〈가랑이 사이로 세상 보기〉라는 내 그림을 선물했을 때부터 여기 미미의 집에 있었던 것들이니까……. 말하자면 미미 집에 있는 모습이 이젠 너무 익숙해진 것들이라서 충격적인 위화감이 퇴색되어 있었기 때문에…….

"오늘 오기로 했어, 고로가?"

나는 바보거나 막 태어난 아기처럼 순진하게 보였을 것이다.

미미는 내 옆에 앉으며 '으~응'이라고 얼버무리듯 대답하곤 이어서 말했다.

"있지, 노리코? 너 고로짱을 엄청 많이 좋아해? 아니면 그냥 보통이야?"

"왜?"

"진짜 좋아한다면 노리코 네가 그냥 놔둘 리 없잖아. 벌써 잡아먹었겠지, 안 그래? 그런데 아무 일 없는 거 맞지, 지금까지? 그럼 별로 안 좋아하는 거네. 그러니까 상관없겠지?"

어떻게 그런 결론이 나올 수가 있지? 나는 고로를 할 수만 있다면 지금 당장이라도 잡아먹고 싶은 심정이다. 그런데 상대가 그럴 마음이 없다는데 난들 어쩌겠냐고? 누르기라도 한판 해서 발버둥치는 사람을 강간이라도 하랴? 내가 말이 없자 미미는 곧이어 말했다.

"고로짱이…… 어차피 호적도 넣었겠다, 이대로 사는 건 어떻겠냐고. ……같이 살자고."

나에게는 아직 거짓 웃음을 지을 기력과 체력이 남아 있었다.

"그거 잘됐네!"

"노리코가 혹시 고로짱을 정말 좋아하는 거면 너무 미안해서……. 괜찮겠어?"

이제 와서 안 괜찮다고 하면, 너희 둘이 헤어지기라도 하겠냐!?

"난 아무래도 좋다고 생각했는데, 솔직히 일하는 것도 이젠 너무 지쳤어. 결혼하면 더 이상 일 안 해도 될 테고."

그거 참 좋은 생각이네! 나도 그렇게 하고 싶어. 고로가 벌어다 준 돈으로 사는 것이 내 평생 꿈이었거든.

"언제부터야?"

내 목소리는 조금 갈라져 나왔다.

"아아, 한 열흘 전부터. 다음다음 주 일요일에 고로짱이 저쪽 아파트를 정리하고 짐을 다 이쪽으로 옮기겠대."

"그건 몰랐네. ……근데 이럴 때 축하한다고 해야 하나? 실질적인 결혼이니까……."

"어머! 그런 건 아직 아니야. 나 아직 그런 거 하면 안 되는 몸이잖니, 그래서 그건 아직 못 해."

"그런 거 하면 안 돼서 그걸 못 했다는 게 뭔 소리야!"

나는 웃었지만 마음 한 부분이 까맣게 썩어드는 것을 느껐다. 나는 내가 어떤 표정을 지어야 좋을지 미미에게 묻고 싶은 심정이었다.

"이야, 춥다 추워! 겨울이 다시 오나 봐."

문을 열자마자 이렇게 말하며 고로는 '돌아왔다'. 집이 좁다 보니 금방 나를 발견하고, "어이, 노리코 와 있었네!"라며 그의 얼굴이 반가움으로 빛났다. 미미의 집에서 보는 고로는 내 집에 있을 때와는 전혀 다르다. 한심할 정도로 다르다. 고로의 얼굴은 자기가 유혹한 여자 곁에 있는 남자의 얼굴이다.

그날 밤 나는 취해서 정말 유쾌하게 셋이서 마셨다. 〈작은 촛불〉을 합창하고, 나는 몇 곡을 더 불렀다. 그렇게 나는 고로와 미미를 놀려주었다. 두 사람은 행복에 겨워 내 앞에서 마음껏 희희낙락거렸다. 나는 들뜬 기분으로 열두 시에 집으로 돌아왔고, 차에서 내리자마자 속이 울렁거렸다. 집에 들어가는 것조차 힘겨웠다.

화장실에서 한밤중에 혼자 토하고 있는데 눈물이 났다. 그건 토하기 때문이라고 생각했는데, 다 토하고 난 뒤에도 눈물이 났다.

이튿날 아침은 숙취로 힘들었다.

세상 근심 걱정을 혼자 다 끌어안은 사람의 얼굴로 일하고 있는데, 저녁 무렵 고에게서 전화가 왔다.

"좋은 하루!"

분위기에 안 맞아도 너무 안 맞는 인사말에 나는 화보다 웃음이 났다.

"이쪽은 썩 좋은 하루가 아니네요."

"잠깐 올라가도 될까? 지금 1층에 있는 공중전환데."

"아니, 오늘은 안 돼요. 오늘은 정말이지 뭐하고 싶은 마음이 추호도 없어."

"뭐하고 싶다는 게 뭐꼬?"

"당신이 하는 일이야 뻔하잖아요?"

"여보세요, 이상한 상상 마세요. 오늘은 어머니랑 같이 왔다 아이가."

"뭣 때문에?"

"어쨌든 일단 올라가꾸마."

"안 돼, 화장도 안 했고 방도 어지럽단 말……."

말하고 있는데 전화는 끊겼고, 몇 초도 안 돼서 정말 고가 왔다. 고의 뒤에 예순 정도 되어 보이는 품위 있는 초로의 부인이 서 있었다. 피부가 희고 상냥한 얼굴의 부인은 눈매가 약간 고와 닮아 있었다.

"당신이 타마키 노리코 씬가요? 어머나, 그래요!"

부인은 고의 소개를 기다리지 않고 말했다.

"세상에! 이 인형, 백화점에서 당신이 인형 전시회 했을 때 산 거랍니다."

나는 부인에게 의자를 내주면서 그녀가 들고 있던 인형을 보았다. 그것은 정말 내가 만든 것이었다.

부인은 호감이 넘치는 미소를 지으며 인형을 쓰다듬고 있었다. 메리야스와 명주로 만든 제법 큰 옷 입은 인형으로, 나는 3개월쯤 전에 한창 열을 올려 이 인형을 만들었었다.

"멋진 인형이에요, 꿈이 있고 아름답고 즐거운! 나이 먹은 사람이 별일이라고 집에서는 웃음을 사고 있지만, 왜 그런지 잊히지가 않아서…… 다음 날 딸에게 부탁해 사오게 했답니다."

나는 언짢던 기분이 싹 가실 정도로 기뻤다.

"마음에 드신다니, 전 정말……."

"이 인형을 보고 알았어요, 역시 당신이 만들었군요, 분위기가 닮았어요……."

부인은 마치 세상의 때가 묻지 않은 아가씨가 그대로, 세상의 풍파도 겪지 않고 중년이 되고 초로를 맞이한 사람 같았다.

그 때문에 나는 조금 감동했다.

나는 고가 벼락 부잣집의 바람둥이 도련님이라고 보고, 그나 그의 가족을 속으로 경멸하는 마음이 약간은 있었다. 보나 마나 비열한 부자기질이나 풀풀 풍기는 재수 없는 일가족일 거라고. 가령 그렇다고 해도 나하고는 상관없지만. 그런데 지금 내 앞에 있는 고의 어머니는 세속과 거리가 멀어 보일 정도로 선량하고 상냥한데다 솔직했다.

"어머나, 이곳에서 이 인형들이 만들어지는군요……!"

부인은 신기하다는 듯 둘러보았다. 그 모습에도 소녀다움이 있었다.

"우리 어머닌 가끔 이상한 것에 필이 꽂히시는 경향이 있거든."

고는 조금 떨어진 곳에 서서 담배를 피우고 있었다.

"내가 보기에는 걸레를 찢어서 붙여놓은 천 쪼가리 같구마는. 저런 걸 예쁘다꼬 난리신 기라. 작가가 누구누구네 하면서 떠드는 걸 옆에서 가만히 듣고 있는데, 당신 이름이 들리잖아? 어, 그 사람이라면 아는데, 라고 했지. 그래서 모시고 온 기다. 만나고 싶다시길래."

"정말 우연이지 뭐예요……!"

부인은 나를 보고 싱긋 웃었다. 그 웃는 모습도 마음에 들었다. 거짓웃음이 아니라 아주 어렸을 때부터 자기 하고 싶은 것을 하고, 말하고 싶은 말을 하며 살아온 사람에게서 보이는 자연스러운 솔직함. 그리고 악의라곤 눈곱만큼도 모른 채 나이를 먹은 것 같은, 속과 겉이 다르지 않은 사람처럼 보였다.

"이렇게 뵙게 되어 너무 기뻐요. 이렇게 예쁜 얼굴의 아름다운 인형을 만드는 사람은 과연 어떤 사람일까 궁금했거든요. ……저기, 혹시 지금 만드시는 인형이 또 있나요?"

"네, 작은 거지만."

나는 진열장에서 꺼내와 보여 드렸다.

고는 조금은 지나친 부인의 찬탄과 호기심에 결국은 참지 못하고 부인에게 소리쳤다.

"적당히 좀 하세요. 더 늦어지면 길이 막힌다 아입니꺼."

"괜찮으시다면, 이거, 드릴게요."

나는 다른 인형을 부인에게 선물했다. 칭찬을 들으면 인심이 후해지는 것이 내 버릇이었다. 인형이 입은 옷에는 내 이름이 수놓아져 있었다. 'NT'가 그것인데, 눈에 잘 띄지 않는 곳에 있다. 부인은 그 인형도 잘 알고 있는 모양이었다.

"이건 지금 한참 인기 있는 인형이잖아요. 팬이라면 노리코 씨의 인형은 다 알고 있지요."

그녀의 말이 나를 또 기쁘게 했다.

나는 부인과 악수했다. 그리고 부인은 나에게 꼭 놀러오라고, '고의 친구'로서가 아니라 '나의 친구'로서 와달라고 말했다.

부인은 뛸 듯이 기뻐하며 인형을 안고 돌아갔다. 고는 그녀의 어깨를 끌어안고 나란히 나갔다. 그런 모습을 보면 고는 참 상냥한 아들이었다.

잠시 후, 이번에는 고 혼자 들어왔다.

"어머니는요?"

"차에 계셔. 당신한테 선물을 사와 놓고는 깜빡했다 아이가."

고는 케이크 상자를 배달하러 온 것이었다. 그때를 놓치지 않고 내 목에 가볍게 키스를 하더니 말했다.

"일이 이상하게 된다카이?"

"뭐가요?"

"어머니까지 당신한테 관심을 갖게 됐다 아이가."

"좋은 어머니세요……."

미미의 어머니와는 너무 다르다. 그리고 나는 내 작품과 내 일을 칭찬하거나 좋아해주는 사람을 신처럼 생각한다.

"그 신께서 차에서 기다리고 계신다고요."

"쳇, 새해 선물을 줄 시간은 없다 이거군."

고는 이렇게 말하며 웃었다.

"우리 집에 한 번 놀러 안 올래?"

그건 싫어. 바쁘기도 하고. 어머니는 아주 좋은 사람이지만, 부잣집에 가서 간살을 부리고 있을 시간은 없다.

"우리 어머니는…… 아버지가 남작이셨다. 남작의 딸."

"남색(男色)?"

"바보! 바론(Baron) 말이야."

"흐음 그렇군. 고귀한 분이시네요."

"어차피 돈으로 산 남작이겠지만. ……우리 아버진 자작이시고."

"어머나, 두 분 다 화족이셨네요? 그럼 당신도 화족의 아들이시네, 세상만 안 바뀌었으면?"

"바보. 그런 게 아니라 남작 등에 탔으니까 자작이라꼬 해본 기다. 아버지는 평민이야, 평민."

나는 고의 손등을 있는 힘껏 꼬집어주었다. 고와 농담을 주고받다 보니 숙취도 가시는 것 같았다. 고와 나는 환상적인 커플이다. 나는 비로소 웃을 수 있었다.

고가 돌아간 뒤 나는 잠시 일을 더 했는데, 배가 고팠기 때문에 밖에 나가 뭘 먹기로 했다. 이럴 때는 그 편이 훨씬 낫다!

나는 얇은 하얀 스웨터에 연한 색의 코트를 걸치고, 부츠를 신고 밖으로 나갔다. 엘리베이터는 혼자였다.

맨션을 나가도 혼자, 마을의 빌딩 안을 걸을 때도 혼자.

나는 괴로울 때도 토할 때도, 또 울 때도 혼자구나…….

둘이 산다는 건 대체 어떤 것일까?

나는 주머니에 손을 꽂고 걸었다. 고에게 '그럴 마음이 생겼어요'라고 전화하고 싶어졌다. 혼자 사는 것은 이제 한계에 다다랐다. 돌맹이를 차는 것이 그나마 나을 정도다. 이번 기회에, 상대가 고라도 좋다, 하루건 이틀이건 살아보면 인생은 또 달라질지 모른다.

나는 붐비는 곳을 찾아 들어가려고 했지만, 붐비는 곳이면 왠지 기가 죽을 것 같았다. 그렇다고 음침한 가게는 더더욱 내키지 않아서 그대로 지나치고 말았다.

항상 다니는 가게, 틀림없이 누군가 아는 사람이 있을 가게는, 이럴 때는 싫었다. 그 누구와도 말을 나누고 싶지 않으니까.

혼자 조용히 먹을 수 있고 그러면서 주위가 떠들썩한 가게, 그런 곳이 좋을 것 같았다.

할 수 없이 북쪽 신시가지에 생긴 새로운 호텔로 갔다.

13층 레스토랑, 가로등 불빛바다가 한눈에 내려다보이는 곳. 언젠가 고로가 거기에서 연주했던 레스토랑.

그때 인공 야자 숲이 만들어졌던 한쪽 구석에는 지금은 하얀 피아노가 놓여 있었다. 하지만 피아니스트는 없었다.

손님은 의외로 많았지만, 두툼한 융단 때문인지 발소리는 희미하게 들렸고, 어두워지기 시작한 바깥의 불빛은 아름다웠다.

이곳 의자는 등받이가 높아서 내가 앉자 머리까지 가려지고 말았다. 그 때문에 내가 앉아있는 것도 모르고 다른 손님이, "여기 앉자!"라며 뛰어왔다가, 의자의 등받이에 오도카니 기대앉아 있는 나를 보고 '쳇!' 하는 표정으로 발길을 돌렸다. 이쪽 기분이 우울할 때는 상대방의 불쾌함이나 불행이 유난히 잘 보이는 법이다. 악의 또한 그렇다.

나는 인내심을 발휘하며 보이를 기다렸다가 이윽고 온 보이에게 요리를 주문했다.

생각해보니 여기에서 고로가 연주하던 하와이안 밴드를

들었던 게 바로 엊그제 일처럼 느껴지는데, 그건 작년 여름의 일이었다.

나는 그때도 고로에게서 눈을 떼지 못했었지. 그리고 고로가 너무 커버린 아이처럼 어슬렁어슬렁 지루해 죽겠다는 걸음으로 내 앞에 와 서면, 나는 무슨 말을 어찌해야 좋을지 몰라 언제나 말이 없어지고 말았다. 아름다운, 상냥한 얼굴의 그를 확 잡아먹고 싶다고 생각했었는데.

이 레스토랑의 테이블이 이렇게 높았었나? 요리를 먹기에 나에게는 너무 높은 것 같았다. 그것은 나도 모르게 몸을 숙이고 있었기 때문이다. 여러 생각에 잠기다 보니 가슴속이 꽉 차올라 요리의 맛을 알 수가 없었다. 나는 내가 비프커틀릿을 시켰다고 생각했는데, 비프스튜인지 뭔지 걸쭉한 것을 먹고 있었다. 먹는다기보다 시큼한 눈물과 함께 밀어 넣고 있다는 느낌.

나의 방식, 좀 더 교묘한 방법은 없었을까? 고로를 유혹하는 직접적인 방법이 아니라도 편지를 보내거나 그의 형에게 부탁하거나…….

성품이 조용하고 친절한 고로니까, 어쩌면 나를 불쌍히 여겨서 결혼해주지 않았을까? 지금에 와 생각하니 정에 못 이긴 동정결혼이라도 좋았을 것 같다.

정신을 차리고 보니 나는 눈썹에 물방울을 주렁주렁 매달고 요리를 먹고 있었다. 이런 상황에서 맛을 느낄 리 만무했다.

크고 사람이 많은 레스토랑은 이런 기분일 때 편리하다. 누구도 나에게 눈길을 주지 않으니까.

그렇다고 안심하고 있는데, 나는 문득 시선을 느꼈다. 눈을 들어 주위를 둘러보았지만 어디서 나를 보고 있는지 알 수 없었다. 그러다 바로 옆 테이블에 미즈노가 있다는 걸 알았다.

그는 중년 외국인 남자와 식사를 하고 있었다. 나와 시선이 마주치자 미소 지었다.

외국인은 라틴계인지 체구가 작은 남자로 말이 많았다. 그 외국인은 내 존재를 모르고 있었다.

그래서 나는 요리를 서둘러 먹어버리기로 했다. 이럴 때 꾸물거리는 건 딱 질색이다. 하지만 그들도 이미 식사는 끝나 있었다. 그들이 곧 일어설 것 같았기 때문에 나는 반대로 천천히 여유를 부리기로 했다. 미즈노와 같이 나가는 일이 없도록.

저 남자와 만나는 것은 내가 기분이 좋을 때여야만 한다. 드디어 그들은 냅킨을 내려놓고 자리에서 일어섰다.

내가 접시에 얼굴을 묻고 있자, 미즈노는 내 옆을 지나면서 의자 등받이를 슬쩍 만지고 지나갔다.

아무 말도 하지 않았다.

내가 피하려고 한다는 걸 눈치챘는지 모른다.

잠시 시간이 흐른 뒤 나는 계산대 앞에 섰다. 그 옆에는 대기하는 손님을 위한 소파가 있었는데, 계산을 마치고 엘리베이터를 타려고 하는데 거기에서 한 남자가 일어서 이쪽으로 걸어왔다.

엘리베이터 안에는 단 둘뿐이었다. 역시, 미즈노였다. 어쩔 수 없이 나는 미소를 지어 보였다. 이렇게 마주 서게 된 이상 어쩔 수 없지.

"혼자 식사를 할 거면 날 부르지 그랬노."

그가 말했다.

"같이 온 손님은요?"

"갔다."

이곳 엘리베이터는 1층까지 시간을 꽤 잡아먹는 것처럼 느껴졌다. 그는 말끄러미 나를 보며 말했다.

"울며불며 배가 터지게 먹는다는 말이 있는데, 당신이 딱 그 짝이군."

나는 결국 웃고 말았다. 울 것인가 웃을 것인가 갈림길

에 선 기분이었는데, 울면 화장이 지워질 테니까 웃기로
한 것이다.

"그러네요. 가끔 그런 일도 있어야 좋지 않겠어요?"

"나쁘다고 한 적 없어. 여자가 우는 것은 가끔 부품을
청소하기 위한 거라니까."

청소라면 좋겠지만, 내 경우는 분해해놓고 보니 더 이
상 쓸 수 없을 정도로 엉망진창이라는 느낌이다.

나는 갑자기 미즈노에게 어리광을 부리고 싶어졌다. 머
리를 그의 가슴에 기대자, "다 왔다"라며 내 머리를 밀어
냈다. 엘리베이터는 1층에 와 있고 문은 열려 있었다. 로
비를 가로지르면서 그는 말했다.

"차는 없대이. 두고 왔거든. 택시로 데려다 줄게."

"어디 가고 싶은데. 안 마실래요?"

참 이상하다. 조금 전까지만 해도 생각지도 못했던 말
을 나는 하고 있었다.

"오늘 밤은 좀 힘든데, 지금부터……."

미즈노는 손목시계를 내려다보았다. 그럴 때 여자는 수
치심인지 분노인지 모를 감정에 울컥한다. 그래서 왠지
'어머 그래요?'라고 말해주기 싫어진다.

게다가 미즈노가 당황하자 이상하게 더 같이 있고 싶어

졌다. 방금 전까지만 해도 피하려고 했으면서.

"싫어요, 싫어! 같이 갈 거야……."

"아니, 오늘 밤에는 그러니까……."

미즈노는 내 낚싯줄에 엮일 남자는 아니었다. 자기가 그렇게 하겠다고 마음먹으면 결코 도중에 바꾸거나 하지 않는 사람이다.

그러므로 갑자기, "좋아, 그럼 잠깐만 기다려"라고 그가 잠시 후 말한 것은, 나 때문이 아니라 자기 스스로 생각을 바꿨기 때문이다.

그는 벽 쪽에 있는 빨간색 공중전화로 가서 아무것도 보지 않고 다이얼을 돌렸다. 그리고 뭐라고 잠깐 말한 뒤 수화기를 바꿔 들더니, 이번에는 호주머니에서 수첩을 꺼내 그것을 보면서 다시 뭐라고 말하고 있었다. 나는 일 얘긴가? 생각하며 벽에 기대어 그 모습을 바라보았다.

마침내 그가 왔다.

"이것으로 오케이."

"끝났어요? 그럼 같이 있어 주는 거예요?"

"갑시다."

그는 조용히 말했다. 나는 어느 바로 데려가는 줄 알았다. 하지만 택시가 향한 곳은 '북극에 있는 총리대신 집'이었다.

"뭐야, 거기 가는 거야?"

"그럴 생각 아니었나?"

"술 마실 줄 알았죠."

"거기에도 술은 있다 아이가."

"으음, 음악도 있고 춤도 출 수 있는 곳이 좋은데."

"거기 뒤쪽은 클럽이니까, 춤을 출 수도 있지."

그는 얼마 전 잠깐 다녀온 파리에 대해 아주 재미있게 이야기했다. 노미 시에서 재미있게 생긴 반지를 샀으니 그걸 주겠다고 약속했다. 만날 줄 알았으면 가져올 걸 그랬다고 했다. 그러고 보니 꽤 오랫동안 만나지 못했었다. 이런저런 이야기를 나누는 동안 어느새 내게 미즈노와 만날 때의 두근거림과 떨림이 되살아났다. 미즈노는 나를 그런 기분이 들게 하는 데 일가견이 있었다. 그는 나의 사생활을 시시콜콜 따져 묻지 않고 지금 이 순간만을 즐길 방법이나 앞으로의 일만을 생각한다. 그런 점이 너무나도 좋았다.

"전에 갔던 온천은 하루 만에 돌아왔으니까 다음에는 조금 느긋하게 다녀오자."

이런 이야기를 했다.

"여름이 되면 또 그 별장에 가겠죠?"

나는 그의 별장의 멋진 욕실을 떠올리며 말했다. 바다가 보이는 호화로운 욕실.

"글세⋯⋯. 우린 3월만 되면 가는데? 아와지는 따뜻하니까. 한겨울에 수선화가 피는 곳이 있는데, 그 일대가 수선화 꽃향기로 가득하다 아이가."

그의 이야기에는 언제나 깊이가 느껴져 상상력을 발휘하게 만드는 힘이 있다.

전에 갔던 집에 도착했다. 그리고 나는 처음으로 맨 정신에 그 집을 보았는데, 그것도 깊이가 있는 집으로 정원 안쪽에 별채가 있었다. 이렇게 큰 집인지는 몰랐다.

"이상한 집이네."

내가 이렇게 중얼거리자 그는, 여기는 원래 주류회사 사장이 은거용으로 지은 것인데 사방이 확 트였고 또 그런 종류의 호텔들이 줄줄이 생기는 바람에 결국 싫어져서 팔아버린 것이라고 설명했다.

"정말 왜 저런 호텔들만 만드는 걸까요? 말도 안 돼."

"안 되지."

"이용하는 사람들이 나빠요. 왜 저런 데를 이용하는 걸까요?"

"와 그럴까? 마을 안에 집을 놔두고 마을 안 호텔을 이용하는 건 말도 안 된다 아이가. 그딴 짓을 하는 놈들 속을 모르겠다카이!"

미즈노는 웃음 띤 목소리로 말했다. 나는 이럴 때의 미즈노가 너무너무 좋다.

"말도 안 되는 사람끼리 말도 안 되는 짓을 하는 건 이중으로 나빠."

이렇게 말하면서 내 옷을 벗긴다.

"아아, 사람들이 많은 시끄러운 곳에서 신 나게 놀고 술도 마시고 춤도 추고 싶었는데, 사실은……."

나는 여전히 불평을 늘어놓았다.

어른 남자는 왜 다짜고짜 이쪽 코스를 선택하고 싶어하는 걸까? 정말 모르겠어.

"바쁘다 아이가."

미즈노는 변명했다.

"한 손에 타이머를 들고 사는 인생이라 최단거리를 맹속력으로 달려야 하거든. 아쉽지만 한눈팔 시간이 없다."

"여자는 그러니까 심심하지."

"어떻게 하면 안 심심한데?"

"영화를 보거나 차를 마시거나, 그리고…… 어쩌다 서

로 그럴 마음이 생기면 그때 여기 오는 거죠. 보통 그런 거 거든요!"

"다른 남자들은 다 그렇게 하나? 소방차 되련님 같은 사람은?"

오랜만에 '소방차'란 말을 들었다.

"그럼요!"

대답은 이렇게 했지만, 거짓말이다. 고는 더 최단거리로, 내 얼굴만 보면 잠잘 생각밖에 못 하는지 그야말로 수컷 침팬지처럼 보챈다.

그러고 보니 남자란 남자는 모두 '최단거리 코스'였다.

그렇지 않은 건 고로뿐이지만, 그 대신 고로는 나랑 자는 일 따윈 아예 염두에도 없는 것 같았다.

고로는 내내 한눈만 팔다가 결국 목적지에 도착도 못 하고 한눈파는 도중에 지쳐 나자빠지고 말았지만.

"아아, 그러서? 어쨌든 나는 앞날이 얼마 남지 않은 사람이라 시간이 별로 없거든."

시간이 없다는 미즈노는 항상 한눈은 팔지 않지만 중요한 때에는 정성껏 시간을 들인다. 시간이 걸리기 때문에 한눈을 팔지 못하는 건지도 모른다. 고처럼 서두르거나 덤벙대지는 않는다. 나무늘보 같은 나에게는 딱 어울린다.

무서운 아저씨.

너무 잘 어울린 나머지 나는 항상 그의 반쪽 그늘에 가려진 여자들에게 질투를 느낄 정도다. 그가 상냥하면 할수록 오히려 질투를 느낀다.

쌀쌀맞고 매정하게 행동하면 나는 또 질투한다. 토라진다. 다른 사람한테는 잘해주면서 나한테만 쌀쌀맞게 저러지, 라면서.

"오늘 밤엔 와 말이 없노?"

드디어 듣고 말았다.

"전에처럼 젠장 수지맞았네, 빌어먹을 좋아라, 그런 소리 안 하나?"

"안 해요. 오늘 밤은 말할 기분 아니야."

"그러는 기 좋다. 가끔은 말없이 음미하는 기라."

"뭘요!?"

"남자의 맛을."

"짓궂은 사람."

빗소리가 들렸다.

방에는 욕실이 없지만, 복도 끝에 나무로 된 욕조가 있는 꽤 넓고 청결한 욕실이 있었다.

나는 욕실에 들어갔다. 빗소리는 갈수록 무게를 더하며

짙어졌다. 본격적으로 비가 쏟아지기 시작한 것인지도 모른다.

나는 어쩌면 폐인이 되어가는 게 아닐까 하는 생각을 하면서 빗소리를 듣고 있었다.

창문을 살짝 열어보니 정원의 팔손이 잎이 빗방울을 고스란히 맞고 서 있었다.

봄날의 비로드 같은 어둠이 자욱했다.

미즈노가 나와 교대로 욕실에 들어가 또 머리를 감았다. 머리 감는 걸 좋아하는 남자다.

짧은 머리에 거품을 잔뜩 내며 기분 좋게 마사지하고 있었다.

나는 방으로 돌아와 텔레비전을 켜고, 아까 일하는 사람이 가져다준 마시멜로 같은 과자를 먹고 있었다.

미즈노가 돌아오자 때마침 일하는 사람이 맥주를 가져왔다.

"오늘은 자고 갈 거예요."

그가 이렇게 말했기 때문에 나는 벌떡 일어나 앉았다.

"난 가야 해. 내일 바쁘거든요."

"비가 오는데?"

"가까운데, 뭘."

"알았어, 일단 마시고 보자고."

우리는 마주 앉아 마셨다.

"왜 갑자기 가겠대? 어차피 가봤자 아무도 없으면서."

"없지만……."

"화낼 남자라도 있나?"

"글쎄 그건 잘……."

"가끔은 괜찮잖아. 그리고 무엇보다 당신이거든? 오늘 밤은 바빠서 어렵겠다고 한 나를 억지로 붙잡은 건."

"그러긴 하지만. 그래도……."

"이상한 사람이군. ……대체 무슨 생각하노?"

나는 도저히 잘 표현할 수가 없었다. 미즈노를 좋아하는 건 틀림없지만, 지금은 왜 그런지 그 어떤 남자를 데려와도 가슴 한쪽에 구멍이 뚫린 것처럼 바람이 쌩쌩 불었다. 그 동굴 같은 구멍은 고로가 아니면 그 누구도 채울 수 없는 것이었다.

역시 나는 미즈노의 매력에는 저항할 수 없었다. 그의 총구멍 같은 눈이 마치 내 심장을 겨냥하고 있는 것처럼 나는 꼼짝없이 움츠러들고 만다.

그렇게 힘없이 무조건 항복을 하고 만다.

어디에도 힘을 주지 않는데—고 같으면 있는 힘껏 버티고 섰거나 뼈가 부러질 정도로 압박해오는데—마치 눈에 보이지 않는 밧줄에 꽁꽁 묶였다고 할까, 바이스에 꽉 물렸다고 할까, 미즈노는 그만큼 강인했다. 그에게는 부드럽게 다루면서도 도망칠 수 없게 만드는 뭔가가 있었다.

봄의 빗소리는 몸에 스며드는 것처럼, 마치 내 몸 위에 내리는 것처럼 가까이 느껴졌다. 그 소리는 언제까지나 그칠 줄 몰랐다.

긴 시간을 들여 정성껏 사랑을 나눈다. 그것도 미즈노의 고보다 좋은 점이었다.

그리고 또 한 가지, 좋은 점.

자랑하지 않는다. 고처럼 '옛날 고등학생 때 나는 세 명이나 애인이 있었다……'라고 말하지 않는다. 미즈노에게 첫사랑은 어떤 사람이었냐고 물어도, 그는 담배 연기와 함께 뱉어내듯 진지한 얼굴로 "잊었어……"라고 한다. 정말 잊었는지도 모른다. 내가 보기에는 정신이 아득해질 정도로 오래 살아온 때문인 것 같다.

앞으로 어떻게 하자는 이야기도 하지 않는다.

하물며 맨션을 샀으니까 같이 살자, 내가 이런 말을 해주는 사람은 너뿐이야 라고 무슨 은혜라도 베푸는 양 소리치지 않는다.

그런 말 해봤자 어쩔 수 없다는 걸, 그는 잘 알고 있을 테니까.

서로의 과거나 현재의 정사(情事)를 후벼 파봤자 아무 도움도 안 된다는 것을 어른이라 잘 알고 있다. 동시에 미래에 대해 말하는 것도, 말을 꺼내는 만큼 속임수라는 것도 알고 있었다.

그것은 냉정하다거나 계산적이라거나 이성적이라기보다 정직하고 정확한 때문이었다.

나는 그런 점이 좋다.

동시에 미즈노가 나를 마음에 들어 하는 것도 내가 그런 미즈노의 장점을 잘 알고 있기 때문일 것이다. 그렇다고 해서 그것이 둘이 갖는 시간의 즐거움을 희석시키는 게 아니라 오히려 진하게 한다는 점도 좋았다.

하지만 미즈노를 만나면 다른 남자들과 다른 것이, 그 즐거움이 진하면 진할수록 이제 이것으로 끝이구나, 하는 마음이 든다는 것이다.

항상 만나는 건 이번이 마지막, 이라는 느낌.

내가 연락해서 만나는 일도 없고, 그가 만나자고 해도 만날 수 없다. 그것이 나의 그에 대한 미련과 집착을 부채질한다.

"갈 수 있으면 한번 가봐요. 찰싹 달라붙어서 안 놔줄 테니까……."

나는 그에게 칭칭 몸을 감으며 말했다.

"아무렇지도 않은데, 전혀!"

"못 일어날걸요……."

"당신쯤이야 얼마든지 안고도 일어날 수 있다고."

"밖에 못 나갈걸요. 딱 달라붙어 있는걸?"

"그러면야 더 좋지……. 하고 싶을 때 언제든지 할 수 있고."

"회사에도 이대로 갈 수 있어요?"

"무슨 상관이야. 빨판상어처럼 딱 달라붙어 있으니까 기분 좋은데……."

미즈노는 이렇게 말하며 내가 좋아하는 입 모양으로 웃었다.

아~ 그렇게 멋진 얼굴로 웃고 있어도, 이제 마지막이에요. 나는 이런 생각을 하며 미즈노를 바라보았다.

"뭘 보노, 이상한 여자."

미즈노는 내 머리카락을 잡아당기며 말했다.

아침, 아직 이른 시간에 일어난 나는 종이 달린 슬립을 입으려고 했다. 그때 낚싯줄에 낚이듯 위로 들렸다가 털썩 내던져지고 말았다.

완력의 문제가 아니라 그는 여자 몸을 다루는 비결을 알고 있는 게 분명하다.

"또 언제 만나죠?"

나는 방긋 웃으며 물었다. 그것은 이제 만나지 않겠다는 말의 다른 표현이었다.

"언제라도. 연락만 주면 올게. 시간 내서."

"정말?"

"어제도 그랬잖아? 일도 다 팽개치고 올게."

차로 맨션 앞까지 바래다주었다.

"전화번호 알고 있지?"

미즈노는 이렇게 물으며 내가 내리는 걸 도와주었다. 나는 화장품을 전혀 가지고 있지 않았기 때문에 완전히 맨얼굴이었다. 하지만 그의 앞이라면 하나도 부끄럽지 않았다. 화장하지 않은 맨 얼굴로 그에게 이렇게 대답하며 웃었다.

"응, 알아. 전화할게요. 그렇지만 당신도 해요!"

마음 같아서는 그렇게 말하는 동안 손은 이미 핸드백 속을 뒤져 집 열쇠를 찾고 있어야 했다. 그리고 '안녕'이라며 차를 내려 곧장 엘리베이터로 내달려야 했다. 하지만 나는 꼼짝할 수가 없었다. 이대로 미즈노와 헤어지는 게 과연 가능할까?

"와?"

그는 물론 내가 헤어질 생각이라는 걸 모르기 때문에 가볍게 이렇게 물었다.

그러자 내 눈에 눈물이 고였다. 고로 생각, 미미 생각, 내가 열심히 뛰어다녔던 하나코 생각, 고 생각, 고의 상냥한 어머니 생각. ……하지만 그런 상냥함은 나의 상처 입은 마음을 조금도 위로해주지 못했다. 미즈노와 있어도 위로받지 못하는 건 마찬가지인데, 지금 당장 헤어지기가 힘들었다.

택시 기사는 성질이 급한 사람인지 금세 짜증을 냈다.

"와 그라는데?"

다시 한 번 미즈노가 물었다. 나는 손수건을 '북극에 있는 총리대신 집'에 놓고 왔기 때문에 손등으로 눈물을 닦았다.

"오늘 하루 더 같이 있어줘요."

내가 작은 소리로 이렇게 말하자 미즈노는 깜짝 놀랐다. 어쩔 수 없이 그는 일단 담배를 입에 문 채 나와 함께 맨션에서 내렸다. 운전수가 이 앞에서는 너무 오래 주차할 수 없다고 투덜거렸기 때문이다. 미즈노는 돈을 내고 우리는 말없이 엘리베이터를 탔다.

"미안해요. 이젠 가도 돼……."

"……."

"회사에 가봐야죠? 아니면 집으로 갈 거예요? 가도 괜찮아요."

미즈노는 내 손의 키를 받아 문을 열어주었다. 그리고 산문적인 목소리로 말했다.

"이왕 이렇게 된 거 차나 한잔 마실까?"

나는 속눈썹을 적신 채 웃고 말았다. 현관문을 잠그고 돌아와, 나는 모자와 코트를 바닥에 벗어던지고 미즈노의 품에 안겼다.

"오늘 일하지 말고, 하루 종일 여기 이렇게 있을래요?"

"말도 안 되는 소리. 증발한 줄 알 끼다."

"전화로 연락만 하면 되잖아요."

"그럴 수는 없어. ……어쨌든 먼저 맛있는 차 한잔 주면 좋겠는데?"

나는 물을 올려놓고 책상 위에 어질러져 있는 것을 한쪽으로 치웠다.

갑자기 다시 살아갈 희망 같은 게 생겨난 기분. 미즈노는 담뱃재가 떨어지지 않도록 조심하면서 내 작품을 바라보고 있었다.

"스카프 디자인이에요, 그거."

나는 미즈노의 어깨너머로 건너다보며 설명했다.

"음, 좋은데! 당신 작품은 색상이 좋아, 일전에 백화점에서 본 것도 좋더군."

우리는 일본의 염색기술과 외국의 그것에 대해 잠시 의견을 주고받았다.

미즈노가 일본의 전통차가 좋다고 했기 때문에 나는 전차(煎茶)를 내왔다.

"시간, 괜찮아요?"라고 내가 묻자, "뭐야, 아까는 억지로 끌고 들어오더니 지금은 또 쫓아내는 기가?"라고 묻는다.

"그게 아니라…… 하루 종일 있으면 좋겠지만, 그럴 수 없잖아요? 그럴 수 있다면 있으면 좋겠어."

"내가 있으면 당신도 일 못 할 거 아이가."

"일은 아무래도 좋아."

"바쁘다고 했으면서? 운다 싶으면 웃고, 웃는다 싶으면 울고……. 그거 혹시 갱년기장애 아닌가 몰라?"

미즈노는 내 방에서 세 통 정도 전화를 걸었다. 그러고 나서 다시 차 한 잔을 마셨다. 그 사이 나는 화장을 하고 옷도 갈아입었기 때문에 기분이 상쾌해졌다. 나는 긴 통화를 하고 있는 미즈노의 등 뒤에서 목에 팔을 감고 매달려 있었다.

하나같이 일 얘기. 하나는 전시회에 대한 지시와 회의 약속, 하나는 납품의 클레임, 또 하나는 지불 건에 대한 전화. 내가 그렇게 매달려 있어도 미즈노는 아무렇지 않게 말하고 농담을 하고 웃고 했기 때문에, 나는 그의 회사에는 항상 이런 일을 하는 여자가 있는 게 아닐까 의심스러울 정도였다.

전화가 끝나자 미즈노는 나에게 가볍게 키스하고 웃옷을 집어들었다.

"벌써 가요?"

"건수야, 건수!"

건수라는 건 돈 벌 일이 생겼다는 말이다. 장사꾼은 돈벌이가 생기면 이렇게 말하며 좋아하곤 한다.

"점심 전에 올게……."

"정말? 점심 같이 먹을 수 있어요? 그럼 준비해둘게요."

"아니야."

미즈노는 주머니 속 수첩과 지갑을 확인하면서 씨익 웃었다. 그리고 안경을 쓰고 수첩을 보았다.

"당신이 만든 음식이 먹을 수나 있을지……. 영 못 미더우니까 점심은 내가 가지고 오지."

나는 그보다 처음 보는 안경 쓴 미즈노의 모습에 놀랐다. 맹렬한 호기심으로 "그거 돋보기? 미즈노 씨, 그렇게 나이 많이 먹었어요?"라고 물었다.

"그렇게 많이 먹어서 미안하군."

그의 안경을 써보니 앞이 부옇게 안 보였다.

미즈노는 지하철역까지 걸어가겠다며 집을 나갔다. 내가 창문으로 내다보자 언제나 고로가 그랬던 것처럼 보도를 가로질러 멀어져갔다.

남자들은 항상 저렇게 내게서 떠나가는구나!

고로를 잃었다고 해서 미즈노에게 집착하는 것은—나는 항상 생각하지만—몸담고 있는 바닷물이 따뜻하다고 해서 육지에 오르지 않는 사람과 같다.

어차피 몸은 차디차게 식을 텐데.

잠깐은 차갑더라도 빨리 육지에 오르는 것이 편할 텐데.

점심시간이 한 시간 반이나 지나도 오지 않아 포기하려

고 한 순간 그가 왔다.

보기에도 엄청난 도시락 보자기를 들고 와 무슨 무슨 가게의 도시락이라고 했다.

들떠서 펼쳐보니 칠기 찬합에 그림 같이 아름다운 요리가 가득 들어 있었다.

새우며 생선조림, 어묵 등 색색으로 아름다웠다.

그런 식의 배려가 그야말로 중년 아저씨다웠다. 고와 먹을 때처럼 베이컨에 계란이라도 맛있게 먹거나 하는 일은 없다.

"앞으로 몇천 끼나 먹을 수 있을까 생각하면, 맛없는 건 못 먹겠거든"이라고 미즈노는 말한다.

"차는 잎차가 더 맛있는데 ……있나? 응, 그래 그래. 그거"라고도 한다.

대신 그와 함께 먹은 도시락은 정말 맛있었다. 그것은 오사카에서 가장 오래된 도시락가게에서 사온 것이라고 했다.

"찬합은 나중에 가지러 올 끼다, 말해뒀으니까."

그리곤 개운하다는 듯 덧붙였다.

"잠깐 낮잠이나 자고 갈까?"

느긋하게 식사를 하고, 원하는 차를 마시고, 신문을 읽고 "세 시에 회의가 있지만, 그때까지는 괜찮아"라고 말하는 그의 모습들이 낯설었다.

"술 마실래요?"

"아니, 차 가져왔거든."

밖은 따뜻하다며 그는 창문을 열고 레이스가 달린 커튼을 닫았다.

비는 진작 그쳤고 하늘은 아직 흐렸지만, 뜨뜻미지근한 공기 덕분에 벗고 있어도 춥지는 않았다.

나는 미즈노에게 항상 새로운 것을 배운다. 낮 시간에 이렇게 땡땡이를 치며 노는 것, 점심으로 유명한 도시락을 먹는 것, ……그리고 처음 만났을 때처럼 수영을 한 뒤 시원한 회와 시원한 니혼슈를 즐기는 것.

무엇을 해야 즐길 수 있는가를 이 남자는 야수처럼 예리한 후각으로 금방 찾아낸다.

3시 조금 전에 그는 돌아갔다.

나는 그가 돌아간 뒤 일 좀 하려고 책상에 앉았지만 무리였다. 머리가 멍하니 아무 생각도 나질 않고, 연필 끝으로 종이를 툭툭 치며 짤막짤막한 멜로디를 머릿속으로 몇 번이고 반복해 되새기고 있을 뿐이었다. 노크소리가 들려서 미즈노가 말한 대로 빈 그릇을 가지러 온 사람인 줄 알고 나가봤더니 놀랍게도 고였다.

"아이, 깜짝이야, 당신이었어요! 전화나 하고 오지⋯⋯."

"어제 내내 했거든?"

고는 집 안으로 들어온 뒤 사방을 샅샅이 둘러보았다.

뭐 특별한 게 없나 물색하는 사람처럼 험악한 눈으로 노려보면서 말했다.

"쪼매 전에 나랑 교대로 주차장에서 차가 한 대 나가던데, 거기 탄 선생이 어디선가 본 사람 같더란 말이야. 혹시 내가 잘못 본 거가?"

나는 말없이 서 있었다.

"내가 잘못 본 거면 실례가 될까 봐 인사는 안 했는데, 미즈노 씨 맞제?"

"⋯⋯."

"어떻게 미즈노 씨가 여기 왔는지 그게 나한테는 너무 충격적인데. 혹시 여기서 밥 묵고 갔나?"

고는 도시락을 가리켰다.

나는 어쩔 수 없어서, 그렇다고 대답하는 대신 고의 얼굴을 말없이 바라볼 뿐이었다.

"그 자식이 왜 와, 여기에?"

고는 금색 라이터를 손으로 만지작거리고 있었는데, 그

모습이 나에게는 주먹을 날리기 직전에 손가락을 우두둑 꺾는 버릇이 있는 무서운 폭력주의자처럼 보였다. 하지만 대답하지 않으면 고는 더 화를 낼 것 같았다.

"당신이 여기 오는 이유와 같을걸요."

"설마!"

고는 나를 노려보고 있었다.

"근데 어떻게 알고 지내는 사이고? 언제부터 그런……."

"언제부터라니, 그거야……."

"혹시 그 시작이 아와지에서, 그런 기가? 그때 아니고는 기회가 없었다 아이가."

"맞아, 그래요."

"뭐? 그래요? 네가 그따위 짓거릴 해도 된다고 생각하나, 그래?"

고는 게임 도중 규칙위반이라도 목격한 도덕군자처럼 흥분하고 있었다.

"건방지게 어떻게……?"

"당신도 언젠가 아와지에서……."

"그기 무슨 상관이고? 지금 이 상황에……."

손톱을 깨물고 있던 나는 갑작스럽게 날아온 고의 주먹에 맞고 눈앞에서 불꽃이 튀는 것만 같았다. 두 번째 주먹은 더 셌기 때문에 가볍게 침대 귀퉁이로 나가떨어지고 말았다. 입술이 터져 입안으로 피 맛이 번졌다. 고의 완력은 아직 흥분이 가라앉지 않았는지 빈 도시락을 산산조각으로 부셔놓았다.

폭력을 휘두르는 남자는 정말 싫었다. 나도 보기 싫은 놈을 때려주고 싶을 때도 있지만, 그리고 때릴 수 있다면 속이 시원할 거라고 생각한 적도 있지만 어쨌든 내가 맞는 것은 싫다.

폭력은 머리가 나쁘고 자기의 화를 컨트롤할 수 없는 인간이 사용하는 수단이므로, 때리는 놈에게 경멸감마저 느낀다.

남자에게 맞는 것이 좋다는 여자도 있지만, 그것은 사랑싸움일 때나 좋지…….

나는 남자가 남자를 때리는 것조차 보기 싫었다.

"무슨 짓이야? 난 당신 아내도 뭣도 아니라고!!"

이렇게 소리쳤다가 다시 한 방, 광대뼈를 얻어맞았다.

"뭐가 됐든 누가 됐든 자기 멋대로 돼야 한다고 착각하고 있는 모양이지? 여자라면 다들 꼬리를 살랑거리면서 쫓아올 줄 아나 보지? 누가 그럴 줄 알고!"

다시 주먹이 날아왔다.

너무 화가 난 나는 손에 잡힌 대리석으로 된 재떨이를 집어던졌다. 속도가 나지 않아 고는 가볍게 피하고 말았다. 대신 재떨이는 경대에 맞아 거울이 무서운 소리를 내며 산산조각 깨지고 말았다. 내가 제일 좋아하는 거울인데.

내가 반항한 덕분에 고는 한층 더 화가 났는지—남자 중에는 여자가 저항하면 전의를 상실하는 사람이 있는데, 그 반대의 사람도 있나 보다—인정사정도 없이 있는 힘껏 뺨을 갈겼다. 슬퍼서가 아니라 너무 아파서 눈물이 났기 때문에 나도 맹렬하게 화가 치솟았다.

"돈 좀 있다고 잘난 척하고! 하는 짓거리 하고는 다 꼴도 보기 싫은 색정광 같은 놈! 덜떨어진 얼간이! 자화자찬도 유분수지, 내 참 웃겨서! 더러운 자식……."

나는 잡히는 대로 물건을 집어던져 그가 가까이 오지 못하게 하면서 악을 썼다.

스탠드를 집어던지고, 연필꽂이를 던지고, 화장용 솔이며 크림 병까지 던졌다.

고는 팔로 머리를 감싸고 나에게 접근하려고 했다. 나

보다 고의 분노가 더 심각해서 한마디로 얼굴이 이글이글 타오르고 있는 것 같았다. 그는 힘도 세지만 민첩하기까지 해서 나는 결국 다시 잡히고 말았다. 이번에는 힘껏 어깨를 붙잡고 마구 흔들어댔다.

"이런 개 같은! 그딴 늙은이하고 하필이면, 더럽게시리! 그 자식이 어떤 놈인지 아나, 이 바보 같은 여자야? 그 자식 난봉꾼으로 유명한 놈이야, 이 멍청아!"

나는 고의 손을 물어뜯었다. 이렇게 된 이상 시비를 가릴 것도 없었다. 수컷과 암컷의 싸움이다. 서로 원수 같은 수컷 원숭이와 암컷 원숭이가 새끼를 만들자고 억지로 한 우리에 처넣어진 것이나 마찬가지였다.

"아얏!"

고는 외마디 비명을 질렀다.

그때 노크 소리가 들렸다. 고는 나를 놔주고 옷매무새와 머리를 만지고 넥타이의 위치를 바로잡은 다음 문을 살짝 열었다.

아래층의 중년 남자의 날카롭게 쏘아붙이는 소리가 들렸다.

"백주 대낮에 무슨 일입니까?"

고는 순간 대구를 못 하고 있다가 간신히 말했다.

"죄송합니다."

"여자 비명 소리가 들린다고 하던데, 집사람이?"

"아니, 그기……."

"그리고 아까부터 뭐 깨지는 소리도 들리고. 여기 맨션은 옆집보다 위아래 층에 소리가 더 잘 들려요. 조심 좀 해 주세요. 별일 없는 거 맞죠?"

"아닙니다. 책장에 있는 물건들이 좀 떨어져서. 실례했습니다."

고는 문을 걸어 잠갔다. 그런 다음 다시 내 쪽으로 걸어왔기 때문에 나는 창문을 열었다.

"뛰어내리시게? 그래 봐주께, 어디 뛰어내려 봐!"

"누가 뛰어내린대? 살인자라고 여기서 소리칠 거야. 가까이 오기만 해봐."

고는 스탠드의 전구나 거울의 파편을 짓밟으며 걸어가더니, 유리파편이 튀었을 염려가 없는 부엌 의자에 걸터앉았다.

그리고 작위적인지 정말 그렇게 생각하는 건지 바보처럼 무시하는 말투로 물었다.

"대체 무슨 생각이고, 엉? 그런 더러운 자식하고 붙어서, 돈이라도 뜯어낼라캤나?"

고는 더 이상 어찌해볼 기력이 없는 모양이었다.

돈이 아니면 여자가 남자와 어떻게 할 리가 없다고 믿는 모양이다.

"흥, 그럼 당신은 얼마를 줄 건데?"

나는 벽에 붙어선 채 비웃어주었다.

"당신 아무것도 안 줬잖아?"

"나는 달라. 다른 남자들하고 다르니까 돈 따위 줄 필요가 없지. 너, 생각해봐, 안 좋나? 그런 뻔한 놈들하고 다르게 나란 사람하고 사귀는 것만으로도 횡재라는 생각, 안 드나?"

나는 속이 울렁거릴 것 같은 고의 농담에 이젠 질렸다. 만약 정말 그렇게 생각하고 있는 거라면 저놈의 왕자병은 죽지 않은 이상 고칠 수 없을 것이다.

"고맙게 생각해라? 기쁨의 눈물이라도 흘리면서 졸졸 따라갈 줄 아나 보지? 대체 어디서 그런 자신감이 나온대? 여자는 돈 냄새만 풍기면 환장할 줄 아나 봐?"

"시끄럽다, 그만 뗙뗙거려!"

"뭐가 횡재야, 응! 뭘 그렇게 자랑하고 싶니, 소방차? 쫌만 어쩌면 찌그러지는 주제에. 별장? 손수 심으신 소나무가 듣고 웃겠다! 그까짓 것에 황송해할 난 줄 알아?"

고는 다시 주먹을 휘두를 것처럼 보였다.

그때 전화벨이 울렸다. 그는 기세가 한풀 꺾였는지 턱으로 전화기를 가리키며 말했다.

"살인자라고 한번 소리 질러봐라. 진짜 죽여주꾸마."

"싸구려 호스티스나 싸구려 여자들처럼 호락호락 넘어갈 내가 아니라고!"

나는 전화는 쳐다보지도 않고 계속 소리쳤다. 나는 이미 고의 잘 빠진 옷도 손질이 잘된 머리도 돈으로 만들어진 다부진 몸도 달고 다니는 금붙이도 다 싫어졌다. 바보 같은 남자로 보였다. 어떻게 이런 놈이 괜찮게 보였을까?

"쳇! 니가 뭐 대단한 사람이나 되는 줄 아나?"

고는 일어서서 이렇게 비아냥거렸다.

"누가 할 소리!"

나도 지지 않고 응수했다.

그러는 동안에도 전화는 쾌활한 표정으로 따르릉따르릉 계속 울고 있었다.

고는 문을 열고 나가버렸다. 온 오사카시에 다 들리게 '쾅' 하고 부서져라 문을 닫았다.

그 소리는 고의 분노를 여실히 보여주고 있었다.

나는 그가 떠난 실내를 둘러보았다. 마치 괴물이 난동

을 부리고 간 뒤 같았다. 내가 좋아하는 커피잔 세트까지 산산조각이 나고 말았다. 유리 스탠드는 더 이상 쓸 수 없게 되어, 연쇄추돌처럼 그것은 모두 유리 칸막이 한가운데가 깨지거나 금이 가 있었다.

앉을 데도 없었다.

그보다 나를 엄습한 것은 무력감이었다. 내가 해온 모든 것이 물거품이 된 것 같은 허무함이었다. 혼자 치울 기력도 없었다.

생각나는 대로 미미에게 전화를 했다. ……전에 내가 너를 도와줬으니까 이번에는 네가 나를 도울 차례라는 의미에서가 아니라, 나는 미미밖에 친구가 없는 것이다. 이를테면 이런 엄청난 무대의 뒷모습을 보여줄 수 있는 친구가 말이다.

미미는 집에 있었다. 이유는 묻지 말고 무조건 오라고 하자 미미는 흔쾌히 승낙했다.

"그래, 장도 봐야 하니까 금방 갈게."

미미가 왔을 때 나는 꼼짝 않고 웅크려 앉아 있었기 때문에 좀 놀란 모양이었다.

"도둑!?"

"아니야……. 더 싫은 놈이야."

미미는 내 얼굴을 보고 두 번째로 놀랐다. 내 입술이 퉁퉁 부어올라 있었기 때문에 그녀는 허둥지둥 차가운 물수건으로 내 입술을 눌러주고 얼굴 반쪽을 차게 식혀주었다.

그리고 내가 의자에 앉아 고에 대해 말하는 동안, 천천히 어질러진 것들을 치워주었다.

"그랬구나……. 잘됐네, 뭐. 고같이 나쁜 놈은 뻥 차버려도 상관없잖아……? 그나저나 나한테 그 미즈노라는 사람 좀 보여주라!"

"그래, 한번 가져갈게."

나는 무슨 물건 다루듯 이렇게 말했지만, 고와 더 이상 만날 리 없는 것처럼 미즈노 역시 만나지 않을 것이다. 아까 걸려온 전화를 끝내 받지 않았던 것처럼 미즈노가 전화를 해오더라도, 나는 안 받을지 모른다. 미미는 말했다.

"역시 남자란 착하고 봐야 해."

"그래, 맞아."

미미에게 착한 남자 강의를 듣게 될 줄은 꿈에도 몰랐다. 미미는 청소기를 돌리며 말했다.

"착한 남자가 어느 날 갑자기 덮쳐올 때가 좋은 거야. 고처럼 오월 장맛비처럼 시도 때도 없이 덮치는 건 안 돼."

"하긴 그렇다. 근데 미미 넌 착한 남자한테 어떻게 당했는데? 고로 말이지?"

나는 반창고를 입가에 붙이고 있었기 때문에 말하기가
쉽지 않았다.

"그거야 뭐, 고로짱만큼 착한 남자도 없지!"

"그럴 거야."

나는 듣고 싶기도 했지만 듣는 게 두렵기도 했다.

"그러니까 설날, 미미 너희 시골에 가서 멧돼지 요리 먹
었을 때였어?"

"뭐가? 나 꼬인 거?"

미미는 천진하게 말했다. 나는 한때 미미의 안하무인 같
고 바보 같은 천진함을 비웃었지만, 지금은 부럽기만 했다.

"아~니, 그건 그보다 훨씬 전이었어."

충격이었다. 설마! 하지만 미미는 반창고 덕분에 내 표
정이 바뀐 걸 눈치채지 못할 것이다.

"두 번째 만났을 때였어. 착한 남자가 또 의외로 성질이
급하거든."

"어머 그래? 그건 정말 몰랐네."

나는 중얼거렸다.

미미는 거짓말할 여자가 아니다. 적어도 지금은 그렇게
보였다.

고도 카이 타카유키도 둘 관계가 수상하다고 했는데, 나만 아니라고 애써 부정하고 있었던 것이다.

무엇을 생각하고 무엇을 보았던가!?

미미는 청소기로 유리 파편을 꼼꼼하게 빨아들이고 난 뒤 만족스러운 듯 말했다.

"이것으로 오케이! 우리 집에 가서 저녁 먹어……. 이런 데서 혼자 있으면 우울해지기밖에 더하겠니?"

그리고 〈작은 촛불〉을 부르면서 내가 입을 옷을 옷장에서 멋대로 꺼내왔다. 미미는 자기의 한마디가 나를 경악케 하고 자신감을 빼앗고 눈앞을 캄캄하게 만들었다는 것도 모르고 혼자 기분이 좋았다.

저녁에 미미의 집에 도착했다. 둘이서 저녁 찬거리를 잔뜩 샀기 때문에, 우리가 도착했을 때는 이미 고로가 와 있었다.

나를 보고 반가워하며 오늘 저녁은 자기가 만들어주겠다고 했다. 평상복으로 갈아입고 폴로셔츠를 입고 미미의 앞치마를 두른 고로의 모습이라니.

원피스형 앞치마를 두르고 있었기 때문에 더 웃겼다.

그는 고기에 소금과 후추를 뿌리고 칼집을 넣고 있었다. 큼직한 버터 덩어리를 프라이팬에 넣고 파란 연기가 피어

나는 프라이팬을 한 손으로 거뜬히 다뤘다.

"고기는 아주 작게 잘라야지, 안 그러면 노리코 입에 안 들어가요!"

미미가 소리쳤다.

"어쩌다가 장식장에 있는 것들을 얼굴로 받았나, 그래!"

고로가 말했다.

"근데 그러고 있으니까 참 잘 어울린다카이……. 입이 요만해져서 귀엽다."

고로의 얼굴은 그야말로 평범한 가정의 가장다운 얼굴로, 무척 행복해 보였다.

〈가랑이 사이로 세상 보기〉라는 내 그림이 걸려 있었다.

그 옆에 고로의 기타가 있다. 어차피 오늘 밤도 식사가 끝난 뒤 고로의 기타반주에 맞춰 다 같이 합창을 할 것이 분명했다. 그리고 와인에 취해서 나는 혼자 집으로 돌아가 또 토하게 될까? 하지만 나에게는 모든 풍경의 채색이 예전과는 조금씩 다르게 보였다.

'조그만 촛불, 커다란 촛불, 마음에서 마음으로 불을 밝히자…….'

우리는 식사를 마친 후 노래를 불렀고, 미미는 나에게 자랑삼아 말했다.

362

"다음 달에 이즈로 여행간다! ……고로짱이 휴가 낼 수 있대."

그렇게 나는 고로의 옆에 있어도 이제는 더 이상 가슴 설렘을 느끼지 않게 되었다.

고로가 내가 모르는 곳에서 남자답게 미미를 유혹했다니, 상상할 수 없었던 만큼 의외로 현실로 다가왔다.

나는 가끔 고로의 옆얼굴을 훔쳐보았다. 이 남자에게 나는 오랜 세월 조바심내면서 가슴을 태워왔는데……. 멍하니 어렴풋한 회한을 닮은 마음이 있을 뿐, 그다지 슬프지도 않았다.

하지만 얼핏 슬픔에 마비된 것 같은 충격만은 여전히 남아 있었다.

어쨌든 평범하고 행복한 가정의 남편과 아내에게 더 이상 내 마음은 요동치지 않을 것 같았다.

"고로가 구운 스테이크, 제법 맛있는데!"

"고기만 가져오면 내가 언제든 구워줄게."

"너무 비싸게 먹히잖아. 어차피 고로하고 미미 것도 사와야 할 거 아니야?"

"그거야 당연한 말씀!"

우리는 이런 이야기를 주고받으며 함께 웃었다.

고로는 작게 자른 고기를 내 입에 맞게 나이프로 더 작게 자르고 야채도 잘게 잘라주었다.

예전과 다름없이 친절했다. 그리고 나무랄 데 없이 상냥했다.

"괜찮나, 병원에 안 가봐도?"

고로가 이렇게 걱정하면서 차갑게 적신 타월을 내 멍든 눈 위에 올려주었을 때는 그 상냥함에 나도 모르게 눈물이 날 뻔했다.

그것은 스치고 지나가는 사람의 상냥함이었다.

그런 상냥함이 5만이 되고 10만이 된다 한들 '유혹'하는 사람으로 질적 변화를 하지는 않을 것이다.

하지만 나는 그것을 뼈저리게 배웠다는 사실을 눈곱만큼도 내색 안 하고, 다만 "아이섀도 바를 시간을 번 거지 뭐"라며 웃었다.

우리는 와인을 마시고 고로의 기타연주를 들었다.

"이즈에 간다면 온천여행? 팔자 좋네!"

내가 이렇게 말하자, 카이 타카유키가 준 배상금으로 가는 건지 미미는 나에게 눈짓을 해 보이며 말했다.

"내가 비상금으로 들어놓은 적금이 마침 이번에 만기가 됐거든."

나는 반창고를 붙여 일그러진 입술을 마스크로 가리고 미미의 아파트를 나왔다.

"잘 있어."

내가 일어서자 고로는 바래다준다며 함께 나왔다. 됐어 괜찮아, 앞에서 택시 타면 돼, 라고 거절했지만 미미까지 나서며 말했다.

"안 돼, 이 근방이 밤에는 택시가 잘 안 잡혀. 고로짱이 태워주고 와요!"

고로는 응, 이라며 앞장서 걸었다.

미미는 문가에 서서 아무런 거리낌도 없이 '안녕~!'이라고 큰 소리로 말하고 "혹시 용태가 바뀌면 전화해!"라고 외쳤다.

나 솔직히 저런 거 해보고 싶었어. 저런 말도 해보고 싶었고. 친구가 우리 집에 놀러 오면 고로가 배웅해주러 나가고, 택시가 안 잡히면 안 된다며 문 앞에 서서 안녕, 또 와! 라고 말하고 싶었어. 고로는 내 친구를 배웅하고…….

그것이 내 생애의 꿈이었다.

그런데 지금의 난 배웅을 받는 친구가 되어 있다.

그리고 미미가 내가 그토록 하고 싶던 역할을 맡고 있는 것이다.

세상이란 참 모순투성이고 냉혹하고, 사람의 의표를 찌른다. 나는 운명의 무정한 악의를 느낀다.

고로와 단 둘이 엘리베이터에 탔다. 고층주택의 한밤중 엘리베이터는 고요하게 지상으로 내려간다.

"용태가 바뀌면, 이라니 무슨 말일까?"

우리는 미미의 말을 떠올리며 웃었다.

"우리 머릿속은 아주 미묘한데. 막상은 별 이상이 없어도 나중에 갑자기 이상이 나타날 수도 있다카이."

고로는 걱정스러운 듯 내 머리를 바라보며 말했다.

"그래? 그럼 혹시 나, 내일 아침에 머리가 이상해져서 미미가 왔을 때는 나비야, 나비야~, 하면서 미쳐 있을지도 모르겠네?"

"노리코는 좀 미쳐야 정상에 가까울지 모른다."

"적당히 미친 건 괜찮은데, 너무 심하게 미치면 안 된단 말이지?"

우리는 쉴 새 없이 떠들어댔다. 그러는 동안 고로는 벽에 손을 짚은 채 내가 그토록 좋아하던 웃음을 지어 보였다. 하지만 그것은 더 이상 나와는 무관한 타인의 것으로 비쳤다.

고로의 몸도, 그토록 나를 매혹시켰던 피부도, 몸짓과

동작도 나에게는 멀게만 보였다. 그렇다고 나의 괴로움이 덜어지는 것은 아니었다. 나에게는 한 번도 유혹의 말을 한 적이 없던 고로가 '만난 지 두 번' 만에 미미를 유혹했다는 사실은 나와 고로의 긴 세월을 새삼 되돌아보게 하기에 충분했다.

택시가 와 멈췄다.

고로는 택시가 움직일 때까지 지켜보고 서 있었다.

맨션에 돌아오자 10시.

불을 켜고, 경대가 깨져버렸기 때문에 부엌의 거울을 보려고 했더니 여기도 전구가 깨져 불이 들어오지 않았다.

욕실로 가서 거울을 들여다보니 두 번 다시 볼 수 없을 만큼 끔찍한 얼굴이 거기 있었다.

오른쪽 눈두덩은 보랏빛으로 멍이 들었고, 왼쪽 뺨은 항아리손님에 걸린 것처럼 부풀었고 입술은 뒤집힐 정도로 부어올랐다.

그리고 얼굴 반쪽이 욱신거렸다.

나는 침대에 걸터앉아 아무 생각도 하고 싶지 않아서 라디오를 작게 켜두었다. 젊은 아나운서가 사랑이야기를 하고 있었다. 창문 유리에 내 끔찍한 얼굴이 비쳤다. 마음도 얼굴도 이것으로 균형이 잡힌 셈이군.

어쩌면 욱신거리는 것은 얼굴이 아니라 마음일지도 몰랐다.

나는 침대에 꼼짝 않고 앉아 있었다. 고로에게도 고에게도, 물론 미즈노에게도 원망은 없었다. 다만 내 몸에서 새의 작은 영혼이 되어 멀리 날아간 것 같은 느낌이 들 뿐이었다.

이렇게 앉아 있는 나는 허물에 불과했다.

그때 똑똑 문 두드리는 소리가 들렸다. 작게, 그리고 집요하게.

인터폰으로 '누구세요?'라고 물어도 대답이 없다.

그냥 내버려두면 잠시 후 다시 똑똑 두드리는 소리. 체인을 걸고 문을 열어보니 고였다.

급히 닫으려고 하자 고는 문틈으로 팔을 집어넣었다.

"이러면 더 안 열어요."

"꼭 열겠다고 약속하면 팔 뺄게."

"열게요."

그가 팔을 뺏기 때문에 나는 문을 일단 닫았다가 그대로 둘까 생각했지만, 고라면 끝까지 버틸 것 같아 역시 열기로 했다.

고는 안으로 들어와 문을 잠갔다.

우두커니 서서 방 안을 둘러보고, 태풍이 지나간 자리 같은 참상에 어깨를 움츠렸다. 그리고 라디오를 끄더니 내 앞에 와 섰다.

"어디 갔드노?"

"흥."

"몇 시간이나 아래에서 기다렸다 안 카나. 불이 켜지 길……. 아, 피곤해."

"흥."

"얼굴이 참 요란해졌군."

"덕분에."

우리는 이미 평소와 다름없는 목소리로 이야기하고 있었지만, 그가 한 발짝 다가서면 나는 본능적인 경계심에 한 발짝 뒤로 물러섰다.

"이리 온나, 다시는 안 때릴게."

"진단서 첨부해서 고발할 거야."

"그래, 그렇~지!"

고는 이렇게 말하며 내 손을 잡았다.

"우리 처음부터…… 다시 시작하자."

"미쳤어요!"

"그렇게 말하지 마라. 어머니한테 당신을 소개한 게 뭣 때문인 거 같노?"

"뭣 때문?"

"아아, 어쨌든……."

나는 고의 눈을 보았다. 고는 밤이 되면 특히 빛나는 늑대 같은 눈을 가졌다.

"따로따로 사는 것보다 같이 사는 게 좋다 아이가."

"글쎄 그럴까요?"

"당신 인형을 좋아하는 팬도 있고."

"그건 그렇지만."

"가타부타 더는 말하기 없기다. 알았제?"

"고, 여자를 유혹할 때는 그렇게 거칠게 말하는 거 아니야."

나는 웃으려고 했지만 상처가 당겨서 아팠다. 하지만 나는 고와 처음부터 다시 시작하게 될 나를 알고 있었다.

옮긴이의
특별한 경험
| 연애의 사이클

모든 일에는 끝이 있기 이전에 시작이 있었다.

우연이었는지 필연이었는지, 내 의도와는 무관하게 노리코의 결혼과 이혼(『아주 사적인 시간』), 그 후 진화를 거쳐 참다운 돌싱의 여성으로 우뚝 선 과정(『딸기를 으깨며』)을 보아버린 이후에야 그 모든 사건의 시작인 『노리코, 연애하다』를 경험했다.

무슨 말인가 하니, '연애소설의 고전'이라 일컬어지는 다나베 세이코의 〈노리코 3부작〉이 국내에서는 원서의 순서와는 달리 2부와 3부가 먼저 번역·출판되었고, 이번에 드디어 그 1부에 해당하는 『노리코, 연애하다』가 번역·출판됨으로써 〈노리코 3부작〉이 완성된다는 말이다.

그렇다고 스토리의 흐름이 단절되거나 어떤 단서가 결여되거나 하지 않았다는 사실이 신비로울 정도로 다나베 세이코는 철두철미했다. 2부를 먼저 읽었건 3부를 먼저 읽었건 내게는 두 작품이 때로는 별개일 수도 있었고 또 때로는 하나의 작품일 수도 있었다는 사실에는 변함이 없다. 그리고 그러한 느낌은 1부인 『노리코, 연애하다』에도 고스란히 해당된다.

즉 〈노리코 3부작〉은 시리즈이면서 동시에 각각 독립적인 작품일 수 있다는 얘기다. 사실 시리즈의 순서를 매기는 것도 어찌 보면 무의미한 작업처럼 느껴질 때도 있다. 또 이 작품 속의 어느 한 시점을 두고 끝이니 시작이니를 운운하는 것도 아이러니하다는 생각이 든다. 왜냐하면 다나베 세이코의 이 3부작은 그야말로 '인생의 사이클'을 그리고 있는 작품이기 때문이다. 노리코를 중심으로 수많은 만남이 이뤄지고 또 이별도 이뤄지고, 누군가는 태어나서 하루를 살던 몇 십 년을 살던 살다가 저 세상으로 떠난다. 하나하나를 보면 분명히 시작과 끝이 존재하지만 인류의 삶과 남녀의 만남을 총체적으로 보면 그 모든 것은 하나의 연결된 원을 그리고 있음을, 나는 〈노리코 3부작〉을 통해 경험했다.

연애의 사이클은 특히 흥미롭다.

예컨대 『노리코, 연애하다』에서 보면, '미미와 타짱'의 연애 사이클의 한 끝(=이별)에서 '노리코와 고'의 연애 사이클이 시작된다. 그런가 하면 '노리코와 고로'의 연애 사이클(비록 짝사랑일지라도)의 한 끝(=포기)에서 '고로와 미미'의 연애 사이클은 시작된다. 그 가운데에 아주 작디작은 한 생명의 사이클이 나타났다가 사라지는데, 바로 '미미와 타짱'의 사이클에서 파생된 '하나코'라는 아가의 지극히 짧은 인생이 그것이었다.

어쨌든 남자와 여자가 만나서 서로 사랑하게 되어 결혼하고, 행인지 불행인지 이혼하고 또 만나고(?)……. 아니면 반대로 결혼하고, 행인지 불행인지 아이를 낳고 여러 가지 인내하며 살다가……, 그렇게 태어난 아이는 자라서 또 이성을 만나고 연애를 하고…….

연애의 사이클은 그렇게 작은 원들이 꼬리에 꼬리를 물고 인류의 미래를 향해 돌고 도는 게 아닐까.

작가가 말하는
| 노리코와 고*

"나, 이 3부작을 쓰기 위해 세상에 태어났는지도 모른다는 생각이 들어요."

위의 말은 지난 2007년 일본의 코단샤(講談社)에서 다나베 세이코의 〈노리코 3부작〉을 약 30년 만에 복간함에 붙여 인터뷰와 함께 작가가 쓴 문장을 옮긴 것이다. 그녀는 인터뷰에서 아래와 같이 말했다.

이 소설에 등장하는 인물들은 자기를 위해 작은 거짓말을 하긴 하지만 기본적으로는 좋은 남자와 좋은 여자다. 사랑을 하고 결국 자기중심적이 되긴 하지만, 진정한 사랑을 하게 되면 상대방에 대해서만 죽어라 생각하는 그런 아이들. 이건 인간이 시대를 막론하고 가지고 있는 아주 위대한 것이다. 소설은 그런 '인간의 좋은 점'을 쓰는 것이라고 생각한다. 그리고 읽는 이들이 가지고 있는 '좋은 점'도 시대가 아무리 바뀌어도 변하지 않는다. 소설을 통해 읽는 사람은 자신이 가진 '좋은 점'을 환기하게 되리라 믿는다.

● 코단샤(講談社)의 'Book俱樂部'에 게재된, 2007년 〈노리코 3부작〉의 복간에 즈음하여 실시한 저자와의 인터뷰 기사를 참고하여 집필함(www.bookclub.kodansha.co.jp).

더 이상 무슨 말이 필요할까? '사랑'에 대해 이만큼 적절한 정의를 찾아보기란 쉽지 않을 것이다.

'상대방에 대해서만 죽어라 생각하는 것.'

소설이란 바로 그런 사랑을 쓰는 것이라고 다나베 세이코는 말한다.

그리고 『노리코, 연애하다』를 비롯한 〈노리코 3부작〉이 작가가 말하는 '인간의 좋은 점'을 쓴 작품임은 의심할 여지가 없다. 꼭 남자와 여자의 사랑만을 두고 하는 말이 아님은 '노리코'의 경우만 봐도 알 수 있다. 그 상대방이란 때로는 '일'일 수도 있고 '친구'일 수도 있고 '돌싱의 자유' 일 수도 있고 또 '인생' 자체일 수도 있다.

작가 자신의 존재가치를 걸 만큼 소중한 〈노리코 3부작〉의 처음이면서 마지막인 『노리코, 연애하다』의 번역을 마치면서, 나는 다나베 세이코라는 거대한 사이클의 한 자락을 겨우 붙잡았다는 느낌을 지울 수 없다.

2012년 6월 옮긴이 김경인

노리코, 연애하다 (원제 : 言い寄る)

1판 1쇄 2012년 7월 15일

지 은 이 다나베 세이코
옮 긴 이 김경인

발 행 인 주정관
발 행 처 북스토리
주　　소 경기도 부천시 원미구 상3동 529-2 한국만화영상진흥원 311호
대표전화 032-325-5281
팩시밀리 032-323-5283
출판등록 1999년 8월 18일 (제22-1610호)
홈페이지 www.ebookstory.co.kr
이 메 일 bookstory@naver.com

ISBN 978-89-93480-85-6　03830

※잘못된 책은 바꾸어드립니다.

이 도서의 국립중앙도서관 출판시도서목록(CIP)은 e-CIP 홈페이지
(http://www.nl.go.kr/ecip)에서 이용하실 수 있습니다.
(CIP제어번호 : CIP2012002849)